きみのみかたになりたい

〜溺愛のＤｏｍと献身のＳｕｂ〜

Haruka Tsukatoh
柄十はるか

CHARADE BUNKO

Illustration

エヌオカヨチ

CONTENTS

本作品の内容はすべてフィクションです。
実在の人物、団体、事件などにはいっさい関係ありません。

プロローグ

当時、蛍介(けいすけ)はまだ四歳だった。だというのに、妙にはっきりと記憶がある。

三月末の、少し暖かい日。家族ぐるみの付き合いだった母の親友——円架(まどか)が無事出産を終え、蛍介は母に連れられて病院を訪れた。

『見て、蛍介。円架ちゃんの赤ちゃんだよ。かわいいねぇ』

「——わ、ぁ……」

『蛍介のほうがお兄ちゃんだから、守ってあげてね』

ふわふわの布にくるまれた生き物は、嘘のように小さかった。「あなたも昔はこんなだったの」——言われても、まるで信じられない。顔を近づけると、焼き立てのパンのように甘く温かな空気が鼻先をくすぐる。

——触(さわ)ってもいいのだろうか。壊(こわ)れてしまわないだろうか。

そんな幼い心中を察してか、円架はにっこりと笑って蛍介のほうに赤ん坊を差し出した。

『大丈夫だよ。蛍介くんもなでなでしてあげて。直軌(なおき)もきっと喜ぶから』

おそるおそる手を伸ばす。どのくらいの力加減がいいのだろう。祖母の家で飼っている猫に触るくらい？　もっと優しく？

迷ううちに赤子の頬に指が触れた。

やわらかくなめらかで——熱い。そのまま何度かそろそろと撫でると「ふゃあ」と高い声がして、蛍介の指を直軌が摑んだ。かわいらしい爪の乗った五指で、しっかりと。

『ぁ、うー』

『おや、笑ってる。あはは、蛍介くんよろしく、って』

その瞬間、直軌は蛍介にとってかけがえのない存在になった。


そうして抱くようになったのは、子供にありがちな夢だ。

日曜朝、テレビにかじりついて観ていた特撮や戦隊物。正義の味方に変身して、戦って、敵を倒す。大切な人たちを、この手で守る。

のどかな街で友情を育んだ幼馴染たちも、そんなヒーローに憧れた。

秘密基地に見立てた公園で、桃園の誓いよろしく手を重ね、気合を入れてみたりして。

『おれは父さんみたいな、かっこいいケーサツカンになる！』

蛍介は希望に燃える瞳で拳を突き上げた。

『おれも！　父さんとおなじプロフェッサーになるんだ』

幼稚園からの同級生である立秋幸雨は、誰よりも正義感が強く、蛍介と馬が合った。

『直軌は？』

『ぼくは……』

直軌は蛍介たちとの年齢差を除いても細く華奢な体つきと、透けるような白い肌、淡い灰色の髪や菫色をした瞳のせいで、随分と目立った。いつもうしろを「蛍ちゃん、蛍ちゃん」とニコニコしながらついてきて、蛍介はそんな直軌がかわいくて仕方なかった。

『――ねえ蛍ちゃん、ヒーローはよわいひとをたすけるんだよね』

直軌の言葉に、蛍介と幸雨は顔を見合わせる。

『うん、そうだよ』

『まあ、そうだな』

『でもヒーローがあぶなくなったら、だれがたすけてくれるの？』

蛍介は少し考えた。そんな時はきっと仲間が助けてくれる。テレビならそういう展開だ。現実はどうだろう。もし自分なら？　窮地に陥った時、誰かに助けを求めるだろうか。

（――……もしそれで、目の前のふたりが傷ついちゃったらどうしよう）

とっさにこう答えた。

『ヒーローは強いから、ひとりでも大丈夫！　自分の身は自分で守るんだ』

見上げてくる直軌のまなざしに、ただただ応えたくて。

『みんなおれが守ってみせる！』

――『けど、お前はオレを助けてはくれないんだな』

だから、これは罰だ。嘘を吐いて、友達を見捨てる罰。まるで想定もしていなかった道。

仲間の片方しか選べない、最悪の二者択一。

燃え盛る炎の向こうで幸雨が哄笑っている。

血まみれの直軌に肩を貸し、担いでほとんど引きずりながら、幸雨へ背を向ける。

一歩踏み出そうとした刹那、

『あ、』

膝から下の感覚がなくなった。

痛みはなく、ただ燃えるように熱い。咳き込みながら肘をついて上体を起こし、振り返った先――。

呆然と立ち尽くすのは、蛍介自身の両脚だった。


【機密処分済事件・閲覧レベルB範囲で公開可能な部分を表示中】

二××二年一月十四日二十三時、国立セレステ医療センターにて暴動と火災が発生。D棟に収容されていた患者十二名のうち十一名が死亡、一名行方不明。C棟に入院中の中学生一名が重傷。学生救助の際、DAST准隊員が両脚切断、一時意識不明の重体――。

1

「蛍介(けいすけ)おおっそォおおおい！　応援呼んでから何秒経(た)ったと思ってんの⁉　三百よ三百！古今東西、支度(したく)は四十秒でするものって決まってるでしょ⁉」

「そんな横暴なルール聞いたことないんだが⁉」

黒煙(こくえん)を噴(ふ)き上(あ)げるビルのエントランスから呑気(のんき)に言い合いつつ出てくるのは、少女といっても差(さ)し支(つか)えがないほどの若い女性と、整った面立ちの青年だった。二人のあとからもう一人、体格のいい男がついてくる。肩に荷袋よろしく成人男性らしき物体を担(かつ)いでいるが、ぐったりと意識がない様子だ。

「だいッたいB級アビリティ持ちって話がなんなのコレ？　いざ現着してみたら瞬間火力Aくらいあんじゃない！　私たちじゃなかったらどーするつもりだったのよ！　ていうか私たちだって心の準備ってモンがあるわよ！　まったくもう、失礼しちゃう！」

ヒールの音を高らかに響かせながら肩で風を切って歩く彼女の名は、統場(とうじょう)あざみという。きらきらと輝く蜂蜜色(はちみついろ)の双眸(そうぼう)に白雪の肌、ハーフアップにした艶(つや)やかな栗色(くりいろ)の髪。白いブラウスに黒いリボンタイ、同じく黒いジャケットと膝丈(ひざたけ)のスカートというシンプルな制服がよく似合う。

「節穴アイぞろいの情報部には、あとでキッチリ反省文を要求しなくちゃ。最低十万字くらいでよろしく」

「いやどんだけ書かせる気だよ……」

あざみの隣で溜め息をついたのは、夏凪蛍介――二十五歳。制服の上からでもわかる引き締まった体。青みを含んだ黒髪は、まさに烏の濡れ羽色。心もち切れ上がった目尻と形のよい薄い唇が実に凛々しい。特に印象的なのは青緑がかった瞳で、瞳孔の周りだけ花が咲いたように黄みを帯びていた。

都心の繁華街。雑居ビルが並ぶ狭い路地には消防車や救急車が連なり、規制線の外は野次馬がひしめいている。その中に見覚えのある人影を見た気がして、蛍介は足を止めた。

「――幸雨？」

耳障りな金属音とともに、視界が暗くなる。見上げればボルトの外れた看板が落ちてくるところだった。

「蛍介！」

車に向かっていたあざみの叫びが届くよりも早く、ほとんど反射で右脚を撥ね上げる。心の臓で熾した熱を、無い足の爪先まで血流のごとく巡らせるイメージ。

しかし青い炎がほとばしる寸前、落ちてきた看板は空中で静止した。

「あ？」

視界の隅（すみ）では同じく臨戦態勢のあざみが、やはり怪訝（けげん）そうな顔で宙を凝視（ぎょうし）している。

看板はひどくぎこちない動きで真横に移動したあと、力尽きたように地面へ落ちた。

誰かが『能力（アビリティ）』を使った。蛍介はその主（ぬし）を探そうとあたりを見回して、今度こそ絶句する。さっき変な幻を見たせいか。それとも他人の空似か。

（いや、違う、あれはどう見たって――）

さらさらと流れる灰白色の髪、紫水晶の瞳。透き通るように白い肌。背丈や体つきこそ別人じみて成長しているけれど、

「直（なお）、軌（き）……」

それは七年ぶりに会う、幼馴染（おさななじみ）の姿だった。

蛍介のただならぬ驚きように、さすがのあざみも若干（じゃっかん）困惑した様子だ。

「知り合いなの……？」

「あの――すみません！」

だが蛍介が口を開くよりも先、直軌とおぼしき青年が勢いよく頭を下げた。

「自分は本日本隊に着任した花村（はなむら）直軌と申します。正式には明日付けなのですが、入寮手続きと事前講習のため本部へ伺（うかが）ったところ、第一制圧部隊は緊急出動されたとお聞きして――その、個人的に現場見学を……。勝手な行動、申し訳ありませんでした」

ひたりと視線を合わされ、蛍介は背骨に電気が走るような感覚をおぼえて身震いした。

七年前となにひとつ変わらない、全幅（ぜんぷく）の信頼と親愛に満ちたまなざしに、涙が出そうなほ

ど安堵する。

だって本当にひどい別れ方をしたのだ。

それがどうして――。

「……ごめんね、蛍ちゃん」

――違う。なんで謝るんだ。なんでお前が、悲しそうな顔をするんだ。そうさせたくなかったから、離れたのに――。

混乱する頭のまま、ようやっと言葉を絞りだす。

「いや――助かった」

ふわふわとした心地で、まるで現実感がない。

「久しぶりだな、直軌」

たったそれだけだったけれど。直軌は嬉しそうに笑ったのだった。

もろもろ処理を済ませた蛍介たちは、拠点へと戻った。

車を飛ばして二十分ほど。高いフェンスと植栽に囲まれた広大な敷地は、外からだと有料庭園と見紛うような造りである。ひっそりとたたずむ門のゲートにIDカードをかざし、五分ほど歩いて温室風の建物に入ったら、エレベーターに乗って一気に地下深くへ。ドアが開いた先は天井が高く落ち着いた雰囲気の空間が広がっており、オフィスというより外資系のホテルかのような印象だ。隔離会議室へ入るなり、あざみは愛用の乗馬鞭をぴしりと鳴らして、新たに合流した人物を睥睨した。

「隊長、忙しいのはわかりますけど、連絡はきちんとしてください」

「すまん……」

新入隊員の前で二十歳の部下に叱られる上司。ちなみに年齢は二十八。赤みの強い暗褐色の髪を片方だけ撫でつけた男性——火宮燎彦は、しょんぼりとうなだれた。これでも蛍介たちにとって、曲者ぞろいのチームをうまくまとめてくれるいい先輩なのだ。少し人が好すぎるのが玉に瑕ではあるけれど、それゆえ誰からも慕われている。

「夏凪も——悪かった。君たちの事情は私も知っている。もう少しきちんと話をしてから引き合わせるべきか迷ったんだが……」

「……そんなの気にしなくていいよ。うちは万年人手不足なんだし」

極力いつもの調子で言ったつもりだったが、うまくいっただろうか。直軌の顔を見るのが怖くて、不自然に視線を逸らしてしまった気がする。

内心動揺している蛍介を知るや知らずや、あざみがすぐに話を引き取ってくれた。

「被害者の容態は？」

「ああ、それなら大丈夫だ。救急車で病院へ向かう間に容体は安定した」

「ならよかった、お疲れさまでした。被疑者のほうは軽傷だから、手当てをして意識が戻ったらすぐ取り調べできるでしょう。あー、さっさとシメて全部吐かせたいわあ」

「あざみサーン、本音がダダ漏れてますよー」

思わず声を上げた蛍介を一瞥したあざみは、両手を広げて天を仰いだ。

「だぁって、私あの手のヤツがホント苦手なんだもの」

「わかるけどな。アビリティアッパー系の薬もやってたっぽいから」

「くっだらない。そんなモノ使ったところで強くなんてなれないってのに。まず先に体か頭のほうがブッ壊れるわよ」

力を求めて自滅した例をいくつも目の当たりにしてきた彼女の言葉は、重く鋭い。今日の被疑者も、蛍介たちがいなければ暴走した自らの能力で大火傷を負うところだった。

『アビリティ』――かつて『超能力』と呼ばれた人知を超える特殊な力だが、今では誰もが皆、一人に一つ必ず持って生まれる能力として定着していた。ほとんどの人は日常に差し障りない程度のささやかな能力しか使えない。ただ、他者や社会に影響を及ぼすほどの大きな力を有する者も、少数ながら存在した。

「そういった規格外の能力者たちを、この国では上からA~Cに等級分けしてる。一般のノーマルアビリティは実質Dランクにあたるから、通称『D』もしくは『ノーマル』。そしてEが『エクストラクラス』と呼ばれる災害級、もしくは他に類似性のない希少なアビリティを持った俺やあざみみたいなヤツ」

「私は氷、蛍介は炎のアビリティね。新人くんのは？」

「僕はCクラスの念動力です」

直軌の返答に、あざみは「あら」と意外そうに目を丸くし、小さく「意外と地味ね」などと言った。

「あーざーみー」

蛍介が顔をしかめて声を上げる。しかし直軌は「いえ、本当のことですから」と笑い、同意を求めるように蛍介へ向かって首を傾げた。

「ね」

——小さい頃、直軌が「ぼくも蛍ちゃんみたいにかっこいいチカラがよかった」と泣いたことがある。蛍介は父親譲りの見た目も派手な火炎系アビリティ。対して直軌は力自体に形のない、子供にとっては地味な念動能力だった。蛍介からすれば十分に凄くて便利な力なのだが、あまりに直軌が悲しそうだったので、なんとか目に見えるようにできないかと思った。

『なあに？　これ』

直軌の家に蛍介が持ち込んだのは、表面に細かなカットがほどこされた三十ミリ程度のクリスタルガラスのボール。家にあった小さなシャンデリアランプをヒントに、手芸用品として売っているものを母に購入してもらった。

うららかな昼下がり。リビングのカーテンを開けると、窓から斜めに光が射しこんでいる。そこに直軌を立たせ、周りを囲むように等間隔でボールを置いた。

『よし、ゆっくり浮かせてごらん』

『？　うん』

蛍介が言うと、きょとんとしていた直軌は素直に頷いて、目をぎゅっとつぶり両手を握りしめた。

『いいかんじ……いいかんじ。うん！　ほら、見て直軌！』

『え？　わ、わ、なにこれ……！』

宙に浮かぶ透明なガラス球を通し、白い床や壁に七色の欠片が舞い踊る。まるで真昼のプラネタリウムだ。

『かっこいい！　いまの直軌、まほうつかいみたいだ！』

『へへ、えへへ、すごい、すごいよ、蛍ちゃん……！』

きらきらの光を浴びながら頬を紅潮させて喜ぶ直軌の姿はちょっと現実離れしていて、天使のように綺麗だった。そのあと、「蛍ちゃんも一緒に入ろ」と手を繋がれ、しばらく二人で虹色のサークルを堪能した。

——直軌のアビリティといえば、この記憶。

今、直軌も間違いなく同じことを思い出している。そう思うと、胸のあたりが甘く懐かしく痛む。

「俺たちはアビリティの問題だけに対応してるわけじゃない。もうひとつ、大事な話があるだろ」

蛍介は緩みそうになる口元を引き締め、あざみに話の先を促した。

「そうだった。失礼したわ新人くん。二百年前に人類が直面した危機――世界規模の戦争、伝染病の流行、群発的な自然災害。たった三年で、世界の人口は半減した。そしてその後、特殊能力以外にも、ある『属性』を持つ人間が生まれ始めた。『Ｄｏｍｉｎａｎｃｅ』――相手を支配し守り、従えるべく生まれてきた『Ｄｏｍ』と、『Ｓｕｂｍｉｓｓｉｖｅ』――相手に服従し守られ、尽くすことを至上の喜びとする『Ｓｕｂ』。多少乱暴なくくり方になるけれど、生物学的な性別を第一属性とするならば、Ｄｏｍ／Ｓｕｂは本能や欲望に基づいた第二属性とでもいうべき新しい枠。この第二属性及びそれにまつわる事象を、我々は『ダイナミクス』と呼称している。そして――」

あとはどうぞ、とばかりにひらりと手を差し出したあざみの言葉を、燎彦が継（つ）ぐ。

「一般では扱いが難しい特殊能力やダイナミクスの犯罪に対処すべく設立されたのが、ここ『警視庁Dynamics and Ability Special Task Force』、通称『ＤＡＳＴ』。たまにフォースの『F』はどこに行ったのかと言われるんだが、実は最初『スペシャルチーム』って名前でな。でもタスクフォースのほうが格好いいからって室長が気まぐれで……。あ、すまん、脱線した。ようこそ花村直軌君。改めまして、第一制圧部隊長の火宮燎彦だ」

締まったような締まっていないような挨拶だったが、らしいといえばらしい。燎彦が浅く礼をしたのを見て、着座していた三名も立ち上がり倣（なら）う。直軌もすぐさま起立し、礼を返した。

「私は副隊長の統場あざみ。隊長はこう見えて忙しいから、私が現場で指揮を執（と）ることも多いわ。よろしく。こっちはパートナーの静原終悟よ」

「よろしくお願いします」

長らく黙したままだった大男がようやく口を開いた。素晴らしい響きのバスボイス。黒髪黒目に黒いスーツと眼帯、さらに黒手袋という一見異様な風体ではあるが、中身は真面目で朴訥な人物である。

それから——と皆の視線が蛍介に集まる。

「……夏凪蛍介。よろしく」

いまさら自己紹介などどうしたらいいのかわからなくて、妙に低い声になってしまった。だが直軌はことさら深く頷き、微笑みかけてくる。それが余計に照れくさくて、蛍介は唇を尖らせた。

「さて、と。花村直軌くん、きみが自分のダイナミクスをオープンにしていること、またＤｏｍであることを確認の上、これから実技を含む簡単な入隊テストを行います。テストといっても、我々が上官やバディとしてその力を見て把握するためのものよ。安心して」

しゃべりながらあざみは椅子を立つと、ベルトに挟んでいた鞭を抜いた。

「質問その一、プレイの経験は？」

「あります」

「質問その二、他人のプレイを見るのがどうしてもムリとかある？」

「いえ……特には」

「オーケー。じゃ終悟、こっち来て」

「はい」

これから始まるであろうことを予感したのか、直軌の頬にうっすらと緊張が走ったように見えた。

隔離会議室の壁は防音仕様。床は低反発素材が挟まれていてわずかばかり弾力があり、中央にはこの部屋に少し不釣合いな毛足の長いラグが敷いてある。あざみと終悟は机に囲まれたそこへと進み出た。

「質問その三、『プレイ』とは何？」

「Dom／Sub間で行われるコミュニケーション。それぞれのダイナミクス性に基づき欲求を発散する行為――です」

あざみの問いに、直軌が間髪をいれず答える。

「よろしい。Dom／Subと一口に言っても、求めるものは人それぞれ。肉体的な拘束や痛みをともなうプレイが好きな人もいれば、言葉を交わしたり軽いボディタッチをしたり……穏やかなプレイを望む人だっているわ。大事なのはDomとSubの求めるものが一致するかどうか」

たとえば相手をいじめて泣かせたいと思うDomが、優しく甘やかされたいと望むSubとプレイに及んでも、互いが満たされることは決してない。それどころかSubは傷ついてしまうだろう。

「だからプレイを始める時にはまず双方の嗜好がマッチするかどうかを確認すること。そしてＤｏｍはＳｕｂがどこまで許容できるかを把握し、必ず了承を得た上でプレイを始めること。合意なきプレイは強姦と一緒よ」

そう言って、あざみは終悟の顎の下に鞭の先端を差し込み、優しく囁いた。

「終悟、いける？　新入りくんに、アンタのお利口なトコ、見せてあげて」

「了解しました、あざみ」

終悟は一九〇センチ近い巨漢だ。あざみも女性にしては背丈があるが、筋骨隆々の終悟を前にすると、かなり見上げる体勢になった。しかし――

「ちょっとキツくいくわよ――『Ｋｎｅｅｌ』」

たった一言で、男は女の足元にひざまずく。

膝をつけ、という命令でも、実際どのような格好を取るかは本人たち――主にＤｏｍが決める。あざみと終悟の場合は、片手片膝をつく騎士の忠誠のポーズ。この場に不釣合いにもかかわらず、どこか美しい宗教画じみた趣さえあった。

「いい子ね、終悟」

慈愛の籠もった声とともに、華奢な手が黒い髪をわしわしと掻き混ぜる。終悟は膝をつきうつむいたまま、幸せそうに目を細めている。互いが互いをどれほど信頼しているかが、それだけでわかる。

「ＤｏｍがＳｕｂに下す命令が、『コマンド』。そしてＤｏｍがＳｕｂを抑えつけるときに放つ威圧感を『グレア』と呼ぶわ。オーラ、カリスマといった雰囲気的なモノから、目力、声の響きとポイントはさまざまだけど、Ｄｏｍとしての強さみたいなものかしらね。合意のプレイではあまり使わないけど、今はわかりやすく出してみました」

「お前のグレア、エグイんだよ」

蛍介が頬杖をついて呆れ半分に言うと、あざみはフンと鼻を鳴らした。

「そりゃそうでしょ。コレのせいで五歳で国に保護管理指定されたんだから」

「え」と直軌が目を見開く。

アビリティの開花は平均して三歳頃だが、ダイナミクス覚醒に関しては幅が広い。早い者は五歳、遅くても十二歳頃までにダイナミクスの有無とＤｏｍ／Ｓｕｂどちらなのかがわかる。

ただその時点では当人にあまり自覚がないのが普通で、第二次性徴とともにＤｏｍ／Ｓｕｂ性が顕著になってゆき、成人前後でプレイをするようになる——というのが、おおよそ一般的である。

だから五歳にしてグレアを発するようなＤｏｍ性が顕現したのは、驚異といえる。同時に大人からすれば脅威でもあっただろう。

「てかアンタが言う？　蛍介。三歳でアビリティのエクストラクラス認定されて、保護管理指定受けたクセに」

蛍介は返事の代わりに頭上で火の玉を作ってみせた。あざみからはきっと「！」マークに見えたはずだ。笑っている。隣の直軌は見そびれたようで、きょろきょろしていた。

「終悟、立っていいわよ。──では次、新人くんがどれほどのDomか、お手並み拝見といきましょう。遠慮なくグレアでコマンドをだしてみて」

「──それ、は……」

直軌の語尾が濁った。けれどあざみはおかまいなしに終悟の頬を撫で、「つらくなったら言うのよ」などと語りかけている。すっかり二人の世界だ。

「大丈夫。終悟は私の許可があれば他のDomのコマンドを受け付けられるよう訓練してるし、万が一サブドロップになるようなことがあれば、隊長が応急処置をしてくれるわ。はい蛍介、『サブスペース』と『サブドロップ』、『アフターケア』について説明！」

「なんで俺だよ！」

「今『こいつら二人の世界だなあ』とか思ってたでしょ！」

「なんでわかるんだよ！　はあ……『サブスペース』はプレイやケア中、Subがすべてをdomにゆだねた状態になること。幸せで忘我の境に入る──って感じだな。プレイは、あくまで双方の意思があって成立する。でもスペースに入った時だけは違う。Subは一片残らずDomのもの──Domが命綱を握る。だから最後はちゃんと心身ともに『アフターケア』をして、現実世界に着地させてやれ。もしここでDomがSubを突き放したり、否定するようなことをやったり言ったりしたら、Subは自分の存在意義を見失って『サブドロップ』する。下手すりゃ命にかかわるからな。ちなみにハードなプレイや長時間のグレア使用もドロップリスクが高いから注意。『アフターケア』はサブスペースに入ったかどうかに関係なく、プレイ終了の際における鉄則だ」

口にしながら蛍介は、直軌はどんなプレイをするのだろうと想像した。案外、縛ったりするのだろうか。それとも言葉でいじめるのだろうか。ごくごく自然に、恋人と同じふうに甘やかすのだろうか。

（……いや、なに考えてるんだ、俺は……）

「いかに気持ちよくことを終えられるか――というのも、我々の腕の見せどころだからな」

と、これまで蛍介たちの様子を見守っていた燎彦が珍しく口を開いた。あざみも「そうね」と笑う。

「私たちが捕まえるのはＤｏｍだけじゃない。Ｓｕｂもいる。自発的に犯罪を犯すこともあれば、Ｄｏｍに命令されて無理矢理ってこともあるわ。Ｓｕｂ被疑者確保が非常に困難、もしくは民間人に危害を加えた――加える恐れがある場合に限って、ＤＡＳＴはグレアを使用した強制コマンド発動を許可されてる。ただ重ねて言うけど、了承ナシのコマンドは暴力と同じ、サブドロップの危険性も跳ね上がる。だから命令する時は、Ｓｕｂがどうなるかをちゃんと考えて。私たちＤＡＳＴは、ダイナミクスやアビリティに苦しむ人たちみんなを助けるんだから」

あざみは講釈を続けながら机を押しのけ、直軌の腕を掴み部屋の真ん中に引っぱり出す。

「抑制剤は？」

「常用しています。今は平静期なので、弱いものを」

「了解したわ」

（……直軌、いつも薬飲んでるのか？）

ダイナミクスには周期がある。一般的にはＤｏｍ／Ｓｕｂとも衝動が強まる時期に抑制剤を服用するが、Ｓｕｂは身の安全のため、もしくは職業柄、弱めの薬を常に服用している者も多い。Ｄｏｍとの接触率が高いＤＡＳＴのＳｕｂなど、その最たる例だ。

片やＤｏｍも、グレアの強さや周期によっては近くにいるだけでＳｕｂを威圧してしまうため、特に強力な抑制剤を使用する傾向にある。

けれど、Ｄｏｍが抑制剤を常用というのはかなりのレアケースだ。

「本当に……いいんですか？　えっと……静原、さん」

「はい、構いません。コマンドをどうぞ、花村直軌さん」

直軌の問いに、終悟が頷いて答えた。

蛍介としては幼馴染のプレイなど、たとえコマンドを一言発するだけだとしても直視したくない。仕方ないので机に置いてあるタブレットを手に取った。なんとなく先ほどの薬の話が気になって、直軌の名前を検索する。

ＤＡＳＴメンバーは過去の事件データベースや隊員情報の閲覧が許可されている。ただしダイナミクスの公開範囲は各自細かく設定でき、たとえばＳｕｂの隊員が、Ｄｏｍの隊員にだけ自分のダイナミクスを見せないようにすることも可能だ。

蛍介は自分のダイナミクスを非公開にしている。だが直軌は特に公開レベルを設定していないようで、『Ｄｏｍ』と表示されていた。そのうしろに、赤い文字が並んでいる。

（保護管理……指定――）

アビリティやダイナミクスが人並みはずれて強大であったり、他に例を見ない特殊なタイプだと判定された場合、対象は定期的な所在確認と検診を義務付けられる。中にはあざみや蛍介のように、ＤＡＳＴの准隊員として登録されるケースもごくまれに存在する。一般社会に放逐（ほうちく）しておくにはあまりに尖った力を、手元に置いて安全に管理し、時には役立てる仕組み。そのぶん国の提供するアビリティ・グレアコントロールプログラムやカウンセリングを利用できたり、いくつかの支援を受けられたりもするのでメリットも多いのだが、「保護管理指定対象者＝危険人物」という偏見も受けやすい。

……果たして偏見か？　事実ではないのか。

それは指定を受けた本人たちでさえ、実のところよくわからないというのが本音だった。ただ、直軌が保護管理指定を受けているのを、蛍介は知らなかった。おそらくこの七年のうちの出来事なのだろう。

（直軌が、ダイナミクスの――Ｄｏｍの、保護管理指定）

顔を上げた途端、ずしりと体が重くなった。

「――『Ｋｎｅｅｌ』」

透き通った声が、水面に広がる波紋のごとく響き渡る。

終悟は先ほどと同様にしゃがんだが、最後は力が抜けてへたりこんだように見えた。

「結構。……把握したわ」

心配して屈もうとする直軌を手で制したあざみは、終悟をそっと抱き寄せ、人目をはばかることなくキスの雨を降らせた。目に毒ながら、アフターケアのいい見本ではある。

「平気？　ありがとう、終悟。助かったわ。プレイは終了。あとでたっぷりご褒美あげる」

終悟がこくりと首を縦に振り、「問題ありません、あざみ」と微かに唇の端を持ち上げた。しかし顔色は悪く、全力疾走でもしたかのように肩が大きく上下している。

その向こうで燎彦が浮かせた腰を落としたのが見えた。

（グレアが、尋常じゃない――）

あざみは飴と鞭の使い分けがはっきりしているグレアとプレイ手法だ。目と目を合わせ、甘く語りかけ、時折叱咤して女王然とふるまい、相手を骨の髄まで魅了する。

（けど、直軌のはなんだ？）

息さえ忘れそうになった。全身を抱きすくめられるような圧。こちらを見てもいない、たいして語調も強くない。それなのに――

（手加減して、アレなのかよ）

終悟を従えて元の位置に戻るあざみの目の奥に、ただならぬ光がぎらついているのを、蛍介は見逃さなかった。コントロールを持っていかれそうになったのだろう。つまり自分だけのＳｕｂを、別のＤｏｍに奪われそうになった。あざみほどのＤｏｍだ。心中穏やかなはずがない。

　蛍介はタブレットに視線を落としたまま、席に戻ってきた直軌に「気にするな」と声をかけた。

「うん、ありがとう」

　眉尻を下げてはにかむ直軌の瞳はまるで昂揚（こうよう）した様子もなく、ただしんと凪（な）いでいた。

　ダイナミクスを持たない人たちを、学術的には『Ｎｅｗｔｒａｌ』と呼称する。実際にその呼称を使用するのはダイナミクスを有する人間のみだ。Ｎｅｗｔｒａｌの人々はわざわざ自分たちを「Ｎｅｗｔｒａｌ」と呼ばない。

　ダイナミクス発現者は日本の人口のおよそ三十パーセント。Ｄｏｍ／Ｓｕｂの比率はＤｏｍ一に対してＳｕｂが二、もしくは三程度。ゆえにＤｏｍというのはレアで、その支配者としての性質から世間に特別視される場合が多い。そしてＳｕｂはＤｏｍの所有物であると誤認する人も非常に多い。

『ＳｕｂはＤｏｍにとって、いつなにをしてもいい奴隷じゃないってコトを、わかってない無知（バカ）が多すぎる』

昔、あざみが吐き捨てた言葉だ。

本能に根ざす欲求が、どれほど激しく乾いたものかを普通の人々に説明しても——知識として認識はされれど、気持ちとして理解はされない。

「通行人や並びの店を何件か聞き込みしたけど、今回の件も被害者は一度路上で助けを求めていたのに、周り(まわ)はどうせ痴話喧嘩だろうと、特に警察への通報はしなかったそうよ。白昼堂々にもかかわらずこんなの……世も末だわ」

いったん休憩をはさみ、蛍介たちは今日出動した事件について話し合っている。最後わずかだったが加勢に入ってくれたことだし、言い方は悪いが新人研修にちょうどいい案件として直軌も同席したままだ。

「同意(コンセント)なしのコマンドは時と場合によって傷害と同等の罪に問われるが、目に見えるモノじゃないからな」

「相手を酔わせてホテルに連れ込むのと手口は一緒ね。でもＤｏｍがＳｕｂにサブドロップ寸前まで行くような強制コマンドやプレイを強要してる場合、既(すで)に相当なダメージを負わせてる……実際には殴って縛って引きずってるような状況ってのが伝わんないのよ」

Ｓｕｂが頑張って抵抗の意思を見せ、外に助けを求めたとしても、Ｄｏｍが「これはプレイの一種」「ＤｏｍとＳｕｂの間では普通のこと」などと言い訳をすると、一般人は通報しないのだ。

よくわからないから。人の事情に首を突っ込みたくないし、Ｄｏｍ／Ｓｕｂにとっては普通のことなのかもしれないから。

　だからいまだにＤｏｍからＳｕｂへのＤＶや、コマンドで抵抗できない状態にしたＳｕｂへ乱暴を働くような事件があとを絶(た)たない。

「ところがその後、通報した人が現れた。フロントを通さず警察に直接、プリペイドスマホでね。部屋番号とサブドロップしてる人がいるからケアを、あとＤｏｍがアビリティ使って暴れてます、って……不自然じゃない？」

「ホテル内で見かけたとか」

「見かけた程度にしては詳細すぎるでしょ。それと気になってたんだけど、そもそもこのケースってアビリティ威力を上げるドラッグ飲む必要ある？　被疑者はなんであんなモノ使ってたのかしら」

　加害者がＤｏｍで被害者がＳｕｂ、しかもコマンドをかけていたなら、アビリティで脅(おど)すなんて必要もないはずだ。蛍介は首をひねってしばらく考えを巡らせたあと、慎重に口を開いた。

「Ｄｏｍイーター……の可能性は？」

「蛍介が追ってる？」

「ああ」

『Ｄｏｍイーター』とは、いつの間にやらネットで定着した呼び名だ。

　蛍介はＤＡＳＴ入隊以来、Ｄｏｍの自殺や不審死を追っていた。Ｄｏｍも人間なので、事件や事故に巻き込まれて死ぬのが異常なわけでも、特別珍しいわけでもない。ただ五年ほど前から、理由の判然としないＤｏｍの死亡数が少しずつ増えていることに気がついた。しかも内容を調べてみると、亡くなったＤｏｍは過去Ｓｕｂを虐待していたり、違法なダイナミクス誘発剤取引をしていたりといった、ダイナミクス関連の悪事を働いていた者ばかりだった。最近になってＳＮＳなどでも少しずつ噂になりはじめ、一部でもてはやされるようにさえなっている。

『Ｓｕｂの味方、正義のヒーロー』——悪いＤｏｍを食い殺してくれる、Ｄｏｍイーター。

蛍介がなぜそれを追っているかというと、直軌とは別のもう一人の幼馴染が、「悪いＤｏｍ」に対し異様に敵意を燃やす人間だったからだ。

立秋幸雨。今は行方知れずの友人。思い出すたび、途中で切れた脚がズキズキと痛む。

「……Ｓｕｂに乱暴を働こうとしていたＤｏｍに、誰かが制裁を加えるためドラッグを飲ませたって線も、言われてみれば無きにしも非ずね。気持ちよくなる薬とか言えばああいうのはホイホイひっかかるだろうし」

結局「あとは事情聴取後に」となり、会議は散会した。

「お前とバディ、ね」

誰もいない休憩エリアに直軌と二人。地下の広い吹き抜けホールは、地上と同じ明るさていた。

に調節されている。五月も終わろうとする季節、夕方の六時にようやく夕暮れの光が射し

「寮の部屋も隣だっていうし……。火宮隊長、話をしてから引き合わせるべきか迷った～

なんて言ってたけど、アレ絶対ウソだろ」

「ごめん」

「お前に言ったんじゃないってば」

「ううん、そうじゃなくて」

直軌の視線が蛍介の脚をなぞる。スラックスに覆われた部分は一見他の人と大差ないが、

そこから先は明らかに普通の形状とは異なっている。特に今は出動から戻ったままの装備

だから、サイボーグめいた銀色の金属の足にサンダル履きで、なんだか間抜けだ。

「勝手に来て、ごめんなさい」

間近で瞳を覗きこまれ、蛍介は息を呑む。義足込みで今の蛍介の身長は一七七センチ弱。

直軌の目線はそれより十センチほど高い。体つき自体はスレンダーながら、肩幅は広く、

胴にはしっかり厚みがある。昔は垂れた目尻が愛らしく柔和な印象だったのだが、今は憂

いを帯びた一文字の眉と相まってか、ミステリアスな大人の色気を漂わせていた。

――そう。直軌は年齢よりずっとおとなびて見えた。蛍介の記憶にあるような、線の細

さや子供っぽさはまるでない。老けているわけではないけれど、落ち着きはらった雰囲気

や達観した目つきは、彼の苦労と努力を思わせるようだった。

「どうして蛍ちゃんはいなくなっちゃったのか、ずっと考えてた。泣いてばかりの僕に気をつかったのか。それともやっぱり……嫌いになったのか、って」

「！　それはちが――」

「……でも信じてた。蛍ちゃんの優しさなんだって。僕、間違ってなかった？」

面会謝絶のドアの向こうで、あの時直軌は泣きながら言っていた。

――神様でも誰でもいい、僕の脚を使って、蛍ちゃんを元通りにしてよ――！

命さえ投げ出しかねない慟哭だった。

そばにいてはいけないと思った。

直軌は優しいから、これは自分で選んだことだとどれだけ諭したとしても、罪悪感を覚えるだろう。夏凪蛍介の姿を見るたびに、己を責めるだろう。

だから蛍介は直軌の前から姿を消した。別れも言わず、ほとんど家出同然でＤＡＳＴの正隊員として寮に入った。

「ずっと会いたかった、蛍ちゃん」

直軌の声は囁きに近い。けれどチェロの音のように深く美しく空気を震わせ、蛍介の耳へ届いた。

「そばにいさせて。少しでもいい、蛍ちゃんの支えになりたい。僕はそのためにここまで来たんだ」

――『蛍ちゃん、蛍ちゃん』

いつも自分のあとをついてきた直軌。

でも今の言葉に、蛍介は手を引かれた気がした。

「ダメ、かな——？」

紫色の双眸が揺れる。

「——駄目なワケあるか。お前は……お前の力でＤＡＳＴに入ったんだから……。よく来たな、直軌。これからまた……よろしく」

「！　うん……！　うん、よろしくね、蛍ちゃん……！」

子供のように破顔した直軌は、「でも職場ではきちんとした呼び方にしないといけないかな」と照れくさそうに頬を掻いた。「夏凪先輩？」。慣れない他人行儀な響きに、逆に蛍介のほうが渋い顔になった。

2

蛍介の母は、愛されるためだけに生まれてきたような人だった。

父はエクストラクラスのアビリティを持ったＤｏｍの警察官。Ｄｏｍといっても嗜虐性などは一切ない、ただひたすらに正義感が強く、庇護欲にあふれた男性だった。弱い生き物には手を差し伸べずにはいられず、欠け落ちたものを拾わずにはいられない。優しくて万能な父は、もちろん蛍介の憧れだった。

いっぽう母はＳｕｂの化身じみた女性だった。か弱く、かわいらしく、甘え上手で、誰もが守ってあげたくなるような容姿と性格をしていた。そして裕福な家で両親に溺愛され育ったせいなのか、どこか浮世離れした雰囲気があった。要するに――父にとってこれ以上なく放っておけない女性だった。

小さい頃、蛍介は毎日のように母に連れられて、花村家へ遊びに行った。毎日のように、というかほぼ毎日だったと思う。朝、父を送り出すと母は支度を始め、十時ちょっと前に蛍介の手をひいて家を出た。スペイン風の玄関アーチとオレンジ色の瓦が洒落た家で、直軌の母――円架はピアノ教室を開いていた。レッスンの間、蛍介はまだ生まれて間もない直軌を眺めて話しかけたり、ヒーローのマスコットで遊んだり絵本を読んだりして過ごした。母が直軌にミルクをやり、おむつを替えるのを手伝わせてもらったりもした。十一時頃、母は台所で昼食を作り、正午になったらレッスンが一段落した円架を交えて食事をとった。

　円架は直軌とよく似た——いや直軌が円架に似ているというべきなのだろうが——、鼻筋の通った中性的な顔立ちをしていた。すらりとした長身にさらさらのショートボブがよく似合い、四人で出かけた際など蛍介の母と夫婦だと勘違いされたこともあるくらいだ。

　蛍介の母は、円架によく甘えた。円架とは幼稚舎から大学までずっと一緒だったそうだ。住む家を近くに買ったのも、夫たちの了承を得た上で二人相談してのことだったらしい。円架は母に寄りかかられるたび、「どうしたの？　みっちゃん」と嬉しそうに笑んだ。

　母は自分の経験にないことへの想像力や、人の気持ちを察する能力に欠けていた。蛍介がアビリティの扱いを間違えて火傷をしても、あわあわとしながら「どうしようどうしよう、大丈夫？」と言うばかりで、自分から進んでなにかしようとしない。なにをすればいいかわからない。それまで彼女が生きてきて「どうしよう」と困ったら、必ず世話好きな誰かが——Ｄｏｍが、「どうしたの？」と助けてくれたからだ。

　普通は一度助けてもらったら「これはこうすればいいのだ」と学習して、次から自分でやろうとするだろう。しかし母は「これはこの人が助けてくれるのだ」と思い、次からも他人に任せようとする。そういう人間だった。

『みっちゃん、ほら早く流水で冷やしてあげよう。蛍介くん、大丈夫？』

いつも代わりに抱き上げてくれるのは父か円架だった。母は蛍介の「大丈夫」という言葉に、「ああそう、よかった」とすっかり全部解決したような顔で笑っていた。

彼女は人の善意や好意や愛情を際限なく丸呑みにする、底なしの美しい湖のようだった。そんなＳｕｂの女性を、Ｄｏｍたちは我先にと奪い合おうとした。そうすると欲望むきだしの奴から守ってあげなくてはという別のＤｏｍが現れて——まるで角砂糖に群がるアリじみた有様になる。

結果、母は自分のことを純粋に愛し守ってくれる、王子様のような男性と恋に落ちた。ただひとつ問題があった。父は万人に対して優しい人間だったのだ。母に限らず、誰にでも優しい。ごく穏やかなＤｏｍ性でもって、自分や家庭や子供を大切にしてくれる素晴らしい夫。

でも、母にしてみれば、ほんの少しだけ物足りなかった。

——プレイが先か恋愛が先か順序の違いはあれど、ダイナミクスを持つ人々の多くはＤｏｍ／Ｓｕｂ性の嗜好が合う相手と結ばれる。しかしいっぽうで、恋愛とダイナミクス性は別であると考える人も一定数いる。特殊またはハードなプレイでないと満たされないようなＤｏｍ／Ｓｕｂ性の場合は特にだ。伴侶には穏やかな時間と普通の愛を求め、ダイナミクスの衝動や欲求はプロまたはプレイパートナーに処理してもらう——一般人にはなかなか理解しがたいだろうが、ダイナミクス所有者には間々あるケースだった。

ちなみに円架も、蛍介の父と同じくDｏｍだった。彼女はダイナミクスを持たない男性と結婚していた。著名なヴァイオリニストで、見た目も中身も優しく繊細そうな人。「一人の時間を大切にする者同士、居心地がよくてね。彼にだけは私もダイナミクス関係なく、普通に接することができるんだよ」と円架が母に話しているのを聞いたことがある。

円架は本来、気に入ったSｕｂを自分の腕の中に閉じ込めて、延々と愛し続けたい性質のDｏｍだったという。甘やかした果てに、一人で立つ力さえ奪い取って、自分がいなければ生きていけないくらいになってほしい——そういう欲望を持ったDｏｍ。

過剰な愛をたたえる彼女と、底の抜けた器である母。

蛍介はごく自然に、母の〝もう一人のパートナー〟はおそらく円架なのであろうと気づき、受け入れていた。特になんの疑問もなかったし、嫌だとも思わなかった。

だって母は父を愛していて、父も母を愛しているのは確かだったから。母は蛍介のことも愛してくれていた。普通にかわいがってくれた。その形が時折、母親として歪だったり欠けていただけで。

まあそういった具合の母だったので、蛍介も母というのは守るべき存在だと信じていた。母とは甘えるものではない、甘やかすものだ。守ってくれるものではない、守るものだ。

その心に応えたのか、蛍介は比較的早い段階でDｏｍ覚醒した。両親ともとても喜んでくれた。特に母の喜びようはすごかった。まるで自分を愛してくれる人がもっと増えたとでもいうふうに。蛍介もそんな二人を見て嬉しく思った。

ただ時々、無性に寂しくなることがあった。胸の奥になにかつかえているのに、出てこなくて苦しい。どこかがヒリヒリと痛むのに、それがどこなのかわからなくて、うずくまってしまいそうになる。

『蛍ちゃん、きょうおうちとまってって』

そういう時、なぜだか決まって直軌が甘えてきた。

『どうした、直軌。……あ、さてはさっき見たアニメのオバケがこわいんだな?』

『うん、そうなの。蛍ちゃんはかっこいいひーろーだから、いっしょにいてくれたらこわくないよ』

『しかたないなあ。母さんにきいてくるから、ちょっと待ってな』

『うんっ! ぼくも、ままにおねがいする!』

直軌が喜び笑ってくれると嬉しい。頼って甘えられると、きちんと役割を果たせている気分になった。

だからダイナミクス判定で直軌はＤｏｍなのだと聞いた時、正直びっくりした。なんで? こんなに弱くてかわいくて——自分を頼りにしてくれるのに。そう思ったが、どこかで納得もした。直軌は母と違い、ただ守られるのを良しとしない節があったし、人の心の機微に敏かった。単に性格的なものだったのかもしれない。でも決定的に違った。

思い出すのは自らの傷をえぐることになるが、忘れられない事件がある。

あれは蛍介が小学四年生、つまり直軌は小学校に上がったばかりの頃。休日の商店街で、

Aランクアビリティ使いの無差別通り魔事件が起こった。偶然その場に居合わせた父は、目の前にいた蛍介と同じ年頃の女児をかばって怪我を負った。

蛍介と母はいつものように花村家を訪れ、ちょうど昼食をとっていた。そんな中、最初に母の携帯へ飛び込んできたのは、「父がかなりの重傷である」という一報だった。

蛍介は母を励まさなければと思った。

「父さんならきっと大丈夫だよ」と言う蛍介をよそに、パニックになった母は「どうしよう」と円架に泣きついた。

あれ？　と思った。

父は自分以外の子供を守って大変なことになったという。

母は自分以外の人に助けを求めて背中を撫でられている。

お父さんがいなくなってしまったらどうしよう——という懼れさえ口にすることができず、蛍介は中途半端に浮いてしまった手を、誰にも気づかれぬようそっと下ろした。

『ほらみっちゃん落ち着いて。蛍介くんがいるだろう？』

円架が母の髪を撫で肩を叩くと、ようやく母は慌てて涙を拭き、「あ、そ、そうね。ごめんね、蛍介」と蛍介のほうを見てくれた。

『大丈夫、大丈夫よね』

『うん、僕もついてるから』

とにかく母を安心させたくて、蛍介は必死に笑顔を作った。が、そんな蛍介の手を、不意に直軌が引っ張った。

『蛍ちゃん、よんでほしいご本があるの』

『――直軌』

円架がこんなときに……とやんわり咎める調子で名を呼んだが、直軌は返事もせずに蛍介を見つめて笑った。

『蛍ちゃんパパはつよくてかっこいい、せいぎのみかただもん。ぜったいかえってくるよ』

だからおへやで待っててようよ――。

そう言ってダイニングルームを連れ出されて、正直ホッとした。あの場は居心地が悪くていたたまれなかった。母のそばに自分がいてもなんの役にも立たないし、なんでもいいから気を紛らわせたかった。いや、単純に、直軌とふたりでいたいと思った。

直軌は蛍介にぴったり体を寄せ、いつもより少しだけ大きな声で相槌を打ち、いつもよりたくさん質問をしてきた。幼い彼なりに自分を元気づけようとしてくれているのがわかって、蛍介も直軌に寄りかかるようにして本を読み、丁寧に答えた。

が、そのうち蛍介は尿意を催した。暑い日だったのでアイスティーをたくさん飲んだのと、極度の不安と緊張に襲われ続けていたせいだろう。でも、つい我慢してタイミングを逃してしまった。いよいよ佳境で中断するのは直軌がかわいそうだとも思ったし、そんなところで「ちょっとおしっこ」と言うのはかっこ悪いというのもあった。

とにかく、なんとかこらえて読み終え、慌てて手洗いへ駆けこんだところ——まあなんと運の悪いことに、その日に限ってズボンにはフロントボタンが五つもついていた。

泣きそうになりながらボタンを外（はず）しているうち、脚を温かいものが濡らした。

この年になって漏らしたのもショックだったし、目の前の有様に頭がついてゆかず、どうしたらいいのかわからなかった。

母の「どうしよう」というおろおろした声が聞こえた気がして、ぞっとする。先ほど宙に浮いた手を下ろす時に感じた、悲しくて寂しくてみじめな気持ちが、今になって襲いかかってくる。父も母も、自分を見ていなかった。けど自分は助けて支える側だから、ひとりぼっちでも平気だと、いつも笑っていたはず。それが自分を守る術（すべ）だったはず、なのに。凍りついたように体は動かず、声もだせない。形容しがたい孤独と惑乱の中、蛍介が思い浮かべたのは直軌の顔だった。

（なお——）

その時、

『けい、ちゃん……？』

背中から声がして振り向くと、直軌が目を丸くして立っていた。蛍介は急ぐあまりドアをきちんと閉じきっていなかった。

かっと頬（ほお）がほてるのがわかった。一番見られたくない人に、見られてしまった。直軌の中で「蛍ちゃん」は頼れるかっこいいお兄ちゃんなのだ。だめなところを見せてはいけない。がっかりさせてはいけない。されたくない。けれど——

『あ、っこ、これ、は——……』

またぐらの色が変わった部分を隠そうと押さえると、ぐじゅりと湿った音とともにもう一筋、なまぬるい感触が脚を伝った。最悪すぎて気絶しそうだ。蛍介は半泣きだったと思う。けれど直軌はすぐさま「まってて!」とどこかへすっとんでいった。

すぐ戻って来た彼が手にしていたのはティッシュボックスと昼寝用のタオルケットと、着替えのパンツとズボン。

『だいじょうぶだからね、蛍ちゃん。だいじょうぶだよ。ね?』

床にティッシュを敷き、トイレットペーパーで軽く脚をぬぐわれ、タオルケットでごしごしこすられる。蛍介が棒立ちで泣いている間、直軌はずっと「だいじょうぶだいじょうぶ」と声をかけてくれた。消えてしまいたいくらい恥ずかしかった。けれどそれと同じくらい、真っ先に自分を案じて、懸命にどうにかしてくれようとする幼い直軌の優しさが嬉しかった。触(ふ)れられるたび、自分の中に凝(こご)っていた心細さと不安が、涙になってこぼれ落ちる。しまいには座りこんで泣きじゃくっていた。おそらく直軌の前であんなに泣いたのは、あとにも先にもあの一回きりだ。

ほどなくして、父本人から直接「出血は多かったが命に別状はないから安心してほしい」と母に連絡が入った。どうやら現場の混乱により、情報が錯綜(さくそう)していたらしい。母が泣きながら電話で父と話している間、円架は二階に子供たちを呼びに来て——結局、おもらしはバレた。濡れた衣服の始末までは蛍介にも直軌にもどうにもできなかったし、どのみち臭いやなんやで隠し通すのは無理だったろう。

『ごめんなさい』

うなだれる蛍介の前に立ちはだかった直軌は、「蛍ちゃんはなんにもわるくないんだよ」と円架に訴えた。円架は微笑み、「わかってるよ、蛍介くんだってお父さんが怪我したって聞いて、とても怖かっただろう。こっちこそごめんね」と蛍介の頭を撫でてくれた。

母は「お父さん大丈夫だったたって！」と蛍介を見るなり抱きしめた。蛍介は「よかったね」と言った。喜怒哀楽はいつも母のほうが先に大きく表現する。だから蛍介はそれを受け止めて返す側だった。

『ねえみっちゃん、この子たちお風呂に入れてもいいかな？　遊んでたら汗かいちゃったみたいで』

『？　え、ええ、いいけど――あら？　蛍介……』

舞い上がっていた母でも、さすがに蛍介のズボンが変わっていることには気づいたようだったが、すぐに円架がごまかしてくれた。とはいえ、もし正直に話したとしても、母はきっと怒りも慰めもしなかっただろう。「え～！　そうだったの？」と言うだけだ。そういう人なのだと、円架も蛍介もわかっていた。

彼女に母親として必要なものが決定的に欠落していると感じたのは、蛍介が両脚を失った時だった。母は珍しく取り乱し、父を責めた。蛍介がＤＡＳＴの準隊員になったのは、警察に勤めていた父の影響が大きかったからだ。危ない仕事じゃないって言ったのに、わたしや蛍介を守ってくれるって言ったのに、と母は叫んだ。蛍介は少し嬉しかった。

けれど、次に母はこう言った。

『蛍介、どうしよう、どうしようこんなになっちゃうなんて、かわいそう。どうしたらいいの……』

（……——ああ、そっか）

母はこれでも一応心配してくれている。哀れんでくれている。あれだけ感情をあらわにしてくれたのだから、愛してくれている。——そのはずだ。

だったら、今までどおり「大丈夫」だと言うべきなのだろう。でも、さすがに平気なふりをするには、失くしたものが大きすぎた。十八が子供といえるのかどうかわからないが、蛍介は自分のことで手いっぱいで、母にまで気を回すのが急激におっくうになった。これまで自分より母を優先してきたのを、やめた。

以降母がどのように蛍介に接したかというと、なにもなかった。彼女はなにもなかったかのように振る舞った。いや、気にはしている。見舞いにだってしょっちゅう来てくれる。でもなにも言わない。義足の装着に苦戦していても、リハビリの痛みに悶絶（もんぜつ）していても、見て見ぬふりをする。

（……見て見ぬふり、だとまるで悪意があるみたいだな）

そうじゃない。母は——母はこの期に及んでも、どうしたらいいのかわからないのだ。

一挙手一投足に、「どうしようどうしよう」というおそるおそるの視線が突き刺さる。なにも解決手段を持たない母。問題ごとはすべて人に助けてもらった母。限界だった。

退院後、蛍介は一晩で支度を済ませ、十八年間暮らした家を出た。

翌日、蛍介は仕事上がりに直軌を連れてスーパーへ寄り、部屋の片付けと荷解きを手伝った。荷解きといってもダンボールの数は少なく、中身は服と靴、本、ノートパソコンにいくつかの食器程度だった。家具家電は備え付けなので問題なし。見ればベッドだけ自分の部屋のものと違ったので尋ねると、身長に合わせてロングサイズに変更してもらった、とのことだった。

「なんでそんな成長してんだよ」

「高校に上がったら急に伸びちゃって。バスケ部ってやっぱ効果あるのかな」

昨日からずっと感じていた違和感はこれだったのだと腑に落ちる。蛍介には自分よりも目線の低い直軌の記憶しかない。

「あ、蛍ちゃん喉渇かない？　なにか冷たいもの持ってくるね。それともあったかいのにしようか？」

「冷たいので頼む」

「わかった。ちょっと待ってて」

寮の部屋は2DK。ダイニングキッチンと、収納可能なパーテーションで仕切られた洋間二部屋。当然、バストイレは別。静かな住宅街で職場も近く、なかなかの優良物件だ。

(俺も直軌も、社会人……か)

「……七年、だもんな」

十代から二十代の七年の変化の大きさをしみじみと感じた。自分から離れておきながら、自分が知らない直軌がいることに寂しさを感じるなんて、勝手だとわかっているけれど。

(俺だって直軌の知らない七年を過ごしてきたんだ。こいつは心配してくれてたのに……。手紙だって、あんなにたくさん……——)

蛍介はDASTに入ったあと、それまで親しかったクラスメイトに「今までありがとう」とだけメッセージを送り、スマホの番号を変更し、SNSからも退会した。かろうじて実家と父の電話番号だけは残して、直軌の連絡先は消した。

だから直軌から蛍介への連絡手段はなくなったはずだったのだが——。

『夏凪、お父様から預かったものがある』

半年後、燎彦が持ってきたのは二通の手紙。一通は父から。一通は——直軌からだった。

父はそこそこの地位に就いている警察の人間だ。家を出る際、父にだけはDASTの正隊員になると伝えていたし、周囲の人々から入隊後の様子も聞いていたのだろう。

『あのような苦難や痛みを被ってもなお、人の役に立つという夢を叶えた蛍介を、父さんは誇りに思う。けれど父さんも母さんも本当に願うことはただひとつ、蛍介の健康と幸せです。お前はいつも頑張りすぎるところがあるので、くれぐれも無理をしないよう。体にだけは気をつけて。困ったことがあれば、いつでも連絡を下さい』

蛍介は手紙を読んで少しだけ泣いた。父はあまり達筆ではなく、けれどなんだか味のある豪快な字を書いた。語尾がそろっていないところも、男親が息子に手紙を書く際の戸惑いが現れているようで愛しかった。

父は——事件の時、蛍介と同じ現場にいた。蛍介に危ないからお前は行かないように、ときちんと忠告してくれたのだ。言いつけを破ったのは自分だった。父も怪我を負い、しばらく蛍介と同じ病院に入院していた。蛍介よりは軽傷だったので、時間ができるとリハビリの付き添いにも来てくれた。母の叱責に「俺が悪かった」と謝り、自分に憧れて警官を目指した息子の変わり果てた姿を見続けなければいけない父が、蛍介はかわいそうでたまらなかった。顔を合わせるたび、申し訳なくていたたまれない気持ちになった。だから、逃げだした。

直軌からの手紙も、蛍介のことを想い心配する言葉ばかりが並んでいた。

『蛍ちゃんお元気ですか？　ご飯はちゃんと食べてますか？　脚の調子はどうですか？　痛かったり苦しかったり、寂しい思いをしていないか、とても心配です——』

直軌だって心と体に深い傷を負った。さらにいくら彼を守るためとはいえ、自分が黙って姿を消したことも少なからずショックを与えただろう。それでもなお、こんな手紙を書いて寄越すだなんて。どうして、皆こうも優しいのか。優しすぎてつらかった。音信不通で行方をくらませた恩知らずなど、すぐに忘れてくれていいのに。そう思った。

最後に気づいたが、直軌からの封筒の裏には父の字で「直軌君から預かったもの」と付箋が貼ってあった。実家に送ったのか、それとも、もしかして持って行ったのか。どちらにしろ、以降は父が教えたのであろうＤＡＳＴ宛に届いたものを、燎彦が寮のポストへ入れてくれるようになった。

返事は——書けなかった。

しかし直軌からの手紙は途切れなかった。ペースはまちまちだったが、ずっと続いた。

七年間、ずっと。

（俺ってホントに、酷い奴だな……）

いろいろな出来事を思い返して少し感傷的な気分になりながら、パソコンデスクの上の辞書や学術書を本棚に詰める作業に没頭する。山をひとつ片付けたところで、蛍介は見覚えのある箱に目を留めた。

「これ……俺が送ったボールペン？」——思わず呟く。直軌から志望大学に合格したとの一報を受けた際、いてもたってもいられず購入し、一筆も添えず送りつけたものだ。いつもどおりの手紙の最後、追伸、と小さな文字でしたためてあった控えめな報告に、蛍介は思わず便箋に向かって「おめでとう」と言ってしまったのを覚えている。

「そう。それ蛍ちゃんがくれたやつだよ。直にお礼言ってなかった——ありがとう」

いつの間にか戻ってきていた直軌は蛍介の隣に立つと、宝石箱でも扱うように丁寧にケースを開いた。黒と銀とシンプルなデザインのボールペンはドイツのメーカーのもので、なめらかな書き心地がとても良い。昔、父が持っていたのを思い出して選んだ品だった。

「万年筆が有名だから、そっちと迷ったんだけど、普段使いしやすいかと思って……」

いまさらな言い訳をもごもごとしながら、蛍介はどこかでホッとしていることに気がついた。

直軌は昨日、「自分を嫌いになったのかと思った」と言っていた。だが蛍介も同じようにずっと不安だったのだ。自ら切り捨てておきながら、どこかで怯えていた。忘れてほしいと思いながら、忘れないでほしい、嫌わないでほしいと——きっとどこかで願っていた。

「うん……蛍ちゃんが選んでくれたボールペン。僕、これがあったからここまで頑張ってこれた。ああ、蛍ちゃんは元気なんだ。ちゃんと手紙、読んでくれてたんだって思って」

そこまで口にしてから、直軌は急に両手で顔を押さえてうめいた。

「ど、どうした直軌」

「ごめん……急に嬉しくなって……。昨日はずっと夢みたいだったんだけど、なんか、今こうしてたらホンモノの蛍ちゃんなんだなって実感が……」

それはこっちの台詞だ。蛍介は勢いで返しそうになったのをすんでのところでこらえた。

「ね、蛍ちゃん。抱きしめてもいい?」

「え」

「再会の抱擁をさせて」

「いや、いやそれはちょっと……どうだろう」

断る理由がなにも思い浮かばず、逆に動揺する。

「蛍ちゃん、お願い」

「～っ……！　仕方ないなあ！」

昔から、直軌のお願いにはめっぽう弱い蛍介だった。

そのあと二人は氷が溶けかけて少し水っぽくなった麦茶を飲み、空いたダンボール箱を片付けてから蛍介の部屋に移動し、ささやかな再会祝いの夕食会を開いた。

メニューはマッシュルームと玉ねぎと豆腐の味噌汁、セール品だった特大サイズのステーキ、アスパラガスとジャガイモのチーズ焼き、サーモンマリネとグリーンサラダ。あっという間に二人で平らげ、ビールも開けた。押し麦を混ぜたご飯を二合炊いたのに全然足りず、蛍介は直軌の食欲に驚いた。ただ、食べる速度は昔と変わらず遅かった。

洗い物は直軌がしてくれた。蛍介はテレビ前のソファに座ってぼんやりとその様子を眺めている。これが終わったら帰ってしまうのかと思うと少しだけ寂しい。そのくらい今日は楽しかった。

「……蛍ちゃんは、もしかして幸雨くんを捜してるの」

不意に直軌が尋ねた。水音に紛れそうな小さな声で。昨日のＤｏｍイーターの話で、すぐピンときたのだろう。

幼稚園で蛍介と知り合い、小・中・高と同じ学校だった幸雨は、とにかく目立つ子供だった。背が高く運動神経がよく、アビリティ研究の世界的権威である父親に似て頭の回転も速い。ただ少し口が悪いのもあって、同世代からは敬遠されがちだった。本人もそれを自覚していたのか、一人でいることが多かった。

しかし不思議と蛍介とは仲よくなった。直軌が言うには、蛍介を「自分と同じくらいデキるヤツ」として認めていたからではないかとのことだったが、それは直軌も同様である。

『ううん……ぼくは幸雨くんのこと好きだけど、幸雨くんはちがうんじゃないかなあ……。蛍ちゃんにくっついてばっかりの甘えんぼうだって、よく怒られるし』

確かに怒ることはあったけれど、幸雨は幸雨なりに直軌をかわいがっていたと思う。

『直軌はなんでもかんでも蛍介に頼りすぎ、お願いしすぎ。蛍介だって、いつもお前と一緒にいられるワケじゃないんだぞ』

――だから一人でもがんばれよ。負けずにやりかえしてやれ。

性格や容姿のせいでしょっちゅうからかわれていた直軌に、幸雨はそう教えていた。彼はＤｏｍであることに誇りを持っていた。ＤｏｍはＳｕｂを守る強い生き物であらねばならないという信念と使命感があった。

「そう、だな」

俯いている直軌の表情はよく窺(うかが)えない。長い睫毛(まつげ)が目の下に影を作っている。彼に似ている動物はなにかと聞かれたら、蛍介は迷うことなく「白馬」と答えるだろう。長い首、大きな背を少し丸め、白っぽいたてがみ……ではなく髪を揺らしている姿。綺麗で手を伸ばしたくなる。

直軌は水道の元栓を締め、じっと蛍介を見つめた。菫色の瞳は鏡のようだ。静かすぎて感情や思考が読み取れない。

「……蛍ちゃんならもしかして……って思っていたけど……」

しばしの沈黙のあと、「やっぱり、来てよかった」という独白じみた呟きが落ちる。流し台から出てきた直軌は、蛍介の前にしゃがみこみ、膝に置いていた手を握ってきた。

「火宮隊長が、蛍ちゃんは無茶するからよく見といてくれ、って」

「……そんな言われるほど、やらかした記憶はないんだけど」

反射で反論したものの、「本当に?」と訊き返されると「どうだろう?」と言わざるを得ない。

「昔っから蛍ちゃんはなんでも一人でやっちゃうんだもん」

「そうか?」

「そうだよ。正義のヒーローは孤独じゃなきゃいけない、なんてルールはないのに」

似たようなことを言った——言われたことがある気がして、蛍介は必死に記憶を手繰り寄せる。

『でもヒーローがあぶなくなったら、だれがたすけてくれるの?』

——ああ、あれだ。

『ヒーローは強いから、ひとりでも大丈夫！』

あのあと、幸雨と別れた帰り道。直軌はやはり同じように蛍介の手を握って言った。

『蛍ちゃん、ぼくきめた』

『ん？　なにを？』

『ぼくねえ、いつかヒーローをまもるひとになる！』

まっすぐにこちらを見つめて。

『ぼくが、蛍ちゃんをまもるよ。蛍ちゃんがもし泣いちゃうようなことがあったら、どこにだってぼくがとんでく！』

まだ幼く、か弱い直軌の、大きな夢。かわいい子供の戯言だと、蛍介は笑わなかった。

なぜならその言葉が、本当に嬉しかったから。

（……俺、あの時なんて返したっけな）

繋いだ手が温かくて、胸にチカチカと小さな光が灯ったようだった。

「ヒーローを守る人、か」

「覚えててくれたの？」

ほころんだ口元からこぼれた蛍介の言葉に、直軌が心底驚いた様子で目を瞠る。

「そりゃ、まあ」

無性に恥ずかしくなって、蛍介は直軌の手を脚の上から押しのけた。義足の硬さが伝わってしまうのがなんだか嫌だった。

3

DASTはダイナミクスとアビリティにかかわる事件の中でも、危険度や緊急性が高いものを扱う部隊だ。

——とはいえ、いつも大事件が起こっているわけではないので、所轄（しょかつ）の応援に駆けつけることもたまにある。

今日もそんな一件。走り屋同士のマッチアップだし、夏凪（なつなぎ）向けなのではないか——などという本気なのだかよくわからない隊長の命により、蛍介（けいすけ）と直軌（なおき）は郊外にて暴走族とやりあう羽目になった。

そして日付が変わった零時半現在、二人は激闘の末にようやく若者たちを鎮圧し、「兄貴と呼ばせてください！」と取りすがってくるのをなんとかかんとか指導して、本部庁舎に帰って来たところである。

「そもそも！　俺は！　走り屋じゃないっての！」

スーパースポーツカータイプのパトカー（スピードリミッター解除済）に寄りかかりながら言う台詞（セリフ）でもないと思うが、蛍介は埃（ほこり）まみれになったスーツのジャケットをバンバンはたきながら叫んだ。

「僕、あんなアビリティ初めて見たよ。いい勉強になった」

「音系の能力者は実際珍しいからな。しっかし、トンネルで圧縮された音に炎が消されるとは……。はあ、油断した。俺もまだまだだ」

放った火炎が遠距離からの大音響とともに霧散した時は、そこそこ場慣れしている蛍介も目を白黒させてしまった。相手がなにか得体の知れない特殊能力でも所有しているのかと、警戒に足を止めかけたくらいだ。しかし直軌がすぐに「音のせいだろう」と看破してくれたお陰で、迷いなく対応できた。

「音波や低周波で火が消える……お前と昔やった自由研究のお陰で助かったよ。――はは、『ステレオスピーカーから出る音で、紙筒の向こうにある蠟燭の火は消せるかどうか？』が、まさかこんな形で役に立つなんて」

蛍介が笑うと、直軌も「本当にね」と顔をほころばせる。まさに自由研究と同じ原理で、暴走族のリーダーが放った大きな音により、蛍介の炎は掻き消された。幸いだったのは、それがあくまで威嚇からきた偶然の産物であって、当人に人を傷つける意思がなかったことだ。

「音の周波数と勢い、トンネルの長さ……すごい偶然が重なったんじゃないかな。あの子たちも、今後なにかあれば協力してくれそうだったから、また話ができたらいいね」

「……お前、ダイナミクスの相談を受けてたのか？」

「うん。僕に声をかけてくれたＳｕｂの子……学校でおもしろ半分にコマンドをかけられて以来、怖くて行けなくなっちゃったんだって。あのグループには何人かそういう子がいるって教えてくれた。グループにおいて弱い者いじめは絶対するな、ってルールがあって、みんなが守ってくれる……ここしか居場所がないんだって言ってた」

　子供から大人になる途中の不安定な時期。彼らはアビリティの大きさや、ダイナミクスの衝動をもてあましていた。周囲に彼らを守り、教導してやる人がいなかったのだろう。どうしたらいいのかわからず、つるんで走って暴れることで、溜(た)めこんだものをなんとか発散していたようである。

「そっか……。リーダーの子も似たような感じだった。誰にも相談できずに、周(まわ)りからは他と違うおかしな能力持ってるって敬遠されて……扱い方や力加減を自分で探って……。寂(さび)しかったろうよ」

　直軌と二人ならば、アビリティを存分に使ってねじ伏せることだってできた。だが蛍介がそうしなかったのは、彼らに自分と似たものを感じたからだ。

　幸い蛍介にはエクストラクラスの能力者である父がいたので、強力なアビリティをどう扱えばいいか、それを持った人間はどうあるべきかを教えてもらえたし、人前で無闇に力を振り回すことはなかった。Ｄｏｍ判定を受けた時も同様だった。

　そしてありがたいことに、教師や友人もおおむね好意的に接してくれた。蛍介自身明るい性格であったので、普段は自分が保護管理指定対象者なのをさして気にもせず過ごしていた。

なのにふとした時、居場所がないと感じることがあった。友達の輪の中にいても、先生と話していても、近所の人に声をかけられて挨拶をしても、どこかこの世界に溶け込みきれず、浮いている自分がいる。どうしてそう思うのか、しばらくはわからなかった。

――『蛍介くんはみんなと違うもんね』

理解させてくれたのは、クラスメイトの何気ない一言。拒絶ではなく称賛として述べられた言葉。

――『だってアビリティもダイナミクスもどっちも特別な力があるなんて、すごいよ』

――『国や警察のエライ人からも認められてるんでしょ？　親子そろってエクストラ能力者のＤｏｍなんてかっこいい！』

（みんなと、違う？）

蛍介の父は、自分たちはたまたま大きな力を与えられたが、他の人より偉いわけではない、と言っていた。

力があるからと威張ってはいけない。傷つけてはいけない。皆より強い能力を持っているなら、それをいかに人のために使うかを考えなさい――。

だから蛍介は、父のようになろうと決めた。父同様、Ｄｏｍだから。皆よりも強いアビリティを持っているから。

（あ、そうか）

父は「自分たちは他の人と同じだ」とは一度も言わなかった。むしろ、同じでないからこそ謙虚であれと――同じ目線でいるように心がけなさいと諭（さと）した。

（俺はみんなを同じ世界の人だと思っていたけれど、みんなにとっては違うんだ）

――『蛍介くんなんて、私たちとは違う世界の住人だよお』

その齟齬（そご）が、ずっと違和感をもたらしていた。

（そうだよな。人は炎の周りに寄ってくるけど、飛び込んだりはしないもんな）

寂しかった。だからといって悲しいわけではなかった。火に手をかざし温かいと言ってもらえたり、遠くからでも灯りとなって誰かの足元を照らせるなら、それはすごく嬉しい。納得し、事実を受け入れてしまえばどうということはない。蛍介のヒーロー像ともしっくりきた。

それに、蛍介には幸雨（こう）と直軌がいた。

幸雨は元来の一匹狼な気質と、幼い頃に覚醒したＤｏｍ性によって。直軌は人と違う風貌や、内気な性格によって――少しずつ普通から外（はず）れた存在だった。彼らだけは、蛍介の尋常（じんじょう）ならざるアビリティやダイナミクスを気にすることなく接してくれた。

加えて直軌は、蛍介の知らない七年の間にダイナミクスの保護管理指定を受けている。自（みずか）らではどうしようもない力を手にした者の孤独や葛藤を、蛍介だけでなく――おそらく直軌も、経験してきた。

それゆえ、居場所を求めて彷徨（さまよ）う若者たちを放っておけなかったというわけだ。

最終的に彼らは熱心に説得を試みる蛍介たちの漢気と義足に関心を示し、一度走り比べをしてほしいと言い出した。

蛍介が任務用に装着している銀色の義足は、ローラーブレード仕様にもなる。爪先には発火能力を補助するファイアスターターが仕込まれており、ズボンの上から装着している脹脛パーツには超小型ジェットエンジンまで搭載。メカ好きでなくとも、男子ならば目を輝かせる一品だ。アスファルトで一回転すると同時に炎の円ができた時など、拍手と歓声が湧き起こった。

「久しぶりに蛍ちゃんの炎を見たけれど、やっぱり本当に綺麗だね」

「そう——か？」

真正面から褒められて、蛍介は気恥ずかしさに視線を逸らす。

父譲りの青い炎は、蛍介の誇りだ。実は母も炎使いなのだが、扱えるのは蠟燭の灯り程度。ただ、広い範囲に驚くほど緻密なコントロールで、たくさんの火を燈せる。

蛍介のアビリティは、偶然にも二人の優れた部分だけを受け継いだ稀有なものだった。

「うん、僕、大好きだよ。あたたかくて透き通っていて……不思議とキラキラ光ってるんだ。なんでだろう」

どちらかというと畏怖や憧憬の対象になりがちな、突出した能力。

けれど直軌は、いつも恐れるどころか愛しげに手を伸ばしてきた。凶器になりかねない指を宝物のように握って、嬉しそうに微笑んだ。

その頃と変わらないまっすぐな言葉と純粋な笑顔に、蛍介は思わず目を細める。

「そんなふうに言うの、お前くらいだよ」

「そうかなあ？　――今の子たちも、蛍ちゃんのお陰ですごく救われたと思うよ。能力に苦しむ人にとって、きっといい目標になる」

「そんなたいそうなモンじゃない……。でも、こういう生き方もあるんだって、少しでも思ってもらえたなら――よかったかもな」

しかし義足は義足。最高速のまま長距離を走る仕様にはなっていない。古式ゆかしき六連ラッパのゴッドファーザーをＢＧＭに改造バイクと競争をした蛍介の脚は、先ほどからぎしぎし悲鳴を漏らしていた。庁舎は恐ろしく広いので、執務室までの道のりがいつにも増して遠く感じられる。

「体、大丈夫？」

「あー……耳や頭はまだちょっとガンガンしてるけど、平気」

「そっちもだけど、脚のほう。僕に手伝えることある？　寮に帰ったら夜食でも作ろうか」

廊下の照明は最低限に絞ってあり仄暗い。夜の博物館めいた静謐を進みながら、蛍介は「いや」と首を振った。

「朝イチで技術部に修理頼むつもりだけど、一応自分でもメンテしておきたいから。また明日な」

「――ん、わかった」

直軌は今のところ必要以上に蛍介の領域へ踏み込んでこようとはしない。いや、物理的には踏み込んできている。昨日だって「今日の夕飯焼きカレーなんだけど、一緒に食べない？」と電話がかかってきたので、「食べる」と即答してしまった。そして五分後には熱々のグラタン皿が二個乗った天板ごと持った直軌が部屋に来た。蛍介は思わず、「早いしお前がこっち来るんかい」と突っ込んだ。

「ふっふ」

「？　どうしたの、蛍ちゃん」

「や、昨日さ、もこもこのミトンして焼きカレー持ってきたお前の格好、かっこいいのにかわいかったなって」

「それは僕、褒められてるの？」

「うん？　うん、もちろん」

きょとんとした顔で蛍介が頷（うなず）くと、今度は直軌が肩を揺（ゆ）らして笑った。

「そっかあ、嬉しいな、ありがとう。でも、部屋で高校のジャージ着てた蛍ちゃんほどじゃないよ」

「うぐっ」

油断していたので、一人でだらだらする用の部屋着のままドアを開けてしまった蛍介である。つまりそれほど直軌に気を許しているということだ。まだ再会して半月にもかかわらず。

「ふ、普段はもうちょっとまともなカッコしてるんだって。……ウソじゃないからな！」

言い合ううち、ようやく「第一・第二制圧部隊」というパネルのかかった部屋（ちなみにあまりにも個性豊かな面子がそろっているため、他の部署からは「虎穴」だの「竜の巣」だのと呼ばれている）に辿り着く。見た目がボロボロな二人は当直の隊員に驚かれたが、大きな怪我はないと伝えるとずいぶん安心した様子だった。蛍介はまたもや「夏凪はすぐ無理するから」と言われ、直軌に心配された。

「蛍ちゃんて、普段どれだけ無茶してるの？」

「おかしいな……そこまでじゃないはずなんだけど……」

夜も遅いため簡単な報告書を作成した二人は、直軌の運転する車に乗り換え、帰途についた。超特急だったパトカーでの往復と違い、今はゆっくりと滑るように。深夜の東京を、車は走る。蛍介は外の夜景より、窓にぼんやりと映る直軌の横顔ばかり眺めていた。こんなタイミングでなければ、このままどこかに行ってしまいたいほど心地よかった。

「今度は仕事じゃなく、ゆっくりドライブしたいね」

あっという間に寮に到着し、スムーズなバック駐車を決めた直軌が言った。

「蛍ちゃんはジャージで」

「んなモン着るか！」

目が合い二人で噴きだす。直軌の部屋の前で手を振って別れ、蛍介は廊下の突き当たりにある自分の住処へと戻った。

「い――ったた……」

ドアに鍵をかけた瞬間、耐え切れず玄関にへたりこむ。直軌や同僚にも言ったとおり、体に怪我はない。あくまで体には。

けれど義足には痛覚のフィードバック機能がついている。食らったダメージは電気信号に変換され、繋(つな)がっている蛍介の肉体に流れ込む。

だから怪我はしていないが、痛みは受けている。

壁に半身を押しつけるようにしながら寝室へと這入(はい)る。ベッドに倒れこみ、補助パーツを外してスラックスを脱ぎ捨て義足を外す。長らく圧迫されていた部分が開放され、むず痒く鈍い痛みが下肢からじんとのぼってくる。

「っア……ぐ」

これが現実の痛みなのか、それとも無い脚の幻痛からくるものなのか、一瞬判別がつかなくなって浅く喘(あえ)ぐ。あるのは絶頂にも似た疼痛(とうつう)と快感。そして、自分はまだ生きている、という実感だった。


『ん』

『ん?』

目の前に突き出された絆創膏(ばんそうこう)には、確か当時人気だった特撮ヒーローがプリントされていた。顔を上げると知らない子だった。もちろんここの幼稚園の子供なのだろうけれど、蛍介が言葉を交わしたことはなかったはずだ。

『さっき、すりむいただろ』

『あ……』

蛍介はとっさにスモックの裾(すそ)を握り、右手を隠した。砂場でお城を作っていた蛍介の横、スコップの取り合いをしていた女の子がひっくり返りそうになったので、慌(あわ)てて助けた時にすりむいたのだった。

女の子は驚いて泣いてしまったし、これで自分が「ケガをした」と先生に言えばいっそう騒ぎになると思い、そそくさとその場を立ち去ったのだが……どうやら見られていたようである。

『おまえ、いいことしたんだから、どーどーとしてろよ』

少しつっけんどんなしゃべり方。名札は同じ年中組の別クラスのものだった。

『たてあき、こう――くん』

『そうだよ』

比較的成長の早かった蛍介よりも高い背と、はっきりした彫りの深い顔立ち。長めな朽葉色(くちばいろ)の髪。幼心にかっこいい子だな、と思った。

『ぼく、なつなぎけいすけ。よろしくね』

『ん。て、あらった?』

『うん、あらった』

『じゃあ、けがしたとこ、だして。おれがはってやる』

「おれ」という一人称を使うのは、幼稚園で他にいない。普通であれば背伸びしすぎな印象を受けそうなものだが、彼には妙に似合っていた。

『うん。ありがと、こうくん』


なぜ唐突に、こんな懐（なつ）かしい出逢いを思い出すのか――。

蛍介はまだチカチカする頭を押さえ、太ももの先端を覆（おお）っていたシリコンカバーを取り払う。多少凹凸のある丸くすべらかな脚の切断部分が覗き、そこを手のひらで撫（な）でる。

両の脚を奪った相手など、普通に考えれば赦（ゆる）せないはずだ。

でも蛍介は未（いま）だに幸雨を憎めずにいる。

無くなった脚が時折痛むのと同じく、まるで亡霊のように。昔の幸雨が、心の奥深くに焼きついて離れない。

初めて直軌と対面した際、その外見をからかうことなく「おまえ、すごいきれいだな」と言ったこと。

三人並んで寝るのに、直軌が端っこは怖いと言うので、蛍介と幸雨で直軌を挟（はさ）んで寝たこと。そしてそれを「こういうの、川の字になってねるっていうんでしょ?」と言った直軌に、「形はあってるけど意味がちがう」と笑いながら教えてやっていたこと。

休憩時間、図書館で独り本を読んでいる彼の隣に座ると、「無理して合わせんなよ」なんて唇を尖らせ――でもそれに「ぼくも本を読みたい気分なんだってば」と返したら、仕方なさそうにおすすめの一冊を持ってきてくれたりしたこと。

蛍介の体は欠けようとも、その記憶たちは今も美しく輝いている。

▼

蛍介と幸雨が小学五年生の初夏。

夕刻、父が真っ青な顔で帰宅した。母も珍しく顔色を変えて――言っていることは、いつもの「どうしよう」だったけれど――、円架に電話をかけ、なにやら深刻そうに話していた。

「蛍介。こっちに来なさい」

幸雨と蛍介の家は少し離れている。それでもなにか、ざわざわした空気を感じた。湿度の高い蒸し暑い日だったので、遠くからのパトカーや救急車のサイレン音がよく聞こえた。

「……幸雨くんの家に悪い人が入って、幸雨くんとお母さんが大怪我をした」

「え」

父はひとつひとつ言葉を選び、蛍介の親友に起こった不幸を短く説明した。

幸雨はなんとか一命を取り留めたが、母親は亡くなったとのことだった。

「おばさん、が……？」

直軌のところほど通い詰めてはいないが、幸雨の家にも何度か遊びに行ったことがある。

幸雨の母はとても明るく、潑剌とした人だった。

『まあまあ！　幸雨がお友達を連れてきてくれるなんて！　蛍介くん直軌くん、これからもこの子と仲よくしてあげてね』

本当に嬉しげな様子で目を細め、彼女は蛍介と直軌の手をとった。あの手の温かさや、そのあとご馳走になったフルーツポンチの味、照れくさそうにしつつも上機嫌な幸雨の顔——。またいつか巡ってくると思っていた、楽しい日々の一ページ。

それが唐突に引き裂かれた衝撃と、笑って手を握ってくれた幸雨の母が、この世からいなくなってしまったという事実がどうにも信じられなくて、蛍介はしばらくぼうっとしていた。いつか父の怪我が誤報だったように、「やっぱり間違いだったよ」と誰かが言ってくれないか期待したけれど、駄目だった。

犯人は未だ逃走中ということもあり、学校はすぐさま休校が決まった。父もまたすぐに家を出なければいけない。不安がる母に円架が「ウチに来たらいい」と言ってくれ、その晩、蛍介たちは花村家で過ごした。

『幸雨くんママ、いなくなっちゃったの？』

七歳の直軌は、人の死がすぐにはピンとこない様子だった。

『幸雨くんは……幸雨くんのママに、もう二度と会えないってこと……？』

けれど「もしも自分が幸雨だったら」と考えることで理解したのか、やがてぽろりと紫の瞳から涙をこぼした。

恐ろしくて悲しくて、でもどこか夢の中を漂っているように非現実的で、蛍介と直軌は身を寄せ合い夜を明かした。

朝、被疑者確保の一報が流れた。小さな街は大騒ぎだ。マスコミが押し寄せ、テレビをつけるとどのチャンネルでも幸雨の家が映っていた。「子供はあまり見ないように」と蛍介たちは遠ざけられたが、話の断片は聞こえてきた。

『無理矢理コマンドをかけられてしまうと、ＳｕｂはＤｏｍに逆らえないということです』

『本当に指一本も動かせないんですか？　なにかこう……助けを呼ぶとか、悲鳴を上げるとかは』

『でもそれって、ダイナミクスなんて関係なく女性では無理ですよ。腕力や体格でも勝てないし、恐怖とパニックで動けないでしょう』

呑気に話し合うのはＮｅｗｔｒａｌのコメンテーターだ。蛍介は気分が悪くなり、それ以上は事件の話題を目や耳に入れないようにした。

幸雨とはしばらくの間、まったく連絡が取れなくなった。幸雨の父も事件後一週間は憔悴しきった様子でテレビに映ることもあったが、やがてぱったり姿を見なくなった。体調を崩して入院しただの、行方不明になっただのと言われていたが、実際はわからない。少なくとも、立秋家が壊れてしまったのだけは確かだった。蛍介はなんとか幸雨に会えないか、見舞いにいけないかと父に尋ねたが、父は黙って首を振るばかりだった。

直軌も「このまま幸雨くんと会えなくなってしまったらどうしよう」と心配した。小学生の子供にできることは、あまりにも限られていた。蛍介は直軌を誘い、幸雨へ宛てて「早く怪我が治りますように。元気になったらまた絶対会おうね」といった内容の手紙を書き、人の気配が絶えた立秋家のポストに直接投函するのが精いっぱいだった。

だから六年生になって幸雨が戻ってきた時は心底嬉しかったし、安堵した。

一年ぶりに再会した幸雨は、別人のように痩せて背が伸びていた。でも「よう」と何事もなかったかのように手を挙げた姿は、プライドが高く凛とした幸雨のままだった。蛍介は思わず幸雨に抱きつき、こみ上げる涙を懸命にこらえながら「おかえり」と言った。直軌はもちろん泣いていた。幸雨に「お前が泣くなよ」と言われ「ごめんね」と謝って――、でも最後は幸雨が「オレのほうこそごめん」と直軌の頭を撫でていた。

事件直後こそ近所やネットで心ない噂話がいくつか流れたものの、既に一年経過していたせいもあってか、幸雨が学校で直接いじめられるようなことはなかった。誰もが事件を――なんなら幸雨本人も含め――触れてはいけないものとして避けていたのだと思う。幸雨を取り巻く人々も環境も、不気味なほどあっさり元どおりになったように見えた。

蛍介は幸雨の体調や家のことなど大丈夫なのかと頻繁に尋ねたが、幸雨は「平気」の一点張りだった。父親の様子を訊いても、「相変わらず研究ばっかか」とどこか他人事のような呟きが返ってくるだけ。しつこくしてはかえって彼を傷つけてしまいそうで、蛍介はそれ以上踏み込めなかった。せめて今までどおりに、けれど母を亡くした彼の孤独を少しでも埋められるよう、それとなくそばに寄り添っているしかできなかった。

蛍介の両親——特に父は幸雨をとても気にかけていた。刑事の自分がいては事件を思い出してしまうかもしれないからと、自分が当直の日に幸雨を夕食に招くよう言ってくれた。母は料理が得意なので、そういった頼まれごとにはやる気をだして、たくさんの食事を用意した。持ち帰り分まで保存用容器にどっさり詰めておいてくれたのは、蛍介も嬉しかったし、幸雨も喜んでいた。

同様の食事会は花村家でも催された。ただし、以前より回数をあまり増やさないように、注意しながら。三人が互いの家を行き来し食事をご馳走になるのは、昔からそう珍しいことではない。だからあくまでその延長線上、決して哀れみや施しではなく、対等な友人一家としての好意であり行為なのだと——〝普通〟なのだと、皆それぞれに心がけている雰囲気があった。

幸雨は賢いので、そんな気づかいもおおよそ理解していただろう。けれど食卓を囲みわいわい話している時は、ちゃんと子供の顔に戻った。それを見ると、蛍介はホッとした。

事件の全容をきちんと把握したのは、蛍介が中学生になってからだ。

概要はこのようなものだった。

——昼頃、買い物を終えて自宅に入ろうとした幸雨の母（Ｓｕｂ）に、尾行していた当時十九歳の男（Ｄｏｍ）はいきなり後ろから「Ｋｎｅｅｌ」のコマンドをかけて家に上がりこみ、一度目の強姦を行った。

　そのあと男は空腹を覚え昼食を作らせようとしたが、彼女が途中グレアに怯えることなく抵抗するそぶりを見せたため、頬を打つなどして暴行し、長時間にわたり再び強姦した。そこへ幸雨が帰宅。激昂した幸雨はＢクラス相当の電撃アビリティで挑みかかるも、空気操作のＡクラス能力者であった犯人の反撃を受け、四肢と肋骨の骨折、全身数十か所の深い裂傷を負う。男は重傷の幸雨の前で「息子だけは助けて」と懇願する母親を更に犯し、「俺みたいな若いＤｏｍにやられて嬉しいだろう」「Ｓｕｂなんだからもっと泣いて喜べ」などと罵倒した。やがて彼女がサブドロップに陥ったのを見るや、それを放置して逃走。既に多量の出血と骨折により動けなくなっていた幸雨は、目の前で母が徐々に弱り息絶えるのを見ていることしかできなかった。

　そしてすべてが終わったあと、仕事を終え帰宅した幸雨の父が、変わり果てた姿の妻と、瀕死の息子を発見した――。

　さして長くもない文章にもかかわらず、蛍介は意味が呑み込めなくて何度も読み返した。文字としては認識している。しかし現実として咀嚼しようとすると、全身が震え、汗が滲み、涙で視界が霞んだ。これが毎日顔を会わせていた親友と、あの優しい母親の身に降りかかった出来事なのだと、頭が受け入れてくれなかった。

　ひととおり事件に関する文書を読み込んだ蛍介は、ただただ茫然としていた。自分が空っぽになった気分だった。幸雨が体験した惨劇を、今になって知った空しさ。あれだけみんなを守ると豪語しておきながら、なにもできなかった事実。もしかしたら幸雨が助けを呼んでいる間、自分は呑気に遊んでいたかもしれないという後悔や恐怖にも似た感情。

結局、必要な時にそばにいなければ、なんの意味もないのだと思い知った。大人が聞けば「それは仕方ないよ。お前は悪くない」と言ったかもしれない。だが蛍介は、自分のことが、夢ばかり掲げて友人の窮地を素通りした、ひどい人間に思えて仕方なかった。

どうしたらいいかわからなかった。どうしたら幸雨を救えるのか、もう手遅れではないのか。そんな懼れが心の隅に黒い染みのようにこびりついたまま、月日は流れた。

蛍介と幸雨は高校生、直軌は中学生になった。三人とも同じ中高一貫の進学校。地元から少し離れているお陰で、幸雨の事件を知らない人も多く、中学から高校にかけては至極普通の学生生活を送った。二人が進級するたび、直軌が「なんで僕、せめてもう一年早く生まれなかったんだろう……」としょげかえっていたのは、かわいそうだったけれど。

とにかくその間変わったことといえば、直軌がダイナミクス検査でDｏｍと判定されたのと、蛍介が准隊員としてDASTに入ったくらい。直軌は相変わらず蛍介にべったりで、幸雨に「いい加減ウザい」とたびたび叱られていた。幸雨と直軌はそうやってたまにもめたりしていたが、よく三人で遊びに出たり一泊旅行に行ったりもした。

そういえば、たった一度だけ、直軌が不思議なことを言っていた。

『……ねえ蛍ちゃん。幸雨くんは、本当に前と同じ幸雨くんなのかな』

その頃には、彼も事件の内容を間違いなく知っていたはずだ。だが、それについて直接言及する機会はほぼなかった。

『あんなことがあったんだ。……同じでいられやしないだろ』

『そうだよね。わかってる。でも、その上で僕は——今の幸雨くんのこと、たまにまったくの別人みたいだって、思う時がある——』

高校三年生の春、幸雨は突然「明日っから入院してくる」と告げた。「ちょっとコンビニ行ってくる」くらいの軽い調子だった。

「まあまあ長くなると思う」

「長くなるって……どこか悪いのか？」

「いや、事件の後遺症みたいなモンだよ。大丈夫——また連絡するからさ」

こうしてまたもや唐突に、穏やかな日々は今度こそ終わりを告げたのだった。

『緊急応援要請。国立セレステ医療センターにて暴動、火災が発生。マル被はD棟患者、立秋幸雨十八歳。同棟患者を数名殺害ののち、入院患者の中学生と思しき一名を人質に、現在もD棟に立てこもり中。ＤＡＳＴ隊員、准隊員は至急現場に急行されたし。B～C棟の入院患者と職員の避難、救護を最優先とする。なお、マル被のアビリティ、ダイナミクスとも非常に危険なレベルのため、エクストラクラス隊員以外は対応しないよう――』

ひどい悪夢の再現だ。

燎彦の車に拾われ、現場である郊外の病院へと駆けつけた蛍介は、陣頭指揮を執る父の姿をすぐに見つけた。顔は煤にまみれ、額を血だらけのタオルで押さえていた。

「父さん！」

避難誘導中である病棟のほうは騒然としているが、まだ人員が十分足りていないせいなのか、ＤＡＳＴ隊員たちは妙に静かだった。

（違う――）

よく見れば父ほどではないにしろ、皆、傷を負っている。少し離れたところでは女性隊員が座り込み泣きながら嘔吐していた。か細く「むり、むりです、あれはむりです、すみません、すみません」――放心した呟きが風に乗って流れてくる。

「……人質を含むＤ棟生存者の救出は断念する。以降、全員Ｄ棟には近づくな。もし被疑者が出てきて他病棟の人に危害を加えるような動きがあれば――もう一度私が行く」

父の言葉に、誰も何も言わない。

異様な空気だった。

「蛍介」

父は蛍介を見つけるなり、人目につかない場所へと誘導した。

「何が起こってるんだよ、父さん。幸雨がなんで？　被疑者って間違いだろ？」

「蛍介、落ち着いて聞きなさい」

その声風と表情が、七年前と重なる。

「立秋幸雨は七年前の事件で大怪我を負った際、体の半分以上をクローンボディ化されていた。……いや、もうあれはクローン体に頭だけ縫いつけたと言ったほうが正しいのか……。どちらにしろ、彼の父親である立秋博士は、息子を助けるために罪を犯した。新しい息子の体を作る際、国が保管していたさまざまなエクストラクラス能力者のサンプル遺伝子を無断コピーして組み込んでいたんだ。その後、立秋博士は行方をくらませ、現時点で所在どころか生死さえわかっていない」

頭蓋を吹き飛ばされでもしたような衝撃に、耳鳴りが止まない。

「――どういう、こと？」

「立秋幸雨は今や、強大で多種にわたるアビリティの集合体。洗脳・念動・透視・発火・氷結・模倣……ほとんど兵器か災害だ。到底、人ひとりが扱いきれるものではない。無理矢理詰め込んだところで、器はいずれ壊れる。正確には、既に壊れ始めている。今回の入院は一連の事態が明るみになったための、やむを得ない措置だったんだが――」

「……そんな」

傷の痛みと慚愧の念の両方に、父の精悍な顔が歪む。

あいつ、そんなそぶりはひとつも――口を開きかけた蛍介は、「ひとつも？」と自問し、息を吞んだ。そういえば事件以降、自宅に呼んだことはあっても、幸雨の家に呼ばれたことは一度もなかった。週に数回の通院も、事件の傷にかかわることだろうと思い込んでいた。父親の様子を聞いた時の淡白な反応も、今なら合点がいく。

事件が起こってからも幸雨は――いや、周りも――異常に〝普通〟であり続けた――。

――『……ねえ蛍ちゃん。幸雨くんは、本当に前と同じ幸雨くんなのかな』

――『あんなことがあったんだ。……同じでいられるわけなんてない』

自分でも言ったではないか。

（〝普通〟でいられるなんておかしいって思うべきだった――それを俺は）

事件を知った時にぽつりと生まれた黒い染みが、じわじわと集まり、ひとつの形になろうとしている。

「蛍介、立秋幸雨はもうお前の知っている『幸雨くん』じゃない。今は考えるな。お前たち准隊員はB棟とC棟の人たちの避難を手伝え。絶対にD棟に行っては駄目だ」

強く摑まれた腕の痛みに、蛍介は我に返り声を絞りだした。

「直軌が」

「直軌くん？」

「今日、入院してるはずなんだ……。緊急通信では、中学生が一名人質に取られてるって言ってた……。あれ、直軌じゃないよな？　直軌は無事なんだよな？　生存者救出は断念するって……幸雨も、直軌も――ちゃんと助かる、よな……？　なあ!?」

中学に入ってからダイナミクスが覚醒した直軌は、そのＤｏｍ性がぐんぐんと強くなっていった。蛍介も幸雨もＤｏｍだったのであまり気にしていなかったが、Ｄｏｍが三人つるんでいるのはかなり目立ったらしい。三人とも背が高かったし、容姿がそこそこに整っていたせいもあるだろう。街を歩いていると、同じ年頃どころか大人の女性のＳｕｂに声をかけられることも少なくなかった。

中でも直軌の存在は人目を惹いた。成長途中の顔立ちは男らしくも美しく、体つきはほっそりとしなやかで、なによりその声音や目線、立ち居振る舞いのひとつひとつが魅力的な雰囲気をたたえていた。

『検査入院だって。なにされるんだろう？　ちょっと怖いかも』

けれど蛍介は「お前、ますます円架さんに似てきたな」くらいの感覚で、これまでと変わらず接していた。

蛍介にとって直軌は、いつだってかわいくて大切な、守るべきものだった。

『平気だよ。俺も小さい頃から何度かやってるけど、なんか質問されたり血採られたりして、最後に書類書かされただけだった』

幸雨が知りもしない誰かを人質にするだろうか。そもそも、こんな状況で人質を取る意味がわからない。既に何人も殺したというのが嘘か本当かは知らないが、現時点でＤ棟がほぼ放棄されているなら、どこへだって逃げればいい。籠城などする意味がない。

これはおそらく人質ではなく、撒餌だ。

「来てくれると思ったぜ、蛍介」

父の制止を振り切って走り抜けた先。果たして、幸雨はそこにいた。

両手を広げ、来訪者を歓迎していた。

ロビーは一面血の海だった。

折られ、千切られ、潰され、燃やされた、おぞましい亡骸の数々。

とても人の手で行われたとは思えないような殺戮の残骸。

幸雨は蛍介の顔を見るなり、ほうと満足げに息を吐いて、薄く笑った。

「やっと母さんを殺したヤツをサバいてやった」

それが「捌いて」なのか「裁いて」なのか、どちらもなのか——。蛍介は着込んだコートの袖で口元をぬぐいながらぼんやりと考えた。惨状を前にして、胃酸で焼けた喉奥がヒリつく。そこらじゅうから立ちのぼる臓物の香りに、鼻も頭もおかしくなりそうだ。

「オレや母さんがどれだけ泣いて頼んでもやめてくんなかったクセに、殺さないでだの早く殺してだの大騒ぎだよ。どうして殺される覚悟もないのにあんなコトできたのか、聞いてみりゃよかったな」

独り言じみた口調はおそろしいほど平坦だった。平静を装っているわけでも、自分の力に陶酔しているわけでもなく、ひたすらに冷たい響き。

「なんで――これ……全部、お前が……？」

事件概要を読んだ時と同じだ。蛍介は思った。思考が断線して、言葉がでてこない。心と体が現実を拒もうとしている。

「裁判」

「え？」

「裁判が終わらねェんだよ、まだ。地裁からスタート、高裁いって無期判決。上告して、最高裁で破棄差し戻し。事件から何年経ってると思う？」

呟いた幸雨は、頭痛でもこらえるように額を押さえ首を振った。

「なんの罪もない人間を殺したヤツが、なんでまだ生きてるんだ……？　なんで殺されないんだ？　犯人にも命がある？　そんな話する前に、母さんの命の話をしろよ。被害者が一人だからとか、犯人の家庭環境が悪かったとか、Ｄｏｍの人権がどうだとか。どうでもいいことばっか延々と持ち出して……殺されたほうじゃなくて、殺したほうが守られてる。――なあ蛍介、お前ならわかるよな？　ヒーローを目指すお前なら、これが正しくないことだって、わかるよなァ」

だんだんと幸雨の声は熱を帯び、上ずって震えはじめる。まるで泣きだしそうな響きにも思えて、蛍介は感情の置きどころがわからないまま、その場に立ち尽くすしかない。

「父さんはすぐに周りを見限ったよ。世のため人のために研究しても無駄なんだって、諦めた。……もともと母さん一筋で、母さんが喜んでくれるから人に尽くそうとしてたトコがあったからな。でもその理由がなくなったら、他の誰かのために頑張る意味もない」

犯人が殺したのは、幸雨の母たった一人。でも幸雨にとっては唯一人の母親だ。

その一人が殺されたことにより、一つの幸せな家庭、遺された父と息子二人の人生が木っ端微塵に破壊された。

だけれども、法で裁くにはいくつものステップを踏む必要があった。彼の言うとおり、ダイナミクスを利用した犯罪――ＤｏｍとしてＳｕｂを屈服させ犯し殺したから――という理由で罪を重くするのは、ダイナミクス所有者への差別ではないのかなどと言いだす団体や弁護士が現れて、裁判は泥沼の様相を呈していた。

「殺しとけばよかった……殺しておけば……。でも殺せなかったんだよ。あの時のオレには力がなかった。あんなに母さんは苦しんでたのに、オレは助けられなかった。……誰も助けてくれなかった」

『助けてくれなかった』――その言葉が、蛍介の心臓に熱した鉄のごとく流れ込む。

「母さんの代わりに、オレが死ねばよかった。母さんと一緒に、オレも死ねばよかった。相打ちでもなんでもいい、アイツを殺せばよかった……」

その言葉は、別の衝撃をもたらした。

さっきまでが天井ごと落ちてくる途方のなささなら、今のは銃弾で打ち抜かれた感覚。

幸雨はこの七年の間、ずっと考えていたのだろうか――。

オレが死ねばよかったと。

凄惨な母の死を何度も何度も再生しながら、独りきりで考え続けていたのだろうか。

「挙句の果て、犯人は精神に異常をきたしてるから入院だとよ。精神疾患？　心神耗弱？　ダイナミクス不全？　知ったこっちゃねェ！　理由がありゃ罪が軽くなんのか？　あ？　そんだったらさ、『Ｓｕｂなら好きにできると思った』とか『誰でもいいからいたぶりたかった』っていうゴミみてェな理由で人の母親殺した罪の重さを、オレが——オレと父さんが自覚させてやってもいいよなァ！　なあ⁉」

呟きはやがて絶叫に。もはや幸雨自体が燃え盛る炎だった。心火に言葉の薪をくべ、その身ごと燃やして泣いている。蛍介の目にはそんなふうに映った。

無論、蛍介とて幸雨が完全に事件を吹っ切ったなどと思っていたわけではない。だからといって、ここまで追い詰められていると想像したことがあっただろうか。

（幸雨はずっと、ずっと一人で……この怒りや苦しみを抱えていたのに……。俺……いったい、なにしてたんだ——？）

彼の孤独に寄り添っているつもりで、ほんの少しは痛みを共有しているつもりで——。

（なんにも——できていなかった）

たとえばこれがドラマや漫画ならば、『正義のヒーロー』はきっとこう言うはずだ。

「こんなことをしたって、亡くなった人は帰ってこない」——もしくは「亡くなったお母さんが悲しむぞ」と。

だから？

だからなんだ。それがどうした。

幸雨にそんな言葉をかけられるわけがない。

死者が甦らないことなんて、幸雨自身が一番よく理解している。

母が悲しむ——ああ、それは確かに、生きていたら悲しんだだろうとも。

時が経てば傷は癒える？　これからの人生のことを考えろ？　どれも呑気で馬鹿みたいだ。尊厳を奪われ、無残に犯され、心をすり潰され——ゆっくり弱って息絶えてゆく母の姿を間近で見つめるしかできなかった子供に、いったい何を言えるっていうんだ。

もう二度と帰ってこない、取り返しのつかないものを、どうしたらいいんだ。

途方もない絶望と無力感に、膝が折れかける。

幸雨はそんな蛍介の様子を見て、ほんの少しだけ昔のように微笑んだ。

「お前は優しいヤツだよ、蛍介」

学校の帰り道に交わす雑談じみた気安さ。足は血だまりを無造作に掻き混ぜている。

「オレはＤｏｍの役目を果たさないＤｏｍを殺す。ただ力を振り回すだけの、Ｓｕｂを守ることさえできないＤｏｍに、なんの価値がある。セレステのＤ棟は『半永久隔離施設』。家族にさえ見捨てられた患者の廃棄場所。なんらかの事情で死刑にはできない、けど危険で野にも放てない。政府が扱いに困ったダイナミクスやアビリティ重犯罪者の監禁病棟さ。そんなヤツらを生かしとく意味あるか？」

幸雨は間違いなく間違っている。にもかかわらず、蛍介は否定できない。

「蛍介、言ってただろ？　弱い人たちを守るって」

「――言ったけど、それは」

「だからオレと一緒に行こう、蛍介。お前とならきっとできる。世界が裁いてくれないＤｏｍをやっつけて、二人で本当の正義の味方になるんだよ」

　正義の味方に。二人で。

　蛍介は頭の中で繰り返し、一人足りない、とぼんやり思う。

（……直軌、は？）

　そういえば、直軌はどうした？

「とりあえずＤ棟のゴミは全部片付けたから、もう用はない。安心しろよ蛍介、関係のない職員はちゃんと逃がしたぜ？『洗脳』を実際人に使うのは初めてだったけど、どうもグレアが強いと効果が上乗せされんのか、ダイナミクス関係なしにみんな言うこと聞いてくれて楽だったよ。患者のＤｏｍにだって、『殺し合え』の一言でほぼ済んだもんな。――あー、蛍介、もしかしてお前……コイツを探してんのか？」

　そう言って幸雨の背後の廊下奥から引きずり出されたのは、満身創痍の直軌だった。

　幸雨の言ったとおり、この病棟は度が過ぎるダイナミクスやアビリティにより、心身にまで異常をきたした埒外の化物たちの檻。それを一人で壊滅させたという常軌を逸した宣言よりも、目の前の光景のほうが蛍介にはよほど信じられない。

「直軌！」

蛍介の呼びかけに、直軌はうっすらと目を開けた。

「けぃ——ちゃ……。来ちゃ、ダメ……だ——」

薄灰色の髪の一部は乾いた血でどす黒く固まり、体の至るところ——特に胸のあたりからまだ鮮血が溢(あふ)れている。

「ご親切に直軌もオレを心配してこっち来てくれてよォ。けど駄目だコイツは。話になんねェわ」

幸雨が軽く指を動かせば、見えない糸で吊るされたかのように直軌の体が浮いた。

「なんでだよ幸雨！　なんでお前が直軌を……！」

猛然と食ってかかる蛍介に対し、幸雨はさも当然とばかりに返す。

「直軌はヘンに勘がいいから、前からオレのこと警戒してたんだよ。なにか隠してないか、おかしなこと考えてないかって何度も聞かれてさ」

「直軌が……」


——『……ねえ蛍ちゃん。幸雨くんは、本当に前と同じ幸雨くんなのかな』

今度こそ、あの時の直軌の言葉の意味を知る。

「直軌お前、オレが蛍介にちょっかいださないか、ずっと見張ってたろ」

「ア、っが！」

「おいやめろ！　幸雨！」

直軌の白い首筋に、指の形をした鬱血痕が浮き上がる。脚がばたばたと宙を蹴り、床に血がしたたる。

「オレだけじゃなく蛍介の夢まで邪魔してどうすんだ？　いや、お前だって正義の味方になりたいって言ってたよな？　お前にとっちゃヒーローごっこはおままごとだったか？」

「ちが、う――」

小さくだが、そこで直軌は明確に反論した。

「蛍ちゃんは……幸雨くんとは、ちがう……」

直軌の腕の一振りとともに、ロビーの端に追いやられていた長椅子が、幸雨めがけて跳ね飛ぶ。しかし幸雨が顎をしゃくっただけで、瞬時に散らばった瓦礫やガラス片が集まり、盾のごとくその身を守った。

同じ念動でも、ただそこに在る物を動かすだけの直軌に対し、幸雨はさまざまな物質をあらゆる大きさの単位で自由に操り、新たな形へと作り変えるほどの力。おそらく射程距離も段違いに広い。しかも搭載されたアビリティは一種類だけでないという。

能力者としての圧倒的な格差に、けれど直軌はひるまない。

「蛍ちゃんは、いつも誰かを守ることだけ考えてる。どんなに自分がつらくたって、人を攻撃なんかしない。幸雨くんみたいなことは、しない。幸雨くんの正義を……蛍ちゃんに押しつけるな。こんなことして……傷つけるなよ！　大切な人を傷つけるなら、幸雨くんだって幸雨くんが憎んでいた人たちとおんなじだ！」

聞いたことのないような直軌の咆哮（ほうこう）に、蛍介は目を瞠（みは）った。

「……その偽善ぶったツラ、心底ムカつくぜ……直軌。お前はやっぱりオレの嫌いなタイプのDomだ。イライラすんだよなァ……たまに感じるお前のグレア、得体が知れなくてスゲェ気持ち悪ィ。今だってまるで蛍介のこと尊重してるフリして、大切にしてるフリして……自分のためにそう言ってるよな？　お前、蛍介をどうしたいんだ？」

「そうじゃない、ぼくは、幸雨くんも――」

幸雨が手を一度開き、再び握（にぎ）り締（し）めると、今度はぎちぎちと音を立てて直軌の腕がねじれてゆく。

「なに、してるんだ幸雨……。んなことしたら直軌が……直軌が死んじまうだろ……」

「ああそうだ、死ねばいい、殺してやる」

「は？」

「直軌が先に言ったんだぜ？『蛍ちゃんを傷つけるなら、幸雨くんを殺してでも止める』――ってな」

ごきん、という鈍い音と、罅割（ひびわ）れた苦悶（くもん）の叫び。直軌の腕は肘下（ひじした）から奇妙な方向に曲がり、ぶらぶらと揺れている。

「幸雨――！」

気づけば蛍介は右手から炎を噴（ふ）き上（あ）げ、幸雨に飛びかかっていた。

拳は彼が着ていた学ランの裾をかすめただけだったが、瞬く間に火が燃え広がる。幸雨はすぐさまそれを脱ぎ捨て、宙に放った。

二人の間に、灰が舞う。

オーロラのように光り揺らめく青い火は、蛍介が狙いを定めたもののみを滅却する、自然界には在りえざる炎だ。

罪なき者には美しい幻、裁かれる者にはすべてを焼き尽くす灼熱の火焔。その唯一性から青白く輝く一等星の名を冠する、最強格のエクストラアビリティ――『シリウス』。

「正直、俺……幸雨がお母さんを殺した犯人に復讐して、それで少しでも救われるならって、今の今までどこかで思ってた……。でも違う……だからって勝手に人を裁いていい理由にはならない……。他人の命を奪って、直軌を傷つけていい理由にはならない！」

自分に言い聞かせる強さで、蛍介は叫ぶ。そうでもしなければ戦意を保っていられなかった。確かに蛍介の本能は、幸雨を人の道から逸脱したモノとして認識した。直軌を傷つけたことへの怒りが、体を動かした。それでも心がついてこず、掲げた右手が震える。

「いいな！　盛り上がってきた！　なァおい蛍介、本当にそう思ってるか？　本当にそれでいいと思ってるか？　お前の父さんみたいな警察官になるんだろ？　正義の味方になるんだろ？　ならオレと一緒に来い。弱い人たちを――Ｓｕｂを守るんだ。助けてもらえず泣いてる、力のない人たちを救うんだよ、蛍介。あれだけ言ってたじゃねェか！」

夢を語る幼子のように。幸雨は目を輝かせて歯を剝いたあと、

「――けど、もし直軌を助けるっていうんなら、お前もオレの敵だ。無事(タダ)では帰さない」

凍えるような声で囁いた。

「さすがにこの状況では思わないだろうが、脅(おど)しじゃないぜ。そうだな……腕や脚の一、二本はもらおう。間違って首を飛ばしても恨(うら)むなよ」

「けい、ちゃん………」

もがいていた直軌の爪先(つまさき)から、少しずつ力が抜ける。光を失いかけた菫色(すみれいろ)の瞳と、目が合う。

「……――て」

血の気が失せ、乾いた唇が微(かす)かに動いた。

――[redacted]て。

「最ッ低だな、直軌」

爆発系の能力か、ボン、と小さな破裂音がして直軌の頭が傾(かし)いだ。こめかみあたりの髪が焼け、血がしぶく。

「――――――!」

言葉にならない絶叫が蛍介の喉からほとばしる。青い火弾が流星のごとく降(ふ)り注(そそ)ぐ。幸雨は業火の雨をものともせず、逆に氷の槍でもって蛍介の脇腹を貫(つらぬ)いた。

「――ッ……!」

「最後の警告だ、蛍介。よく考えろ。――直軌を捨てて、オレと来い」

「行かない――！」

ノータイムの返答。氷が溶け、傷口から血がこぼれるが構わない。

「……残念」

炎をまとった渾身（こんしん）の蹴りに、さしもの幸雨も飛び退り、直軌の体が落下する。「直軌！」

――慌てて駆け寄ると、ひどい有様だった。多量の出血のせいか、触れた頬は驚くほど冷たい。「直軌、直軌大丈夫か⁉　しっかりしろ！」少しでも体温を分けてやりたくて、蛍介は直軌の体を無我夢中で掻（か）き抱（いだ）く。

「ごめん……蛍ちゃん……」

「なんで謝るんだよ……。俺こそごめんな。助けに来るの遅くなって……」

短いやりとりを眺めながら、幸雨が「あ〜あ」とつまらなそうに声を上げた。

「蛍介の夢も、所詮（しょせん）その程度だったか」

「違う、俺は――」

幸雨に向かってそれを言うのか、言えるのか、蛍介はわずかに逡巡（しゅんじゅん）する。

が、ひんやりとした手のひらに指を握られ、はっとした。直軌の手だった。ほとんど意識はないはずだ。けれどしっかりとした強さがある。思わずその手を握り返しつつ、

「――俺は今でも……みんなを、お前たちを守りたいと思ってる」

ほとんど祈るように蛍介は言った。

――守りたいから、お前は俺の敵であってくれるな。

けれどそれは叶わぬ願いだ。互いの〝正義〟は、どうしたって相容れない。

電熱によって加速した鉄筋が殺到する。蛍介は最後の力を振り絞り、炎の壁を巻き起こす。この状況と力の差では、幸雨を捕えることさえできないだろう。今は傷ついた直軌のため、一刻も早くここを離脱するべきだ。

……思えば、それが致命傷だった。

これまで幸雨に向き合っていた蛍介の気持ちと力は、一瞬、直軌を守るという目的のほうへ全て注がれてしまった。それは幸雨からすると、自分から目を逸らす行為以外のなにものでもなかった。

燃え盛る炎の向こうで幸雨が哄笑っている。

「『俺がみんなを守ってみせる』――かァ」

「けど、お前はオレを助けてはくれないんだな」

蛍介は直軌と共に、地面に倒れ伏している。どうしてかはまだ理解できない。直軌が頭を打ったりしていないか、まず気にかかった。体に痛みはなく、ただ燃えるように熱い。

咳き込みながら肘をついて、上体を起こし振り返った先には、立ち尽くす自分の両脚。

大輪の花のごとく広がる血海の中、蛍介はとっさに手を伸ばす。しかし血の赤さえも呑み込んだ真っ黒な影が、遺された脚を綺麗に舐め取っていった。

暗闇を引き連れた幸雨の姿が、遠ざかってゆく。追わなければと思うのに立ち上がれず、無様にもがく。

どうするんだっけ、と蛍介は考えた。立ち上がるにはまずどうするんだっけ。手をついて、膝を立てて——あ、でも膝、膝がない時はどうしたらいいんだろう。救命講習は受けたけれど、こんなに血が止まらない時は、どうしたらいいんだろう——。

感情も感覚もなにもかもが飽和して、平らかだった。蛍介は無意識のうちに直軌の手を握り——握ったところでようやく気づいた。その瞳が薄く開いていたことに。

「——………」

蛍ちゃん、と言ったのであろうそれは声にならず、悲痛な嗚咽、そして絶望の叫びへと変わる。

二人の目に浮かんだ涙は熱風に煽られ、雫になる前に蒸発した。

▼

「づ……ッ——!」

回想に耽っていた蛍介は、不意に電気が走るような痛みを覚え、シーツに額を押しつけ身をよじった。

無いはずの脚が痛む。まだそこにあって、痛み続けている。

入院中、断脚したのを忘れて何度もベッドから降りそうになった。実際、柵がなければきっと何べんだって転げ落ちて傷を作っていただろう。

足先まで動かしたつもりで力を入れたのに、太腿(ふともも)がばたんと跳ねただけだった時のあの感覚。

膝を曲げて踵(かかと)に力を入れ、上体をずり上げようとして、ただその場でもぞもぞと動くことしかできなかった時の空しさ。

おかしくて恥ずかしくて情けなくて、逆に涙もでなかった。今の姿は、いっそ自分にふさわしいとさえ思った。正義の味方を夢見ていたくせに、なにひとつ救うことができなかった。直軌が察していた幸雨の深い傷に、気づかなかった。――いや、違和感は持ちつつ、見逃した。見殺しした。

(ばちが当たったんだ)

母が自分を見て、「どうしよう」と顔を覆った時、

(俺は俺を見誤った)

幸雨にとっての自分はこんなふうに見えていたのかもしれないと、寒気がした。

(父さんみたいになりたいって言いつつ、母さんと同じことをしてたんだ)

幸雨が事件に遭ったあと、彼の心に踏み込めないまま、ただそばにいるだけだった。

どうしよう、どうしよう、どうしたらいいんだろう――。そう重いながら、戸惑いも不安も見ないふりをして、ひたすらに普通を装った。

(何が——みんなを守る、だ)

脚を奪った幸雨に対してより、愚かな自分への怒りのほうが遥かに上回った。だから己を痛めつけるかのごとくリハビリに励んだ。やりすぎだと周囲からストップをかけられることもしょっちゅうだった。

『どうしてここまでしたんだい？　痛かっただろう？』

皮膚が裂け血の滲んだ切断部分を見て、医師は眉をひそめた。

『……痛くないと、怖いんです』

あの時の痛みを忘れたくない。

『生きてる感じが、しないんです』

自分は責められ続けるべきだ。

『これくらいなんともない……。こんな痛み……全然……』

自分のしたことに比べれば。幸雨の、直軌の痛みに比べれば。

『だったらコレ、試してみます？　暴れ馬すぎて誰も使いこなせなかった脚部強化パーツなんですけども』

開発部の申し出は渡りに船だった。代えのきかない戦力になれるのなら、ＤＡＳＴへの復帰も早く認められるだろう。

もっともっともっと痛くて、苦しくて、構わない。

今度こそ、誰かを救える人間になるため——。

　蛍介はそれだけを標（しるべ）に、わずか半年強で義足を使いこなせるようになりＤＡＳＴに復帰、異例の早さで制圧部隊エースの座へと登りつめた。

　――『夏凪（なつなぎ）蛍介さん、ダイナミクス反転を起こされてますね』

　そして事件から約一年後のダイナミクス検診で、蛍介は『Ｓｕｂ』だと判定された。

『レアケースですが、長年の虐待、または大きな事件や事故によるＰＴＳＤをきっかけに、自己防衛反応としてダイナミクスが変異することがあります。「こうでもしないと自分を維持できない」と本能が察知して、属性変更や極端な適応化を行うんです』

　ダイナミクスとは本能――その人の根源にある欲望の形。性的嗜好などとは違い、途中で変わることは通常ありえない。ごくごくまれに『Ｓｗｉｔｃｈ』という、相手によってダイナミクスを変化させる者がいるが、あれは先天的な突然変異だ。

『……昨年、大きな事故に遭われたようなので、もしかしたらそれが原因かもしれません』

　蛍介もダイナミクス反転の存在自体は知っていたが、まさか自分がそうなるとは思ってもみなかった。

　いろいろなことが起こりすぎて、今さらもうなんの驚きもなかったが、鎧の最後の一枚まで剝（は）がされた気分だった。結果を一人で聞いてよかったと思った。父がいたら落胆させていただろうし、母が来ていたらそれこそ大騒ぎだっただろう。

『様子を見つつSub用の抑制剤を処方しますが、大事なのは定期的に欲求を吐き出し、相手に受け止めてもらうことです。……見たところ、夏凪さんは相当我慢される方のようですから、早くよいパートナーに巡り合えるよう祈っていますよ』

ダイナミクスが『Dom』から『Sub』へと書き換わって以降、蛍介はその項目を非公開設定にした。DAST内で蛍介がSubであることを知っているのは、課長と部隊長の燎彦、副隊長のあざみ、終悟くらいだ。

DASTはダイナミクス関連の事件を扱う部署だけあって、DomかNewtralが圧倒的に多い。相手がDomだった場合、こちらがSubだとどうしたって不利だからだ。終悟のようにSubもいるが、任務の際は必ずDomが付き添うきまりになっている。けれど蛍介だけは例外で、単独行動が許されていた。Domのコマンドやグレアが効かないのであれば、Sub一人でも問題はない。

――そう、夏凪蛍介はSubになってから、一度もプレイに及べるDomに出逢ったことがなかった。

ダイナミクス反転の副症状かもしれないと言われたが、とにかく症例が少ないため、詳しくはわからないらしい。当然、治療法もない。それゆえ蛍介の体は、今、極めて危険な飢餓状態に陥っている。Subとしての飢えを満たすことができないまま、もう何年も過ごしているのだ。

ダイナミクスの欲求は我慢でどうにかなるものではない。体の新陳代謝と同じで、定期的に吐き出さなければ滓のように蓄積し、心身を蝕んでゆく。頼みの綱は、定期的に施してもらう緩和療法と抑制剤。

「クソ……ったれ……」

思わず悪態が口をつく。渦巻く熱と疼痛に、勝手に涙がこぼれてくる。股ぐらに熱が集まるけれど、自慰をしたところで意味はない。それどころか余計に飢えるだけだ。

プレイとセックスがイコールではないＤｏｍ／Ｓｕｂもいるというのに、後天的なＳｕｂであるにもかかわらず、ダイナミクスと性的な欲求がしっかり結びついているだなんて……。みじめで恐ろしい気持ちが、泥みたいにせり上がってくる。

蛍介はベッド横に設置してある小さな冷蔵庫からミネラルウォーターのペットボトルを取り出すと、震える手で数粒のカプセルを口に放り入れ流し込んだ。

（――だんだん、ひどくなってる……）

ダイナミクスが満たされない状態が長く続くと、やがて精神に異常をきたすという。

「いつまで保つのか……それとももうとっくにおかしくなってんのかな」

乾いた笑いが独りの寝室に響いた。

隣の部屋で、直軌はどうしているのだろう。ふと考えた時、枕元に放っていたスマートフォンが震えた。

『もしもし、蛍ちゃん？　ごめんね、さっき別れたばかりなのに』

「――どした？」

鼻声になっていたかもしれない。直軌は「寝てた？」と尋ねてきた。

「いや、ひと息ついてただけ」

『そう？ ……どこか痛いの我慢してたりしない？』

ズキンと脚の断面が脈打った気がした。

「なんでだよ」

『なんとなく、別れ際しんどそうだったから』

よく気がつくことだ。それとも、よほど顔にでていたのだろうか。蛍介はしくじった、と眉間に皺を寄せる。

「平気だって」

『それならいいけれど……。僕、蛍ちゃんの相棒なんだし、今はそばにいるんだ。いつでも頼ってほしい』

ベッドに寝転がって聞いていると、隣で同じように寝そべった直軌が話しているような気分になる。寄せては返す波に似て、少しかすれた優しい声。気持ちいい。先ほどまでの飢餓感がすうっと引いてゆく。

「ん……善処、する」

蛍介はスマートフォンの縁を指で撫ぜながら微笑み、頷いた。

4

蛍介は普段、寮と本部庁舎とその近辺くらいしか出歩かない。いくら性能のいい義足を履いているといったって、わざわざ一人で東京の雑踏に突撃しようとは思わないのだ。

しかし直軌がやって来たことによって、そんな生活が一変した。

休みのつどとまではいかずとも、しばしば直軌に誘われ、外に出るようになった。

「休日に、男二人で水族館」

「五・七・五だね」

「…………」

意図して言ったつもりではなかったぶん、逆に気恥ずかしい。

色とりどりの魚を眺める直軌はとても楽しそうだ。その横顔に、ゆらめく青白い光が美しい波模様を作っている。

「なんで水族館？」

「蛍ちゃんが好きかなと思って、生き物と星。ここプラネタリウムもあるし」

「嫌いじゃ……ないけど」

それは昔の話だろう——と言いさして、蛍介は口をつぐんだ。

幼い頃、ふたりで眺めた図鑑。まだ漢字の読めない直軌は、いつも蛍介に「これは？これは？」と熱心に訊いてきた。幸雨はやはり「鬱陶しくないか？」と顔をしかめていたが、蛍介は頼ってもらえるのが嬉しかった。ただ読んで教えてやってるだけなのに、いつも最後に『蛍ちゃんはすごいね』と笑うのがかわいかったし、そのたびに幸せで満たされた気持ちになった。

「ラッコ、いなくなっちゃってる」

「あ〜、ラッコか。もう日本には片手で数えるほどしかいないんじゃなかったかな。ええと、どこだったか……鳥羽と神戸と……あと九州のほう？」

「さすがよく知ってる。すごいね、蛍ちゃんは」

「……大袈裟だろ」

溜め息混じりの呟きは、呆れというよりも照れ隠しに近い。

「蛍ちゃんと母さんたちと四人で一緒に見に来たの、懐かしいな」

直軌は特にラッコがお気に入りだった。むくむくとした見た目のかわいらしさはもちろん、寝ているうちに海流に流されないよう仲間同士で手を繋ぐ姿を、互いの母親がまるで息子たちの昼寝姿みたいだと話していたのが印象に残ったらしい。

確かに、直軌はどんな時でも蛍介の手さえ握れば機嫌がよくなったし、すぐ眠った。円架には「私より蛍介くんのほうがよっぽど直軌のお母さんみたい」としょっちゅう笑われたものだ。

「そっか……もういないんだ」

一瞬寂しさを滲ませた直軌だったが、蛍介のほうを向くなり「じゃあ今度、鳥羽でも行こうか」と言った。

「なんでそうなるんだよ……」

「だってまた蛍ちゃんとラッコ見たいし。あそこ、すごくいいところらしいよ。いつか行こう？　一週間くらいどーんと休み取って。ね？」

「お前、まだ新入りにもかかわらず呑気に長休みもらうつもりで話を進めるとは……いい度胸だな」

「夏季休暇、四連休くらいなら取れるって聞いたけど」

蛍介が腕組みをして先輩風を吹かせても、それこそ直軌はどこ吹く風とばかりにケロリとしている。風対決はあっさり蛍介の敗北となった。

「……どっちにしろ、俺と一緒に行くのは面倒だから、やめとけ」

ていのいい断り文句だが、直軌相手にするべきではなかったかもしれない。

しばし二人の間には沈黙が落ちた。

蛍介は知っている。直軌がどこかに行こうと誘ってくるのは、人の少ない平日の昼下がり。場所は人目を気にせず、ゆっくり歩けるところ。行き帰りの道では、階段のほうが近くてもごく普通にエレベーターやエスカレーターを使おうとするし、少しでも人通りが多ければ、自分が安全に端を歩けるよう壁になってくれている。

本当ならそこまでの必要はないのだ。現代の——特に蛍介が使っている義足は驚くほど高性能で、蛍介のように膝上(ひざうえ)から断脚していても、コンピューターや油圧シリンダーの組み込まれた膝関節パーツなどによって、とてもなめらかに歩くことができる。とはいえかなりの訓練が必要であり、坂や階段の上り下りは若干(じゃっかん)難しいけれど、「平地を歩くだけ」ならば、蛍介は現状健常者と大差ないほどに見える。実際、上から下まできちんと制服を着て靴も履いて本部庁舎をうろついていると、他部署の人間に「パッと見では両脚義足だとわからない」と言われることもあった。

——義足で暮らしていると、いろんな人に出逢う。適度な距離を取って気軽に接してくれる人。干渉していいものか迷いつつも、勇気をだして手助けしてくれる人。「そんな足だからといって、特別扱いされると思うなよ」と、なぜかのっけから喧嘩腰の人。無遠慮で興味本位なまなざしや言葉を投げかけてくる人。

どれが正解ということもなく、どれもその人が持つ感情として蛍介は受け止める。義足であること——脚がないことに関してどんな感情を向けられても、怒ることだけはなかった。怒りの矛先(ほこさき)はいつだって自分自身に。太ももの途中でぶつりと途切れた脚は、無力な自分の象徴であり、刻み込まれた罰だった。

ただ唯一困るのは、全身全霊の善意でもって「なにかしてあげたい、してあげなきゃ」と寄ってくる人だ。蛍介はそういう人たちが苦手だった。彼もしくは彼女たちは、ほぼ間違いなく感謝の枠を超えた愛情という見返りを求めてきた。そうでないと主張する者もいた。その人としては献身的に支えてくれるつもりだったのだろうが、逆に一人でだいたいのことをこなしてしまう蛍介を見て、拍子抜けだという顔をした。

相手に悪気はないから、無下にすれば傷つける。

「なにがしたいの？」「なにをしてほしいの？」「私／僕じゃだめなの？」「これだけサポートしてあげている自分は、きみにとって特別だよね？」——そんな視線や問いを浴び続け、疲弊（ひへい）するのはいつも蛍介のほうだった。

それが直軌といると、時々なにもかも忘れて甘えてしまいそうになる。これまで苦手としてきた人々同様、「なにかしてあげたい」という気持ちが直軌の根幹（こんかん）にもあるはずなのに、まるで違って感じられるのはどうしてだろう。

「どうしたい？」「どうすればいい？」と蛍介から指示や要望を聞きだそうとするのではなく、「こうしよう」「こうしていいんだよ」と当たり前に手をとって導いてくれるのが、とても心地いい。

蛍介は自分の気持ちを直接口にだすのがとにかく苦手だった。少女のような母の前では、父の代わりに自分が守ってあげないと——と、彼女を第一に考え振る舞った。憧（あこが）れである父の前では、決して心配や負担をかけぬよう、手のかからないしっかり者の息子でいようと努力した。そうするうち、相手の求めるものを先読みして動くのが、ごく当たり前になっていた。

だから「どうしたい？」と言われても、蛍介はまず心の中で「どうしてほしい？」と尋ね返してしまう。ましてや向こうの下心が透けて見える時などなおさらだ。

（でも直軌は……俺のそういうトコ、ちゃんとわかってくれてる）

はたから見れば甘えん坊にも見える直軌の言動が、自分の性格や密かな願望をさりげなく汲んだ上でのものだと、いつからか蛍介は気づいていた。

（――だからって寄りかかんなよ、俺。これ以上、直軌の人生の一部に……重荷になるな。慣れるな。助けられてちゃダメなんだ。今度こそ、助ける側になるって決めただろ）

直軌はまた昔のように……と思ってくれているのかもしれないが、酷い変貌を遂げた自分を曝す気は毛頭なかった。脚が欠けた体と、反転したダイナミクス。たとえ二人の距離が元どおりになったとしても、それを直軌の目になんて絶対に入れたくない。

「……僕はそうは思わないよ。もし万が一、面倒だと思うことがあったとしても――今のところこれっぽっちもないんだけれど――一緒にいられるほうが何倍も嬉しい。だからこうしてる」

水槽に閉じ込められた小さな海を愛しげに眺めながら、直軌は静かに語る。

「僕、蛍ちゃんと幸雨くんといるのが本当に好きでさ。不良っていうほどはねっかえりではなくて、でも人の群れに流されてなくて……」

「あー……ははは……やっぱしちょっと、浮いてたよな」

その言葉に直軌は蛍介を一瞥して、正面へと向き直る。

「浮いてた……のかな。僕にはすごく特別で、綺麗に見えたよ。——覚えてる？　蛍ちゃんが中学校に上がったばかりの頃。帰り道で、蛍ちゃんのクラスメイトがいるのに、僕が『蛍ちゃん』て駆け寄ったら、からかわれちゃって」

「ああ」

覚えている。中学に上がってまだ間もない時分。ちょうど格好つけたいお年頃というやつで、「蛍ちゃん」と呼ばれた蛍介を、周囲は「蛍ちゃ〜ん、だって」「お前そんな呼び方されてんの？」と笑って肘で小突いてからかった。

彼らにとっては、ありがちなおふざけだったのだろう。

けれど蛍介にとっては不快でしかなく、まだ小学生の直軌はひどく傷ついた顔をした。ずっと呼び続けていた愛称を馬鹿にされたショックよりも、おそらく、自分が不用意にそう呼んだために、「蛍ちゃん」を傷つけたのではないか、という悲しみでいっぱいの瞳。

蛍介は怒りを抑え、直軌を抱き寄せて笑顔で言った。

『昔からの幼馴染だから、ずっとそう呼んでくれてるんだ。な？　直軌』

すかさず直軌が「はじめまして」と行儀よく頭を下げたお陰で、やんちゃ坊主たちはすっかり気勢を削がれ、小学生相手に「あっどうも」みたいな雰囲気になっていたのはおもしろかった。

『お前らどうせカッコつけて、女子相手にも「そんな呼び方やめろよ」とか言ってんだろ。ダッサ。あんまイキってるとモテねぇぞ』

あとから来た幸雨がトドメを刺したのも、痛快だった。

『幸雨もモテるとかモテないとか言うんだな』

『……母さんがうっせェんだよ。女子供には優しくしろって。ＤｏｍならＳｕｂに優しくしろってのと一緒だろ。当たり前のことだ』

『幸雨くん、かっこいい』

『ンなこと言ってる場合か。直軌、お前オレらと歳は四つ、学年三つしか違わないんだぞ？　しっかりしろよ。お前も正義の味方になるんだろ』

『まあまあ幸雨。四歳差ってけっこうデカイし、直軌はただでさえ早生まれで苦労してるんだから。仕方ない仕方ない』

『ぼ、僕すぐ追いつくから！　待ってて！』

『いや無理だろ。年齢は』

『そっちじゃないってばあ！』

三人で半ばお決まりの言い合いをして、最後にはまた明日と手を振って別れる――そんな懐かしい日常。

「蛍ちゃんはずっと僕のヒーローだよ」

嘘ではないとわかっている。だからこそ心苦しい。

結局のところ、自分は誰も救えなかった。幸雨を見捨て、直軌に罪の意識を植えつけて、無様に地を這(は)っただけ。

あの場に立ち尽くす両脚が、今も直軌を縛りつけている気がする。

だから一緒にいると——嬉しいのに、苦しい。

「ねねね、すごいイケメンいる！　背高〜い！　肌も髪も白〜い！　透明感ハンパない！」

「ホントだ。外国の人かな？　モデルとか？」

屋外の明るいエリアに出た途端、近くにいた少女たちが直軌を見て小声で話しだした。

昔と比べると目や髪の色の多様化はずいぶん進んでいるし、都心ともなるとさまざまな人々がいるが、それでも直軌の容姿は抜群に目立つ。それに——、

「たぶん——だよね」

とろけるような熱い目線。どうやら彼女たちは二人ともＳｕｂのようだ。

わざわざダイナミクスを告げたりグレアを放ったりせずとも、ＤｏｍとＳｕｂは本能的に惹かれ合う。匂い、目つき、口調、気配……ダイナミクスが強ければ強いほど、ＤｏｍかＳｕｂか判別されやすい。直軌はＤｏｍ性が際立っているので、抑制剤を飲んでいたとしても、Ｓｕｂから見ればなんとはなしにそれとわかるのだろう。

蛍介がＳｕｂ転化してから寄ってきた人々の中にも、何人かＤｏｍはいた。ただ蛍介の場合、表面的なＳｕｂ性の発露はほぼ皆無に等しかったため、ほとんどが義足にもかかわらず勇猛果敢に戦う姿にＤｏｍ性を刺激されてのことだったらしい。どちらにしろコマンドもグレアも効かないので、「Ｓｕｂじゃないなんて残念」と言われて終わったけれど

（それでもしつこい者には力づくでお引き取り願った）。

Ｓｕｂを屈服させたいＤｏｍにも、守ってやりたいＤｏｍにも、その手のタイプはけっこう刺さるのよね——とはあざみの談である。蛍介にはまったく理解できなかったし、したくもない。

なら、どうされたいのか。Ｓｕｂとして何かしらの欲求は絶対にあるはずだ。だからこそこんなにも飢えている。

でも誰にどうしてほしいのか、わからない。わからないのに、胸を掻き毟りたくなるような渇きが全身を焦がす。

「——！」

少女たちの視線に気づいた直軌が、振り返って微かに唇の端を吊り上げた。黄色い悲鳴とともに、二人の足がぴたりと止まる。動こうにも動けない様子だ。

「おい直軌……グレアをだすな」

甘ったるく相手を縛り付けるような空気。Ｓｕｂの彼女たちからすれば、顎をすくわれ「そのままで」と耳元で囁かれた気分に違いない。

「今のはグレアなんていうほどのものじゃないでしょう」

「お前はそのつもりでも、周りがそうとは限らないだろ」

たとえ相手に気取られない程度であっても、威嚇は威嚇。その証拠に蛍介の肌は粟立っている。グレアに反応しないだけで、グレア自体は感知できる。中途半端な体質にうんざりする。

「他人のダイナミクスなんて……感じたくない」

つい突き放すような言い方になってしまい、蛍介はしまったと目を伏せた。

「……ごめん。言い過ぎた」

「──ううん、全然。気にしないで。悪いのは僕だから」

直軌はしばらく怪訝そうな顔で蛍介を見つめていたが、やがて「もうしない、ごめんね」と笑んでみせた。


「では二ヶ月遅れだけど、新入りくん、ようこそDASTへ！　乾杯！」

いつもと違ってポニーテールに髪を結い、リラックスした雰囲気のワンピースに身を包んだあざみがグラスを掲げた。

仕事を終えて着替えを済ませた蛍介と直軌は、同僚のあざみの部屋を訪れている。

──正確にはあざみと終悟ふたりの部屋だ。

「お疲れ、直軌。乾杯」

「乾杯。花村さん、もうすっかり馴染みましたね」

「ありがとうございます」

　立ち上がった直軌が丁寧に頭を下げる。

「あとからアッキ……隊長も来るって」

「プライベートの食事会なんだし、いつもの呼び方でいいんじゃないか？」

「じゃあそうする。花村くんも、寮じゃ『あざみ』って呼んでくれていいわよ。私のほうが年下なんだし」

「あ、はい。なら遠慮なく」

　直軌はもうすっかり隊員たちと打ち解けていた。他の部署の人間ともよく話しているところを見かける。

「皆さんはよく一緒にお食事されるんですか？」

「……よく、ってほどでもないかな」

「たまに、って感じじゃない？　ただ他の人たちよりは付き合いあるわね」

　直軌の問いに、蛍介とあざみは顔を見合わせて答えた。どちらかというと二人とも、普段は一匹狼（あざみは常に終悟を侍らせてはいるが）なほうだ。ただ燎彦も含め、准隊員時代からの腐れ縁なのもあって、時たまこうして食卓を共にしていた。

「ん！　このアジフライ、すごくおいしいです！」

　小気味よい音を立ててきつね色に揚がったフライを頬張った直軌が、感嘆の声を上げる。

「それ、終悟が今朝がた東京湾で釣ったやつよ」

「え、静原さんが？　ご自分でですか？」

終悟は一部で万能サイボーグと呼ばれるくらいなんでもできる。料理、格闘、あざみの身のまわりの世話まで、なんでもだ。釣りなども朝飯前で——まさにこの場合言葉どおり、朝食前に行って来たらしいが——、本日も大漁だったようである。

「俺、最初聞いたときは東京湾でアジ釣れるんだってことにまずびっくりした」

「僕も……全然知らなかった」

蛍介の言葉に、直軌も頷く。

「金アジといって、脂の乗ったいいアジが釣れるんです」

「ほんっとうまい。臭みはないし、身はふわふわだし。けどさすがの終悟でも、こんなに釣るの大変だったんじゃないか？　ありがとな」

「いいえ、そんな。こうしておいしそうに食べてもらえて、自分も嬉しいです」

メインは大き目のプレートに千切りキャベツ、プチトマト、マカロニサラダ、そして肉厚のアジフライ二枚が盛りつけられ、まさに働き盛りの男性垂涎の一皿だ。さらに豚汁と白ご飯、小鉢にはいんげんとアスパラと刻んだクルミを、さっぱりとしたビネガードレッシングであえたもの。一日の疲れが吹き飛ぶ充実の食卓に、皆舌鼓を打っている。

途中、フライにかけるのは何か、という話で盛り上がったので、各自おすすめの調味料で味の変化を楽しんだ。蛍介はウスターソース、終悟は中濃ソース、あざみはタルタルソースで、直軌はレモン汁、と好みが見事にバラバラだったのも笑いを誘った。

「やだ、ポン酢やケチャップもいけるわね」

「あざみさん、そのケチャップに粒マスタード足してみるとおいしいと思いますよ」

「ふむ？　……なにこれおいしい！　最高じゃない！　ね、ね、終悟も食べてみなさいよ」

昂奮するあざみへ笑顔を返しながら、直軌は蛍介にも新味ソースを乗せた小皿を渡してくる。

「蛍ちゃんもよかったら」

「ん、サンキュ」

昔は自分が面倒を見るほうだったのに、なんだか今では逆転気味だ。蛍介は不思議な気分で皿を受け取り、直軌に礼を言った。

「ところで、あざみは終悟が釣りしてる間、寝てたのか？」

「そうよ。終悟の脚の間に挟まってね」

「ちゃんとついて行くんだな……」

「あったりまえでしょ。私と終悟はいつも一緒なの」

「ねー、終悟」と小首を傾げてみせるあざみに、終悟は首肯で応える。服こそ黒いVネックの長袖シャツとテーパードパンツというリラックスした装いだが、黒い眼帯、手袋、それから首に巻かれた赤い首輪は、一見異様に映った。

「直軌、こいつら俺が十代で会った時からこうだったから、頑張って慣れろよ」

「ふふ、頑張る必要なんてないよ。最初のコマンドテストの時に『カラー』が襟首のところから少し覗（のぞ）いていたし、ふたりの様子を見ていたら公私ともにパートナーなんだってわかったから。――あ、でも、お仕事の時は制服に合わせてか黒でしたよね。赤もとてもお似合いです」

「――ありがとうございます」

直軌の言葉に、珍しく終悟は目を見開いて喜色（きしょく）を浮かべた。

『Ｃｏｌｌａｒ』とはＤｏｍからパートナーのＳｕｂへ贈られる、愛と契約の証。ＳｕｂにとってＤｏｍと自分を繋ぎ、離れていてもダイナミクスを満たしてくれる大切なアイテムだ。外ではおおっぴらにＳｕｂと知られたくない、もしくは身の安全のために装着を控える者も多いが、終悟はどんな時でも必ずつけている。

「これをしていると……落ち着くので」

喉元（のどもと）に手を当てて呟く終悟の横で、あざみが満足げに目を細めた。

「花村くんのダイナミクスについて、プライベートな話を訊いても平気？」

「ええ、もちろん。答えられることでしたら」

箸（はし）を置き、おもむろに尋（たず）ねたあざみを、蛍介は内心ぎょっとして見つめた。

「恋人やプレイメイトはちゃんといるの？」

「ぶふっ！」

「蛍ちゃん大丈夫⁉」

平静を装おうと口に烏龍茶（ウーロンちゃ）を含んだのがまずかった。予想以上に直球な質問にむせ返っているると、隣の直軌が背中をさすってくる。苦しくてそれどころではないはずなのに、触れる手のひらの大きさや熱さが妙にはっきりと伝わってきた。

「はい、お水。咳収まってからでいいよ、ゆっくりね」

「……悪い……。——っハー……オイ、あざみィ！」

手渡された水を何度かにわけて嚥下すると、蛍介は口元をぬぐいテーブルに身を乗り出して怒鳴った。

「蛍介、アンタ潔癖すぎ」

「それは否定しないが、お前にはデリカシーってモノがないのか⁉」

「あるわよ。てんこもりよ」

「豚汁おかわり。こっちは盛らなくていいからね」と漆塗りの汁椀を終悟に突き出しながら、あざみはつんと顎を上げる。そしてなおも言い募ろうとする蛍介に座るよう促した。

「花村くん、よくそういうオーラが漏れてるから、ちゃんと発散してるのか聞いたの。なにかしら……たぶん大別すればグレアなんでしょうけど、威圧というほどキツくはなくて、こう……香水の残り香や、人には聞こえない音域の音みたい。じわじわと少しずつ、でもずっとでてるのよ。あなたみたいな人、初めて見た」

あざみの言葉に、蛍介はすんなりと納得する。今までうまく形にできなかった感覚を、彼女が的確に言語化してくれた気がしたのだ。

直軌は口の中で咀嚼していたものを飲みこんでから、顎に手をあて指で唇をなぞり、しばし逡巡するそぶりを見せる。

「直軌、話したくないことは話さなくていいぜ」

「いや――うん。話したくないというより、おもしろくない話なので申し訳ないんですけれど……僕のグレア、中毒性があるみたいなので、一人の人と長く関係が持てないんです」

　存外あっさりとした告白だったが、蛍介の胸はどうしてかきゅっと竦んだ。

「中毒性」

　琥珀色の瞳を見開き、あざみが繰り返す。完全に知的好奇心に火が点いたようである。

「依存症を引き起こす――のかな……。何度かプレイするうちに、僕以外とのプレイを拒むようになったり、他のＤｏｍのコマンドを受け付けなくなったり。……過剰に僕からの命令や体罰を求めるようになるケースもありました。グレアが強すぎるのもあるんですが、さっきあざみさんが言ったとおり、抑制剤でも抑えきれない類の特殊なグレアなのが関係しているのではないかと言われました」

「どんなに嗜好の合うＳｕｂでもダメなの？」

「今のところは」

　なんで幼馴染のプレイ事情を食事の席で聞かなきゃならないんだ――などと文句を言う余裕もなく、蛍介は息を詰めて話を聞いている。

（直軌のダイナミクスが……そこまで特殊だったなんて）

てっきりあざみ同様グレアの強さのせいだとばかり思っていたが、そうでなかったことに驚く。蛍介とて、まったくダイナミクスの話題に触れなかったわけではない。これまで幾度か「保護管理指定の件については平気なのか？」と尋ねている。けれど直軌は「うん、なんでもないよ」と微笑むばかりだった。

幸雨の時と同じようで、少し寂しかった。

だからといって、やはりそれ以上食い下がることはできなかった。ただでさえダイナミクスの話題は繊細で個人的な話。加えて——

(俺も……Ｓｕｂになったって直軌に言ってないから……)

それにしたって、パートナーが定まらないのはきついのではないか、と蛍介は横目で直軌を窺（うかが）う。確かにプレイさえ定期的にしていれば、ダイナミクスは正常に維持される。けれど「特定の相手がいる」というのは、Ｄｏｍにとっても Ｓｕｂにとっても心の安定に繋がる場合がほとんどだ。本当になんともないのだとしたら、相手に対してまったく執着を持たないタイプか、自分の欲求さえ満たせればなんでもいい自己中心的なタイプか——。

(直軌は誰でもいいのか……？)

まさか、ありえない。

「へえ……すごいわね。だから特定のＳｕｂとパートナーシップを結ばないの？　相手が花村くんに溺（おぼ）れて潰（つぶ）れるかもしれないから？」

「そうです。僕は、Ｓｕｂを傷つけたくない」

心持ち挑発的に尋ねたあざみに対し、直軌は語気を強めて言い切った。

優しい直軌のことだ、自分よりも相手を優先して考えてしまうのだろう。

（それもある、けど）

自分の欲望のためにＳｕｂを傷つけるのを――

（怖れてる？）

直軌の膝の上で握られた拳を見ながら、蛍介はそう感じた。

「けど……すみません。最近、前よりグレアのコントロールが悪くなったのかな。他の方にご迷惑をおかけしているようなら、薬を変えてもらうようにします」

「いいえ、私が自分以外のＤｏｍに対して異常に敏感なのが大きいでしょうから、今のところそこまでする必要はないわ。気をつけるに越したことはないけど。でも驚きね、終悟。まさかここで他人のダイナミクスに影響を及ぼすＤｏｍに出会うなんて」

腕組みをして椅子の背もたれに身を預けたタイミングで、「はい」と終悟が湯気の立つ汁椀を持ってキッチンから戻って来た。どうやら話が終わるタイミングを待っていたようである。あざみは椀を受け取ると、会話から一時離脱するとばかりに、豚汁をすすり始めた。

「どういうことですか？」

「自分はＤｏｍの影響を受けて、ダイナミクスが深化してしまったＳｕｂなので」

「え……」

直軌の表情が曇る。が、すかさず終悟は「お気になさらず」と首を振った。

「といっても、Ｄｏｍが特殊な能力やグレアを持っていたわけではなく、相手のダイナミクスと状況に合わせて自然と自分が変化しただけですが」

「……終悟の眼帯や手袋はね、傷痕を隠すためなの。周りの人が不快になったらいけないからって、私の前以外ではほとんど外さない」

蛍介は見たことがある。あまりにも痛ましく、むごい傷だ。

終悟の生まれ育った環境は過酷そのものだった。Ｄｏｍ性が強すぎるあまりに心を病んだ母との二人暮らし。私生児だった幼い終悟は、生まれたことさえ他人に気づかれず、学校にも行かせてもらえず、実の母親から嵐のような暴力をふるわれ続けて育った。

ダイナミクス覚醒は早かったが、本人が記憶する限りはごく穏やかなＳｕｂ性だったという。「愛されたい」「大事にされたい」――そんな本能は、しかし力によって捻じ曲げられた。

最も愛してほしい人から、ひたすらに痛みを与えられる。それを受け止めるにはどうしたらいいか。

年端もいかぬ子供は、母に合わせて自分が変わることを選んだ。理不尽な暴力を、『いいもの』として無理矢理変換し、やり過ごそうとした。

だが母はそんな終悟に怒り狂った。今までは叩いたら泣いて許しを乞うていたのに、物も言わず目を潤ませて顔を赤らめるだなんて――はしたない、気持ち悪いと、いっそうつらく当たるようになった。

――『泣きなさいよ！「ごめんなさいお母さん」って言いなさい！　どうしてこんなことをするのって、やめてって、前みたいに私にすがって！』

母のすべてを受け入れるために、終悟は独りで変わった。母のため、母に頼らず、なんとか生き抜こうと、己の力で本能さえ歪めた。

それは結果的に、子へ依存しきった母の狂気を加速させた。

――『どうしたらまた前みたいに泣いてくれるのかしら……痛いと思ってくれるのかしら……。終悟、おまえそんな子じゃなかったでしょう？　ねえ、終悟――』

そしてついに彼女は一線を越えてしまった。

眼窩に包丁を突き立てたままアパートを飛び出した終悟は、通行人の通報により保護された。駆けつけたDASTや救急隊の隊員は、その惨状に思わず息を呑んだという。

刺創だけではない。煙草の火を押し付けたり、熱湯をかけられたのであろう火傷。無数の殴打による青や紫の痣。爪や歯で皮膚を裂き、肉を抉り取られた痕。まだ成長途中の体は、苛烈な虐待を受けた痕跡でびっしりと埋め尽くされていた。

けれど彼らが最も胸を痛めたのは、その少年が最後まで涙ひとつこぼさず、悲鳴ひとつ上げなかったこと。

「それからしばらく入院し、リハビリの間に勉強やアビリティの使い方を教えてもらいました。恥ずかしながら、その時までまともにアビリティを使ったことがなかったんです。

そこで初めて、自分は強いアビリティを持っているのだと知りました。その後は施設に入る予定だったのですが、ダイナミクスがすっかりおかしくなってしまって。抑制剤を飲んでも効かず、誰かに乱暴にしてほしくて自傷行為を繰り返し、最終的にはＤＡＳＴの監視下に入ることとなりました」

ただ淡々と、データを音読するかのごとく無機質な声で、終悟は語る。

けれど不意にその黒瞳へと、光が宿った。

「そこであざみと出逢ったのです」

「私、友達いなかったからね。暇さえあればＤＡＳＴに入り浸ってたわけよ。小学生だったけど」

あざみ九歳、終悟は十四歳。

「こびへつらってくる大人や同級生にうんざりしててさ、我ながら厭世的でかわいくない、傲岸不遜な子供だった」

しんみり言ったあと、あざみは「まあ今もあんまり変わらないけど」と付け加えた。

蛍介が「そうでもないぜ」と薄く笑ったのは、心からそう思っているからだ。彼女は終悟に会って、おそらく変わった。

「一目見て、決めたの。私はこの人を幸せにするために生きるって」

愛してほしいというささやかな夢を、一度も叶えられることなく原形を失ってしまった哀れな怪物。

「終悟ね、最初なんて言ったと思う？　火傷や刺し傷を見て、『こんなことする母親なんてサイテーね』って言った私に、『それでも、母なりに自分を愛してくれてたと思う』――って返したのよ」

あざみの瞳に炎が灯る。

「私、ものすごく怒った。……悔しくて悲しくて、怒りまくった」

そんなものは愛ではない。

「子を愛さない親はいない」なんていうのは嘘なのだと、彼女は知った。

そう言えるのは、そう信じているのは、愛されて育ったからなのだ。

歴史ある家に生まれたあざみは、両親や祖父母に厳しく躾けられ、たくさんの愛情を注がれて育った。まだ幼かったのもあって、人とまるで違う自分の境遇に不満も持っていたけれど。受けた愛の手ざわりや輪郭はちゃんと彼女の心に刻まれていた。

ゆえに、あざみの悔しさや怒りは、この期に及んでまだ「母に愛されている」と思うことで自分を維持しようとしている終悟や、彼を取り巻く人や物すべてに対してであると同時に、これまでの人生を「退屈な当たり前」としてぬくぬくと享受してきた己へ向けてのものでもあった。

――『ばか、ばかばか。なんでそんなこと言うのよ。愛は、愛っていうのはねえ――』

もし万が一、百歩譲って――終悟の母が本当に終悟を愛していたとしても、こんなに我が子を傷つけるなら、それは愛なんかじゃない。

愛というのは、もっと温かくて優しくて――

――『きっと、こういうものなの！』

小さなあざみは、大きな終悟をぎゅうぎゅう抱きしめて、ごしごし撫でた。

「そしたらもう、終悟わんわん泣いちゃって。私もね、びっくりして泣いちゃった。でもそのとき決めたの。この人が死ぬ間際、自分は最高に愛されてたって胸を張って言えるくらい、もう充分ですって泣いちゃうくらい――めいっぱい愛してやろうって。それが私がＤｏｍである理由、Ｄｏｍとして生きる理由よ」

「Ｄｏｍである……理由……」

噛み締める強さで、直軌があざみの言葉を反芻する。

「あ、でも勘違いしないでね。『子供を愛さない親はいない』って言う人を、私は否定しないわ。単に意見が違うってだけ」

「むしろそう思える人は、親御さん方に愛されて育ったのだと、どうかそのままでいてほしいと、自分は願います」

「……終悟はちょっといいヤツすぎなのよ。ま、そういうところが好きなんだけど」

お手上げのポーズで溜め息をつきつつも、あざみは花咲くように笑った。

蛍介も既に二人の馴れ初めを知ってはいたが、こうして改めて聞くと感じ入るものがある。同時に、自分のダイナミクスについて考えずにはいられない。

なんのためにＤｏｍからＳｕｂになったのか。

幸雨のことも、自分がなにも守れなかったことも、脚を失ったことも、つらかったのは事実だ。

でも、そのつらい現実から自分を守るためにＳｕｂになったのなら、なぜＤｏｍのグレアやコマンドを受け付けないのだろう。

もしこのまま誰ともプレイできなかったら――。

ピンポーン。インターフォンの音に皆が顔を上げる。蛍介は「燎彦だ。俺、出てくる」と席を立った。

「変な顔してる」――燎彦は玄関ドアを開けた蛍介を見るなり、そう言った。

「あざみと終悟の運命の出逢い話を聞いてたんだよ」

「ああ、なるほど」

直立する直軌を手で制し「今日は無礼講」と笑った燎彦は、勝手知ったる様子で台所へ向かい、手を洗いはじめた。

「花村くん」

「はい」

「ＤＡＳＴはダイナミクスやアビリティのせいでつらい思いをしている人を助けるために生まれた。でも、助ける側にも同じような苦しみを味わった者がいて……今なお苦しんでいる者もいる。ＤＡＳＴ隊員ならば、助けることだけではなく、自分が助かることも忘れないでくれ。馴れ合えというわけじゃない。ただ、助ける対象は、名も知らぬ市井(しせい)の人々だけでないと知ってほしい」

――「俺は、お前たち仲間も、全力で守りたい」

優しい声が、静かに部屋に広がってゆく。

普段「私」という一人称を使う燎彦が、「俺」と言った。ということは、これは隊長としてよりも、彼個人の願いの形なのだろう。

「もちろん、スタッフにはＮｅｗｔｒａｌも多くいる。彼らや、平穏な日々を送っている人たちをないがしろにしているわけではないからな。皆あわせて全員、という意味で……」

「そんなのみんなわかってるってば」。あざみが呆れ気味の半眼になって言った。

「なかなか理解してもらえない悩みを持つ者同士、助け合えたらってコトでしょ」

「そういうことだ、助かる」

気をつかいすぎて若干優柔不断になりがちな隊長に、舌鋒鋭くなにごとも一刀両断する副隊長。つくづくバランスの取れた配置である。

「そもそもあざみも、そう思って花村くんに自分の話をしてくれたんだろう？」

「ハァ？　違うわ！　ただのノロケよ！」

ふんぞり返るあざみ。逆に恥ずかしいことを口走っている気もするが、その横で幸せそうに微笑む終悟を見ると、蛍介の心もじんわりと温かくなる。

「……そういうわけだから。直軌も、さ」

頬杖をつき、視線を落としながら、蛍介は呟いた。

「うん？」

「なんかあったら——俺に、話してくれよ」

何も話せない自分がいる。けれど、直軌の話を聞きたいと思っている自分もいる。卑怯（ひきょう）だけれど、それは小さな欲でもあった。「こうしてほしい」と口にするのが苦手な蛍介にしては、勇気をだしたほうなのだ。

「ありがとう……。僕、」

ここに来てよかった。

そう言って笑った直軌の瞳は、深く美しく、少しだけ寂しい色をしていた。

5

七月を目前に控え、ＤＡＳＴは忙しくなっていた。長い休みや日照時間が関係するのか、この時期、犯罪件数は特に増える。五月や十月といった季節の変わり目も多いが、七～八月は魔のシーズンといっても過言ではない。

そんなある日――

「いじめで不登校になった女子高校生の逮捕ォ？」

本日の任務として名門女子高等学校生徒一名の通常逮捕を命じられ、蛍介(けいすけ)は思わず顔をしかめた。管轄が違う……わけではないのだろう。ダイナミクスとアビリティ、両方関係しているというのだから。

発端は幼馴染(おさななじみ)の二人の少女。

「いじめていたほうがＤｏｍ――名前は資料に記載してあるが、今はわかりやすくＤとしよう。いじめられていたのがＳｕｂ――Ｓとする。Ｓに腹を立てたＤが合意なくプレイに及(およ)び、それを繰り返すうち集団でのいじめに発展した」

「なら、そのいじめのほうが案件なんじゃないのか」

燎彦の説明に疑問を呈すると、あざみが「そっちは今、事情聴取中」とタブレットを滑らせてきた。

「……なんだこれ……担当教員を含め、クラスの大半が体調を崩し登校拒否……？　いじめ主犯格の生徒が『二十四時間誰かに監視されている』と半狂乱で警察に駆け込んだところから事件が発覚……」

「被疑者兼被害者Sは、自分をいじめていたグループやクラスメイトたちのSNS上でのやりとり、メール、スマホなんかに保存されていた、いじめの映像データや画像データをクラッキングして、半年間にわたって拡散し続けたんですって」

「拡散し続けた？」

蛍介は意味がわからず画面に視線を落とす。こちらの担当は生活安全部のサイバー犯罪対策課。当初はサイバー犯罪として捜査が進んでいたようだ。

「まずはじめに、いじめグループ五人しか共有していなかった強制プレイの現場を収めたデータが、いじめをいじめと認めなかったり、そうと気づきつつもスルーしていたクラスメイトや担任教師に送りつけられた。共犯関係の五人は誰がこれを拡散したのか疑心暗鬼になるし、他の生徒たちもうしろめたいし気味悪いってんで、クラスの中には動揺が走ったでしょうね」

さらにそれ以降、個人やグループ間で行われたはずの事件にまつわるやりとりが、逐一クラス全員に拡散されるようになった。

――「なんでバレたの?」「誰がやったの?」「Sに謝ったほうがいいんじゃない?」「Sが犯人なんじゃない?」「もとはといえばDがSにコマンドなんかかけるから……」「それをおもしろがったのはアンタたちでしょ?」「そもそもこうなったのは五人のせいで私たち関係ないし」「そうだよね。なんで悪者にされてるの?」「アンタたちだって知ってて無視したクセに!」――そういった会話すべてだ。

メールアドレス、スマートフォンの機種や番号、SNSのアカウントを何度変えようと。迷惑メールフィルターや不正アクセス用セキュリティを利用しようと。媒体がパソコンだろうと携帯だろうとも。それは執拗に続いた。いじめに加担していた者たちは、これまで働いた悪事と自分の罪を見せられ続けた。

それでも無視を決めこもう、という話に一度だけなったそうだ。こういうのは反応すればするほどエスカレートする。だからこれまでどおりに過ごそう――と一部の生徒たちにより密約が交わされた翌日、今度は学校中に問題のいじめ動画がばら撒かれた。

まるで、何もなかったように普通でいることなんて絶対許さない、とでもいうふうに。

全部見張られているという恐怖と、周囲からの批難と疑惑の視線を浴びて、クラスはみるみるうちに崩壊していった。加害者たちはしばらくの間ひたすら責任をなすりつけ合っていたが、やがて不信と苛立ちが募り、互いを攻撃しあうようになった。

同時に彼女たちは、大人としても担任としても機能していない教師を無視するようになった。担任は教室での発言権を失い、生徒と目を合わせなくなり、まず真っ先に体調不良で学校を休んだ。次にいじめの主犯格であるDが、次に取り巻きだった四人が。

――やがて、空気のような存在だったおとなしい三人組を除いて、クラスの女子は全員学校に来なくなった。

「つまりその三人以外、皆なんらかの形でいじめにかかわっていたということですか？」

「そういうことになるわね」

あざみの返答に、直軌は怒りとも呆れともつかぬ嘆息を漏らした。

しかし彼女たちが欠席するようになってからも、攻撃は止まなかったようだ。犯人からはなんのメッセージもなく、ただ何時間かおきにSNSやメッセージアプリでの会話や検索履歴、いじめ現場の映像と画像が送りつけられてくる。遂には家中のネットに繋がるすべての端末や機器を壊し、回線を引き抜き、自室に籠もったまま出てこない生徒も現れた。

「トドメは主犯格のDが三ヶ月ぶりに母親に連れられて外出した際の話。彼女は運悪く大型ビジョンのある交差点で信号待ちをしてた」

「あ、もういいわかった。先読めた」

蛍介は顔をしかめて口をはさんだが、あざみは容赦なく話を続けた。

「そこでグレアで昏倒させたSへと強制コマンドをかける自分の映像がビジョンに流れて、Dは交番に駆け込んだ――ってワケ」

「それニュースとかになりました？　結構な騒ぎになりそうですが」

直軌が質問するので、蛍介はタブレットを見せながら言う。「たったの八秒だってさ」。

直軌は「ははあ」という顔をして、「それなら端末だして撮影する暇もないですね」と頷(うなず)いた。皆が「なんだ？」と思う間に、映像は終わるだろう。

「実は防犯カメラと定点中継カメラ、たまたま交差点をスマホで撮影してた外国人観光客の三件、証拠動画はあったんだけど。前者はもちろんのこと、後者はＳＮＳにアップロードされてＳＮＳで少しオカルト的な話題になった程度で終わったようね。下スクロールしたら動画ファイルあるわよ。一応閲覧注意して」

あざみの警告にも怯(ひる)まず、蛍介と直軌は額(ひたい)を合わせる勢いで画面を覗(のぞ)き込(こ)んだ。

『――アハハハ！　うわマジで靴舐(な)めてんの！　ねえどんな気分か言ってみ？　ほら、ほらぁ、「言えよ」！』

画面を通してだろうと、グレアやコマンドは力を持つ。二人は不快感に眉(まゆ)をひそめた。

ただ幸いというべきかやはりというべきか、蛍介のＳｕｂ性が騒ぐことはない。壊れて動かない時計の針をわざわざ確認してしまったような虚(むな)しさと気まずさを感じながら、蛍介はあざみを睥睨(へいげい)した。

「……それで、この被害者でもあるＳが、サイバー犯罪の犯人だから捕まえて来いって？　ダイナミクスの不正使用側をしょっぴくならわかるんだけどな？」

「怖い顔しないで。納得いかないっていうアンタの気持ちはわかる。私だって最初に資料読んだときは、怒りで部屋を冷凍庫にしかけたもの。でもね、大型ビジョンの件もだけど、このＳって子、とにかくクラッキングスキルが以上に高くて、全然証拠が挙(あ)げられなかったのよ。……で、先日DAST(ウチ)の情報部にSOSが入った。『侵入スピードと攻撃パターンの豊富さが、常人の域を超えている』ってね」

まさか——と直軌が口を開いたところで、そのまさかだ、と燎彦が立ち上がった。

「間違いなくアビリティが絡(から)んでいるとみたDASTは、ダイナミクスのいじめとあわせてこの件を引き継いだ。そして網を張って待っていたところ、昨晩ようやくSの尻尾を掴(つか)むことに成功。だが見事カウンターを食らってな……こちらのデータに一瞬アクセスされたそうだ」

「それで今朝、データベースの個別ログインパスワード変えろってアナウンスあったのか。いや待て、DASTの情報部って……その道のエクストラアビリティ持ちだろ？　一介の女子高生がそれを上回ったってこと？」

「話が早くて助かる」

燎彦は会議室の大モニターにS少女のデータを映す。アビリティ欄に記(しる)された名は、

「『バベル』——」

天に届くほどの塔を建てようとした人間に対し、神は言語を乱し各地へと散らすことによって意思の統一を図れぬようにした——という旧約聖書の逸話から取られた、エクストラ専用のアビリティネーム。その後ろには赤文字で、『保護管理指定候補』とある。

「聞いたことあるぞ。生まれながらにして母国語以外の言語がインプットされている特殊アビリティ……。けど、じゃあ、この子のマスター言語は……」

「『プログラミング言語』ということですか」

半信半疑で言葉を紡ぐ蛍介と直軌に、あざみは「ご名答」と拍手代わりの乗馬鞭(むち)をぴしりと鳴らし頷いた。

少女Ｓはこれまでハッキングやプログラミング技術を発揮するきっかけ、そして人前で披露する機会がなかったため、能力不明として扱われていたらしい。

「プログラミング言語の中でもＣだのＲだのいろいろ種類はあるらしいけど……彼女ならおそらくまるまる全部使いこなせるんじゃないかって。もう情報部は大騒ぎ。やられたヤツは最初腹切って詫(わ)びんばかりの勢いだったけど、徹夜明けてからはとんでもないライバルが見つかった喜びもあわさって情緒不安定が極まってたし、他は『頼むからＤＡＳＴで囲い込んでくれスカウトだ今すぐスカウトだ』って鼻息荒く押し寄せてくるしで大変よ」

「お前が行ったほうがいいんじゃないか？　これ。女同士のほうが、話通じる気がするんだけど」

「……女ってのは、女同士だからいい時と、女同士だからこそヤバイ時があんのよ。アンタＤｏｍにいじめられてたＳｕｂのところによ？　Ｄｏｍの！　しかもこの私が！　行ったらどうなると思う？」

たとえあざみがどんなに愛情豊かで弱者に寄り添える人だとしても、Ｄｏｍ然とした風格と自信と美しさは、追い詰められた初対面のＳｕｂを圧倒してしまうだろう。彼女はそういう——生まれながらにしてＤｏｍのオーラを持っている人間なのだ。

「……軽率だった」

蛍介は両手を上げ、降参と謝罪の意を示した。

「わかればいいのよわかれば。いじめの資料は共有しとくから、閲覧するかどうかはアンタたちに任せるわ。けど、見るなら覚悟をして見ることとね。変に同情して任務に支障がでても困る。今回はあくまでエクストラアビリティ持ちの確保が目的なのを忘れないで」

あざみの言葉に顔を見合わせた蛍介と直軌は、どちらからともなく頷くと、タブレットに指を置いた。


午後、車を飛ばして四十分ほどで、二人は少女の住むマンションに到着した。

母親は突然の刑事の訪問にひどく混乱した様子ではあったものの、薄々なにか感じていたのか、比較的すんなり蛍介たちを中へ招き入れた。直軌に母親を任せ、蛍介は少女の部屋へと向かう。年頃の女性の部屋だ。ノックをして名乗ると、「母はそこにいますか」という妙に遠い声が返ってきた。「母の顔は見たくないです」

「いません。自分ひとりです。お母さまはリビングで私の連れと話をしているので、安心してください」

少女の口調と言葉遣いに応じて、蛍介も丁寧(ていねい)に穏やかな声で語りかける。

「……なら、どうぞ」

何か引っかかりを感じつつドアを開けた蛍介は、そのまま硬直した。厳密にいうと、戦闘態勢に移行した。

部屋の窓は開いていて、少女はベランダに立っている。ベランダの手すりを両手で握り、身を乗り出してこちらを覗いている。

「――久慈川、琴葉さんですか？」

「はい」

「危ないので……戻ってくれると嬉しいな」

気づけば自然と敬語が剝がれ落ちていた。

被疑者、少女Ｓ――琴葉は無表情だ。ボブカットの黒髪が風に煽られればさぱさと揺れる。視線が合わない。

目は蛍介のほうを見ているようで、実際はその手前の床で止まっているようだった。

「私、捕まるんですか？」

とても落ち着いていて、理性的な声のトーンと受け答え。

だから余計にまずい。激昂しているならなだめようがある。

（でも、彼女はそうじゃない）

「――そうだね。逮捕状はアビリティを使ってのクラッキングの件だけど、きみが受けていたいじめについても、きちんと話を聞かせてもらうよ」

その言葉を聞いた瞬間、琴葉のまとう空気が変わったのを肌で感じる。

「……私、誰も守ってくれないから……自分で自分を守ったんです……」

きっと幸雨（こう）が聞いたら「ほらな」と嗤（わら）うだろう。弱者が虐（しいた）げられ、守られるべき人が守られない。ＤＡＳＴに入ってからも、蛍介はそういったケースを山ほど見てきた。

「学校もお母さんも、どうして私を守ってくれないんでしょうか……。私が一人だから？　Ｓｕｂだから？　弱いから？　わかりません、わからないんです。私と彼女は幼馴染で、仲がよかった——はずなのに……」

そこで不意に彼女は、この状況に不釣合いな笑みを浮かべた。

「私がいつもくっついてたから、鬱陶（うっとう）しくなったのかな……。知らないうちに、なにか怒らせるようなことしちゃったのかも……。いろんな人から勘違いじゃないかと言われました。母も『あんなに仲よかったじゃない』と取り合ってくれませんでした。だからもししたらおかしいのは私で、私が我慢さえすれば全部まるく収まるのかなって……。いつか、私さえ耐えていたら、元に戻れるかなって……ずっとがんばりました……がんばって、我慢しました」

資料にあった加害少女Ｄの音声データ。「どうしていじめ（こんなこと）をしたのか」という問いに対しての回答。

——『琴葉は育ちも性格も頭もよくて、アタシはちょっと運動できるだけのバカ。小さい頃からママに「アンタと違って琴葉ちゃんは」って比べられてウンザリだった。なのにあの子ってば、いっつもアタシに優しいの。いっつもニコニコしてんの。小さい頃、たった一度ガキ大将からかばってやっただけだったのに、アタシのことすごいすごいって命の恩人みたいにヒーロー扱いすんだよ？　アビリティだってちっぽけで、能力不明の琴葉と大差ないのに、目ェキラキラさせてさ。なにがすごいんだよイヤミ？　アタシがバカだからって、バカにしてんの⁉　鬱陶しかった……ずっと、ずっと大ッ嫌いだった！　なんでこんな子が幼馴染なんだろうって思ってた！　でも勝ったの！　アタシDomで、あの子はSubだった！　初めてアタシが勝ったの！』

ずっと欲しかった玩具を手に入れた子供のように、それでいてどこか自分に言い聞かせる調子で、ヒステリックに彼女は叫んでいた。

大嫌いという言葉とは裏腹に、蛍介は彼女が「琴葉に振り向いてほしくて仕方なかった」と言っているように思えた。

きっと彼女は最初、心の底から琴葉を慕い、憧憬の情を抱いていた。どうにか幼馴染と釣り合う人になりたくて……でもなれなくて、悔しかったに違いない。

けれど、琴葉にとって、そんなことはどうでもよかった。だってDは最初から大切な友達だったから。最初から特別だったから。勝負など、するつもりもなかったのだ。

だがそれが悲劇を生んだ。琴葉が彼女の努力や挑戦を意に介さないことは、すなわち彼女にとって自分など眼中にないと宣告されたに等しかった。

そこへDom判定を受けて、彼女はどう思っただろう。

――『今度こそ、琴葉はアタシを見てくれる。うらやましがって、従ってくれる』

なのに、琴葉は純粋に「すごいね」と喜んだという。自分はSubだから、いつかお互い素敵なパートナーに会えるといいね――そう言って笑った、と。

どこまでも対等、どこまでも平行線。嫉妬と独占欲に燃えるDomと、人と争うという発想さえない優しいSubの二人は、どうあっても嚙み合わない。

そして少女Dは、絶対的な優位性を利用した。琴葉を縛り、振り向かせることができる武器として、禁じ手であるDom性を使ってしまった。

「初めてグレアに中てられた時、太陽に灼かれたみたいでした。熱くて、頭が朦朧として、なにも考えられなくなって……。イヤだイヤだって思うのに、命令されると、っ、か、体が、勝手に、動くん、です……」

「――つらかったね」

「つらかった……こわかった。心と体がバラバラで、私が私じゃなくなって……。ある日、めいっぱい抵抗して暴れたら、すごく怒られて……お仕置きだからみんなに見てもらえ、って――他の子たちの前で……前で、無理矢理っ……！」

蛍介は「大丈夫、それ以上言わなくても大丈夫だよ」と背中を慰撫するような気持ちで声をかける。

「そうやってきみがひどい目に遭うのを見た人、いじめられているのを知ってる人が現れても……誰も助けてくれなかったのか」

蛍介の言葉に、琴葉はガクガクと何度も頷いた。

『土下座しろ』『服を脱げ』『よつんばいになれ』『[redacted]をしろ』――。

羽化したてのやわらかなＳｕｂ性を持った少女に向けられるコマンドでは、到底ない。無知で稚拙で、だからこそあまりにも残酷だった。

状況を聞く限り、琴葉は何度かサブドロップぎりぎりのところまでいっていたはずだ。にもかかわらず、彼女は『いつかはＤと元の関係に戻れるはず』と信じ、耐え続けた。

その頃には、周囲も異状に気づき始めていた。だが大人たちもクラスメイトも、幼馴染同士のちょっとした悪ふざけだとか、ダイナミクスが覚醒したばかりで加減を知らなかっただとか、本気ではなかっただとか――あまつさえ、最終的には従ったのだから、あなたも了承の上だったということでしょう？　などという、穏便ぶった暴力にも等しい文言で被害者を圧し潰し、全部うやむやにしようとした。

琴葉が我慢しているのをいいことに、〝普通〟を装おうとした――。

お前さえいなければ元どおりになるとばかりに、息絶え絶えな彼女に袋をかぶせ、上から土砂を投げかけて。

（見殺しに、したんだ）

「……だから、実際にやられたことを見せてわからせるしかないと思った」

血を吐くように琴葉は言う。

さすがに自分の顔や裸が映っているところはカットしたけれど、わかる人には十分わかる映像や画像を送りつけた。

それは復讐であると同時に、自傷行為。

再生される回数ぶん傷ついて、理解されないほど怒りに燃える。

「でもすごいですね、誰も謝らないんです。連絡ひとつこないんですよ。最初にいじめを止めようとしてくれたのも、私が学校行かなくなって『大丈夫?』ってメールをくれたのも、あの三人だけだった」

一人、また一人と欠席してゆく中、最後に残った三人組。彼女たちは、こう言っていた。

――『琴葉ちゃん、「ありがとう、ごめんね」って返事をくれました』『……謝るのは私たちのほうなんです。私たち……結局なにもできなかった』『でも、だからお願いします、琴葉ちゃんを助けてあげてください』

「それどころか、私をいじめてた人たちは、『自分たちが被害者だ』って言いだした。だから……もう粉々にしてやろうって思った」

……どこかで炎が燃えている。蛍介の頭の中で、幸雨が怒鳴っている。

自分が犯した罪の重さを、思い知らせてやりたかった?

やられた痛みと同じくらい、痛めつけるべきだった?

(やっぱり違うんだよ、幸雨)

「……それできみは、すっきりした?」

「――――」

「やってよかった、すっきりした、って、気持ちは軽くなった? ……俺にはそう思えない。だってきみ、すごく苦しそうだ」

「――ぁ、ぁあ、ああああああ」――少女の細い喉から、うめき声が漏れる。

「ね、ね、ねえ、なんで、なんでですか？　やりたいことをやったはずなのに……ただ元に戻りたかっただけなのに！　私、私、どこにも戻れなくなっちゃった……。苦しい、もうやだ、もう疲れた！　疲れた！　疲れたの！」

天を仰いで叫ぶ琴葉に視線を定めたまま、蛍介は数歩距離を詰める。

「……ホント、生きるのは大変だ。大人はさ、『生きていればいいことある』とか言うけど……今この瞬間生きてるのが苦しいのに、『生きていれば』なんて――『このまま無限に苦しみ続けろ』ってのと一緒だよな」

「――え？」

独白じみた蛍介の言葉に、少女は明らかに意表を衝かれた顔をした。どうして刑事をやっているような大人の男性がそんなことを言うのかと、このとき初めて、彼女は一個人としての蛍介に焦点を合わせた。

「刑事さん……」

「あ」と口が開いたが、声になることはない。視線は蛍介の足元に釘付けになっている。

鈍く輝く機械の靴。脹脛には最先端科学の粋を集めて作られた特殊ユニット。

その義足で踏み出し、蛍介は少女へと手を伸ばす。

「それでも、きみは生きていてくれた」

琴葉は己の行いが正しくないとわかっているからこそ、これほどまでに苦しんでいる。全部周りのせいだと押しつけたっていい状況にもかかわらず、自分自身を責めている。

だったら、やはり知っているはずだ。死は逃げ道にも救いにもならないことを。

彼女が死んでも、いじめっ子たちは変わらず自分たちを被害者だと思い、いずれ琴葉のことなど忘れて〝普通〟の生活に戻るだろう。

いっぽう、三人組や彼女の家族は、親しい人を救えなかった罪悪感に苛まれる。復讐は成就どころか、良心がある人にこそ呪いとなって降りかかり、琴葉の死とともに一過性の話題として食い散らかされる。そんな最悪の結末を、いったい誰が望むものか。

たとえ過ちを犯したとしても、彼女は今日まで耐え続け、なんとか命を繋いできた。

ならば、報われる未来を用意してやるのが、自分の仕事であるはずだ。

「一人で苦しむのはおしまいだ。あとは俺たちがきみを守るから。まずはおいしいご飯を食べて、ちゃんと眠って、ゆっくり休もう」

「な」と蛍介が微笑みかけると、琴葉の唇の端が泣くのをこらえるかのように歪んだ。

「――わたし……」

「うん」

「わたし、もういちど、やりなおせますか」

「大丈夫。ここまで頑張れたきみなら、きっとできる」

蛍介は少女の瞳をまっすぐ見据えて頷く。

「取り返しのつかないものも確かに存在するけれど、生きている限り、次はある」

彼女の苦しみは彼女だけのものだ。死にたいほどの絶望を軽んじるつもりはない、誰かと比較するべきではない。

でも、大切な人を失って「自分が代わりに死ねばよかった」と言った人を、知っている。二度と還ってこないもののために身を滅ぼした友は、きっと今もどこかで苦しんでいる。あんな思いは、誰にもしてほしくない。

「こっちにおいで。もう、我慢しなくていいんだよ」

大きな目標なんてなくていい。つらいなら逃げていい。やっぱり無理だとまた泣いてしまう日もあるだろう。

（そうであっても、どうか――）

ただ生きていてほしいという願いとともに、蛍介はさらに手を伸ばす。

琴葉の瞳にこみ上げた涙が、夏の陽光を吸って揺れる。それをとっさにぬぐおうとして、彼女は片手を手すりから離した。

「あ、っ⁉」

汗で湿った手一本と、大き目のゴムサンダルが、滑る。まだ状況が把握できず、とぼけた声を上げた少女より遥かに早く、蛍介は猛烈なロケットスタートを決めていた。

「夏凪先輩！」

例の慣れない先輩呼びで、直軌が部屋へ入ってきたのを背中で感じながら、蛍介は迷うことなく宙へ飛び出す。

十二階、地上約四十メートルの空中ダイブ。

補助パーツの逆噴射で多少減速するとしても、たいした助けにはならない。炎で上昇気流を作るには時間が足りない。第一、そちらに回す集中力と思考の余裕もない。

「琴葉さん！」

空中で捉(つか)まえた琴葉は、運よく気を失っているようだった。体の力は抜けているほうがいい。下には街路樹と駐輪場の屋根。あそこに足から突っ込めば——少なくとも彼女の命は助かる。瞬(まばた)きの間に判断した蛍介は、細い体を抱きこんだ。

ひとつひとつの景色がコマ送りで流れてゆく。こういう時に過去を思い出すのが走馬灯なのだろうが、蛍介の頭の中には過去も未来も存在しない。あるのはたった今、少女の命を守ることのみ。

脹脛を覆(おお)う銀の機構が、雄叫びを上げて回転する。青い光炎が長く尾を引く。速度は落ちたが、落下は止まらない。

だが生(お)い茂(しげ)る緑に激突する寸前、後ろから引き寄せられたような浮遊感があった。

（あ）

——直軌だ。

思ったのもつかの間、立て続けの衝撃に襲われる。一度目は木々の枝葉に滅多打ちにされ、二度目は駐輪場の屋根を突き破り義足がひしゃげた。とどめに自転車を三、四台ほど巻き込んで、コンクリートの地面へ叩きつけられる。

　大穴の空いた屋根には琴葉が乗っているはずだ。ぶつかる直前のタイミングで置いてきた。あちこち痛んだが、痛むということは生きている。蛍介は軋む肺から大きく息を吐きだし、白い歯をこぼして笑った。


「いやあ、ごめんな？　直軌」

「……自分が何したかわかってる？　夏凪先輩」

　両義足損壊、全身に無数の裂傷と擦過傷と打撲。飛んできた屋根か義足パーツの金属片で切ったのであろう右眉尻の上は、場所が場所だけにかなりの出血があったので九針ほど縫合したものの、傷自体はそこまで深くないとのこと――。今回の件で蛍介が負った怪我は以上だった。骨にも異常なく、今は脳のＣＴ検査結果待ちだ。結果がでるまでベッドで少し休み、そちらも問題ないようであれば帰宅していいと言われた。

　琴葉も幸い軽い擦り傷と打ち身だけで済み、一足先に終悟がＤＡＳＴ本部へ連れて行ったそうだ。

　あの高さからの落下で二人とも軽傷で済んだなんて、奇跡にもほどがある――と医者が目を剝いたのは、言うまでもない。

「お前が助けてくれなかったらヤバかった。ありがとな。腕上がったんだなあ」

蛍介たちが落下した際、直軌は部屋のドアを開けたところだった。ベランダまで駆けつける間もないと思った彼は、とっさに対象が視界にない状態でアビリティを使ったという。能力を使う際に的が見えるか見えないかは、精度に大きく関わってくる。しかも直軌の念動力は、出力が大きいぶん力加減が難しいので、あまり人に向けないほうがいいと言われていたはずだ。視野外、しかも高速落下中の人間に力を加えるとなると、下手をすれば逆に事態を悪化させかねない場面だったろう。

「蛍ちゃんがすごいだけだよ。……命知らずなところも含めて」

直軌の顔は青白くこわばっている。よほど心配をかけてしまったのだと、今さらながらに胸が痛んだ。

「はは……そうだな……。けどお前がいなかったら、この程度じゃ済まなかった」

蛍介だってもちろん先ほど謝ったとおり、深く反省している。だが直軌はどうにも納得がいかない様子で眉間に皺を寄せたままだ。

「……どうして、ここまでするの？」

「そりゃ、あの子を――」

「守りたかったから？」

ベッドに上体を起こした格好で座っている蛍介は、そうだ、と直軌の瞳を見つめて頷く。だが直軌は横の椅子から身を乗り出して蛍介の手首を摑み、低く鋭い声で尋ねた。

「本当にそれだけ？」

それだけ。それだけ――のはず。本当に。……本当に？

自問しながら、肌掛けで覆われた自分の下半身へと視線を落とす。義足は壊れ、外されてしまっているため――そこはぺしゃんこで……何もない。背骨の空洞に氷でも詰められたかのような悪寒が走った。

「蛍ちゃん、こんなのはもうやめて」

怒りをなんとか抑えこもうとしているのか、直軌は体ごと膨らませて息を吸い、ゆっくりと吐き出した。

「配属されてから蛍ちゃんがかかわった過去の事件をざっと見てみた。……こういう怪我、これまでも何度かしてるよね」

資料室に通っているのは知っていたが、そんなデータを見ていたのか。蛍介は驚きと気まずさ半々で唇を噛む。

「まるで幸福の王子みたいだ。自分の大切なものを剝ぎ取って、困った人に次々と与えるアレ。蛍ちゃんにぴったり。……でも僕はツバメになんかなれない。大切な人が自分の身を砕いてまで人様に尽くすのを、彼が望むならば……って手助けなんかできない。――だって蛍ちゃん、今日は無事だったとしても、次は命を落とすかもしれないんだよ。それって本当に正しいこと？」

わかっている。燎彦も言っていたとおり、己が身あってこその人助けだ。

でも、他にやり方がわからない。

（だって、こうしないと俺は――）

いつも穏やかな直軌の紫の双眸が、今は嵐を孕んでいるかのように爛々と光っている。握られた手首が熱くて熱くて燃えてしまいそうだった。蛍介は渇いた喉から声を絞りだす。

「それで誰かが助かるなら、安いもんだ」

ぎし、と直軌の五指に力が籠もった。思わず苦痛の呻きが漏れそうになるが、すんでのところで呑み込む。

直軌がハッとしたように手を離し、「ごめん」と呟いた。「ごめん、怯えさせるつもりはなかったんだ」

怯えてなんか……と腕を動かそうとして、蛍介は自分が震えていることに気がついた。おそらくダイナミクスの飢餓症状だ。肉体的な痛みにＳｕｂ性が反応したのだろう。

（……薬で抑えるのも、そろそろ限界か）

「夏凪さん、お加減いかがですか？　気持ち悪くなったりしてません？」

そこにノックの音とともに看護師が入ってきたので、会話は終了した。検査の結果はなにごともなく、蛍介は直軌の運転で寮へと戻った。

その晩、蛍介は燎彦の部屋を訪れた。

「無事でよかった。体の痛みはどの程度だ？」

「体中バッキバキではあるけど、平気平気。こんくらいなんともないよ」

蛍介はソファを背もたれにする形で床に脚を投げだし、座っている燎彦の膝にそっと顔を押しつけている。形ばかりの服従、まがい物の『Ｋｎｅｅｌ』の姿勢。たとえポーズだとしても、干上がる寸前のＳｕｂ性には幾らかの恵みになる。

「義足も長期メンテナンスだし、しばらくは軽めの任務を回そう。せっかくだから、ゆっくり体を休めるといい」

「悪い……ありがとう。いい脚だったのに、きっとみんなカンカンだよな……」

技術開発部渾身の義足を壊した罪は重い。昔から世話になっている装具士をはじめ、たくさんの人に世話になってできた大切な体の一部だ。制作や修理だってタダではない。そう考えると、申し訳ない気持ちでいっぱいになる。

「早速試作品作るぞってむしろ盛り上がってたけどな」

「……あれ？」

そういえばそうだった。なんというか、彼らはわりと馬鹿と天才は紙一重というギリギリのラインを攻めてくる集団だった。今装着している普段使い用の義足も、そのうちの一人から半ば強引に押しつけられたものだ。

『完全防水仕様で軽量化もバッチリ！　しかもマニア心くすぐる球体関節デザインなんですよ絶対お似合いになります！　先っぽだけでもいいので着けてみてくださいお願いしますなんでもしますから！』――と必死の形相で乞われ、わけもわからぬまま受け取った。

確かに関節部分が少し変わった形状だが、非常に使い勝手がよいので、おおいに使わせてもらっている。

「蛍介、こっちを向いて」

やわらかな声音。言われたとおり腕を支えに体ごと横へ向き、燎彦を見上げる。「よし」と言われ頭を撫でられると、少し嬉しい。

燎彦は蛍介の瞳をじっと見つめたあと、ゆっくりと口を開く。

「――『大丈夫』だ」

唇の動きや言葉の意味を沁みこませるように。普段より一段低い声は、体中にじわじわと広がってゆく。

「――もうお前は『満たされている』。ちゃんと『プレイした』から、『大丈夫』だよ」

火宮燎彦はDomとしてはできそこないだ。彼は自分のことをそう言う。

Domの欲求は嗜虐(しぎゃく)・束縛という激しいものから、溺愛・庇護(ひご)といった穏やかなものまで幅広い。ただどんなDomにもSubに対する独占欲が存在する。それは支配者として根源的な、『Subを自分だけのものにしたい』という欲望。そして、その欲求や威圧が形となって現れたものが、グレアだといわれている。

だが燎彦は、グレアもコマンドの強制力も、極めて薄かった。どこまでも優しく、誰も威嚇せず、相手を思うがままにしようなどと考えもしない、無欲で無害なDom。リーダーシップがあって人望も篤(あつ)く、むしろダイナミクスを持たないNewtralからすれば理想的な、上に立つべき人であるのに——Ｄｏｍの中ではまったくオーラのない、なぜＤｏｍなのかよくわからない落伍者（らくごしゃ）なのだ。

しかし天は燎彦に皮肉なギフトを授（さず）けた。『催眠（ヒュプノス）』と呼ばれる超希少アビリティ。目を合わせ語りかけた相手に暗示をかけ、自由に動きをコントロールしたり、ないはずの記憶を刷り込んだりできる。

——ちなみに過去たった一人、『催眠』の上位互換、一瞬にして大人数を操作できる『洗脳（アーテー）』というアビリティを有した人間がいたらしいが、現在でも最重要機密として一般には秘匿（ひとく）されている。ましてや、それを含む伝説級のアビリティが、立秋（たてあき）幸雨という一人の少年の体に集約されてしまったなどと、公表できるはずもない——。

ともかく、燎彦は自（みずか）らの催眠能力を利用して、ある日サブドロップに陥（おちい）っていた人を救った。Ｄｏｍからのアフターケアを受けられず意識を失いかけていたＳｕｂに、『あなたはちゃんとＤｏｍに必要とされている』と暗示をかけた。

通常、サブドロップから脱するにはその原因となったＤｏｍがきちんとケアをし直すか、Ｓｕｂ本人が自力で自我を取り戻すかのどちらかが良い方法とされている。他のＤｏｍが途中からケアに入ったとしても、まず前後不覚になった状態ではＳｕｂの同意自体が得られにくく、効果が薄いというのが通説だった。

けれど燎彦固有のアビリティとコマンドが合わさったことにより、催眠治療は思いのほか効力を発揮し、Ｓｕｂは無事サブドロップから脱した。

当時十代だった燎彦はＤＡＳＴ初のリカバリーＤｏｍとして准隊員採用された。スカウトしたのは蛍介の父だった。まだ幼いながら保護管理指定対象者としてＤＡＳＴに顔をだしていた蛍介とは、それ以来の付き合いだ。

Ｓｕｂ転化したあと、Ｄｏｍとのプレイに及べず飢え苦しむ蛍介を、これまで人知れずケアしてくれたのも燎彦だった。燎彦の暗示により、『Ｄｏｍとプレイをした』と心身に錯覚させ、一時的にＳｕｂ性を満たすことで、蛍介は今もなんとかダイナミクスの均衡（きんこう）を保（たも）っている。

「よしよし、『いい子だな、蛍介』」

思えば、父と燎彦は少し似ているのかもしれない。穏やかで、誰に対しても平等で――そう言うと、燎彦は「全然違う。お父様に失礼だ」と恐縮する。なぜならば、燎彦はＤｏｍとしての本能が希薄なだけだが、蛍介の父は目配せひとつでＳｕｂを従えられる強いＤｏｍ性を持っていながら、自らの意思でもってそれを律することができる人だから――だそうだ。

でも蛍介からすれば、どちらも自分を見守ってくれる温かい存在に違いはない。父に会う勇気はまだでないけれど、燎彦といるとほんのわずかばかり、懐かしいぬくもりを感じられる気がする。

「……燎彦」

「ん？」

「ごめんな」

蛍介がぽつりと呟くと、燎彦は目を丸くしてから白い歯を覗かせた。

「ハハ、なんだ急に改まって」

「だって……燎彦はもう隊長なんだし、忙しいトコいちいちケアしてもらうの悪いよ……。パートナーだっているのに」

「俺は蛍介のこと弟みたいに思ってるから……立場や忙しさなんて関係ないさ。アイツのことなら、蛍介の事情は知ってて了承を得ているから気にするなって、いつも言ってるじゃないか」

燎彦のパートナーはずいぶんと難儀な性格で、筋金入りのＤｏｍ嫌いだ。第一制圧部隊の野良犬と揶揄されるほど、滅多に人前へは姿を現さない。しかし蛍介は〝元〟Ｄｏｍだし、これまでの経緯や苦労も把握済みだから——と、かろうじて燎彦のケアを受けるのを黙認してくれている。

だが蛍介は知っているのだ。こうして擬似プレイに及んだあと、ほぼ必ず燎彦の首やら手やらに歯型がついているのを。

それを見るたび、複雑な気持ちになった。

そして湧き上がるのはいつもの問い。どうして自分はＳｕｂ転化なんてしたんだろう。

一人で生きていくと、脚を失ったとき決めたのに。誰にも迷惑をかけず、頼らず、寄りかからない。強く強く、ただみんなを守る兵器のようにありたい。

でも、Ｓｕｂになってしまった。皆を守るべきＤｏｍという支えさえ、失ってしまった。

（俺が一人を願ったから……俺にはパートナーになってくれるＤｏｍがいないのかな……）

燎彦にだって本当の相手がいる。帰る場所があって、待っている人がいる。

（――俺、も……俺にも――）

Ｓｕｂとして自分は、誰に、何をされたい？

もし自分を支配してくれるＤｏｍがいたとしたら、どんなふうに――。

「――け……、蛍介！」

「ん、え？」

「どうした？　傷が痛むのか？」

どうもぼんやりしていたらしい。燎彦が心配そうに身を屈めて顔を覗きこんでくる。

「……蛍介……お前、誰かのグレアにあてられてないか？」

「グレアに？」

そんなわけはない、と蛍介は思う。だいたい自分にはどんなＤｏｍも――

――『蛍ちゃん、こんなのはもうやめて』

燃えるような怒りをたたえた菫色の瞳と、聞いたこともない厳しい声音。

（まさか）

馬鹿馬鹿しい。蛍介はすぐにそれを振り払うと、「だったらいいんだけどな」と自嘲めいた笑みを浮かべた。

「直軌に怒られちまって。思ったよりへこんでんのかも、俺」

「ああ、花村くんか。……心なしか落ち込んだ様子だったな。ちなみに、蛍介は花村くんから高校時代の話を聞いたことは？」

高校生の頃の話というと、やはりダイナミクスについてだろうか。首を傾げる蛍介を見て、燎彦は「そうか、ならいいんだ」とあっさり流した。

「でも、花村くんが蛍介の体を心配する理由はわかるだろう？」

じっと目を覗き込まれ、蛍介は反射的に脚へ手をやる。そうだった。直軌からしてみれば、こんな姿はトラウマを呼び起こすものでしかないだろう。悪いことをしてしまったと改めて思う。

（手首、熱い……）

直軌に握られた場所が、今も膿んだように熱を持っている気がする。

「一度きちんと話をしてみたらいい」

「……うん……そう、する」

小さく頷きながら、蛍介はもう少しだけ……と燎彦の手に身を寄せた。

翌日、蛍介は琴葉の取り調べにあたったあと、直軌を本部庁舎の上にある庭園へ誘った。

「へえ、地上はこうなってるんだ」

十八時近く、ようやくあたりは夕暮れの気配が漂い始めている。手入れされた芝生を走る石畳の道の右手は日本庭園風、左手はイングリッシュガーデン風の造りで、小川に沿って奥へと進めば楠や桜の古木が立ち並ぶ小さな森だ。

一般人が立ち入ることのできないＤＡＳＴ専用の立派な庭だが、多忙な隊員にとっては近くて遠い場所。とても都心とは思えぬ眺めに、直軌も顔を輝かせている。

「俺もたまにしか来ないんだけど、ここの川、ホタルがでるんだよ。いつも六月の半ばから飛んでるから、ちょっと遅いけどまだいると思う」

「そうなの？　すごい。会えるといいなあ」

小川の近くに設えてあるベンチに腰を下ろす。カフェで買ってきた飲み物を紙袋から取りだし、二人は無言でそれを啜った。

「……久慈川さん、大丈夫そうでよかった」

先に口を開いたのは直軌だった。

「そうだな」

琴葉はあちこちにテーピングをした蛍介の姿を見るなり、涙ぐんで深々と頭を下げた。

多くの人たちを傷つけただけではなく、助けようと手を伸ばしてくれた人の命まで奪ってしまうところだった、本当にごめんなさい——と。

最後の落下は事故であって、故意ではない。彼女はちゃんと踏みとどまろうとしていた。悔恨（かいこん）と責任を一気にしょいこみ、細い肩が震えているのが痛ましくて、蛍介は首を振り、頭を上げるよう言った。

そしてうるんだ黒い瞳と目が合うと、「きみが生きててよかった」と笑った。聴取補助員として同席していた直軌の視線が少し痛かったが、最後には感謝の言葉とともに琴葉の笑顔が見られたのでよしとする。

そういえば、突然乱入してきたあざみとの雑談にも快（こころよ）く応じていたのは意外だった。きっとあれが彼女本来の姿なのだろう。今後の処分は気にかかるが、未成年――しかも事情が事情な上にエクストラアビリティ所有者とあれば、ＤＡＳＴとの取引も考えられる。どちらにしろ、そこまで重くはならないはずだ。

「……僕さ」

直軌が眉を曇らせる。

「久慈川さんをいじめた子が仕返しされて苦しんでるって資料で見た時、まるで同情できなかった。幼馴染を傷つけるなんて――それもまだなにもわからないＳｕｂを、Ｄｏｍの力で押さえつけて乱暴するなんて、僕には考えられないし許せない。……だからって、どんな理由があったとしても、復讐を肯定（こうてい）したくはない」

長い睫毛（まつげ）が細かく震える。怒りと哀しみに揺れる瞳が、蛍介を映した。

「けど優しい人が傷ついて我慢するばかりで終わるのも、やっぱりおかしいと思うんだ」

直軌の言いたいことは、痛いほどわかる。幼いころ憧れた勧善懲悪モノのように、なにもかもすっきりとは終わらない。

「俺も一緒」

蛍介はその背をぽんぽんと撫でて言う。

「……蛍ちゃんも？」

「ああ。いまだにこういう事件があるたびに悩むよ。……幸雨のことだって、答えはずっとでないままだ」

復讐を果たしたと同時に、自分たちを含めたくさんの人々を傷つけた幸雨。「お前もあいつを思い出したんだろ？」と尋ねると、直軌はためらいがちに頷いた。彼の行いを、一かけらでも是としたくない。それでも、そこに至るまでの過程を考えると、全て否定することもできない。直軌の苦悶の表情はそう物語っている。

「きっと、正解なんてないんだろう。仕事だと割り切っていちいち肩入れするなって人もいるけどさ、俺はできる限り……直軌が言うような人たちを守りたい」

「蛍ちゃん……」

「彼女が『バベル』の使い方を教わったっていう人物も、引っかかるしな」

琴葉は取り調べの中で、アビリティの使い方や復讐の方法についてアドバイスをもらった場所があると話してくれた。なんでも、Ｄｏｍからの虐待に悩むＳｕｂが集うＳＮＳコミュニティ内のグループがあり、そこでアビリティへの造詣が深い人物に遭遇したらしい。

――『その人、ＤｏｍはＳｕｂのことは守らなくちゃいけないんだ――って、よく言ってました。それができないＤｏｍは、Ｄｏｍである資格がない、とも』

「『Ｓｕｂを守れないＤｏｍはいなくなるべき』――Ｄｏｍイーターの思想と同じ。しかもアビリティに詳しいとなると……」

「真っ先に幸雨くんが思い浮かぶ」と、直軌はドリンクのカップをベンチに置く。溶けかけた氷が音をたて、木の座面に落ちた水滴が滲んだ。

「……俺、もっと話をすればよかったって、ずっと考えてた。幸雨がああなる前にも、あとにも、もっと……」

ぽつりとこぼした蛍介に、直軌が短い溜め息を吐く。

「幸雨くんを助けたいって、蛍ちゃんは今でも思ってるんだ」

この期に及んでまだ対話を望むなんて、自分でもどうかしていると思う。でも、せめてもう一度、会って話がしたい。

「蛍ちゃん……どうしてあの時――幸雨くんに『直軌かオレを選べ』って言われて、僕を助けたの？　琴葉さんを助けたのと同じ理由？　助けたいと思ったから？」

問われて、蛍介はふと考えた。確かに助けたいと体が動いたけれど、もっと本能的なものだったように思う。

「――僕が、『助けて』って言ったからだよね」

『けい、ちゃん………』

あの日、蛍介に向けられた言葉。

──■■■。

──『助けて』

「そんなわけないだろ。……いや、もしそうだったとして、何が悪いんだよ」

助けてという声に、応えないわけがない。だがそもそも、直軌がその言葉を口にしようとしまいと、蛍介は助けに走ったはずだ。

「僕があんなことを言ったせいで、蛍ちゃんの脚を奪っちゃったんだって……ずっと思ってた」

それをなぜか直軌は、自分が正義の味方を破滅させる呪文でも唱えたかのように言う。

「今さらだけど……ごめんね、蛍ちゃん」

大きな体を丸め、両手を握りしめてうめく姿に、病室のドアの向こうから響いてきた慟哭が重なる。

──『僕の脚を使って、蛍ちゃんを元通りにしてよ──!』

「謝るなって、直軌。俺がお前を守りたかっただけなんだから。……俺のほうこそ、勝手にいなくなってごめん。お前が言ってくれたとおり、そばにいたらお前を傷つけると思って離れたつもりだったけど……。そのぶん、七年間なにもしてやれなかった。ダイナミクスのことも、こないだあざみたちと飯食うまで、全然知らなかった。ごめんな。一人できっと……苦しかったよな」

横で微かに息を呑む気配がする。「蛍ちゃんは――」。あとの言葉が続かなかったのか、直軌の手が蛍介の手に重なる。汗ばんだ手のひらに包まれると、緊張していた心がゆるんで目の奥がじんわり熱くなる。さっきまで吹いていた風は、いつのまにかやんでいた。

「あ」

視界に、小さな光が舞った。

明滅しながらゆっくりと宵闇に踊る灯かりが、みるみるうちにふたつ、みっつと増えてゆく。低木に、茂みに、水面に――。

「わ、すご！　思ったよりたくさんいるな……！」

直軌の手を握りしめ、肩を肩にぶつけ小声で叫ぶと、直軌も体を寄せてひそひそ声で返してきた。

「蛍ちゃんを仲間だと思ったんじゃない？」

「『蛍介』だからって？　でも俺の灯は青だぞ？」

くつくつ笑う蛍介に、直軌は微笑んで目を伏せる。

「図鑑でホタルを見た時、僕、泣いて蛍ちゃんを困らせたっけ」

「懐かしい。みんなで蛍狩り行ったあとな」

美しい光に感動した直軌が、どうして光るの？　どんな虫なの？　と尋ねてくるので、蛍介は昆虫図鑑を引っ張りだして読んでやった。

おとなになると口が退化し、かろうじて水を摂取する程度。二週間ほどでその命を終える——と聞いて、直軌は泣いた。

「僕はおとなになったらいっぱいやりたいことがあるのに、ホタルさんはごはんも食べられないの？　あんなにきれいなのに、そんなのかわいそう……ってポロポロ涙こぼしてさ。かわいいって言ったら悪いけど……なんかたまらなくなって、俺まで泣きそうになったよ。……俺も昔、おんなじこと思ってたから」

「え、そうだったの？」

蛍介の告白に、直軌は目を丸くしている。蛍介もホタルの成虫の話を初めて知った時、幼心にショックを受けた。いつかみんな死ぬとしても、おとなになった瞬間にカウントダウンが始まるような仕組みは——どうせ死ぬんだから生きるための器官はなくていいよねとばかりに奪ってしまうのは、残酷だと思った。

でも母はそういう情緒的なものがあまり理解できないタイプだったし、仕事で疲れている父にわざわざ話すことでもないかと思い、口にだすこともなく終わった。

だから直軌の涙を見て、こっそりしまいこんでいたものを見つけてもらえたような気がしたのだ。自分だけが綺麗だと胸に秘めていたささやかな宝物を、同じように綺麗だと言ってくれる人がいて、嬉しかった。それが直軌であるということも、きっととても嬉しかった。

「そうなんだ……」

直軌は噛み締めるように呟いて、繋いだままの手をそっと揺らした。

「でも、そのあと蛍ちゃんが、かわいそうじゃないんだって教えてくれた。ホタルは光る前、僕たちには見えないところでいっぱい食べて生きて、そしておとなになって大切な相手を見つけて、こどもを作ってさよならする。光はそのための合図——ここにいるから、おいで、って言ってる、一生で一番のお願いなんだよ——。そんな感じだったかな。僕、それを聞いてすごく救われた気持ちになったんだ」

よくもまあそこまで覚えているな、と蛍介は暗がりで頰を赤らめた。

(俺だって……覚えてるけど、さ)

たくさん調べたのだ。ホタルがどうしてそんなふうになったのか、おとなになるまでどうやって生きるのか、ちゃんとその一生を知っておきたくて、そしてなにか希望になるものを見つけたくて、いろいろな本をあさった。小さい直軌にもわかるようにと子供の自分が考えた、お伽噺じみた説明だけれど、今聞くと存外ロマンチックに聞こえて面映ゆい。

あの頃と違い、すっかり精悍になった顔をそっと見上げると、すぐに深くきらめく紫の双眸が見つめ返してくる。

「……綺麗だね」

夏の空気の中、金色の輝きが幾つも灯り、星のように瞬いていた。

「でも……やっぱり見てると少し切なくなる」

確かにそうかもしれない。ただ、蛍介はうらやましくさえ思うのだ。

たったひとりの誰かを見つけるために全身全霊で輝き、願いを果たして消えてゆけるのなら——。

それは、とても幸せなことだろう。

6

「動くな！」

ダイナミクス関連の事件捜査におけるきまりのひとつ――。『静止を求める、または威嚇の際の号令は、まずＳｕｂかＮｅｗｔｒａｌがかけること』

Ｄｏｍが命令調で声を発すると、本人にそのつもりがなくとも『コマンド』としてＳｕｂに届く場合がある。

だから不用意にＳｕｂを傷つけないよう、第一声は必ずＤｏｍ以外がかけるべし、というわけだ。

この日も、状況は終悟の大音声から始まった。


八月。うだるような暑さの中、蛍介たちはとあるパーティ会場に潜入していた。

富裕層Ｄｏｍによる会員制のプレイクラブ。表向きは相手が見つかりづらい特殊嗜好のＤｏｍとＳｕｂの出会いの場とされているが、実態は強姦、乱交、公開調教、オークション……金や薬などによって引きずり込んだＳｕｂをろくな同意も得ぬまま玩具にしているという話だった。

会員には政治家や芸能人も名を連ねている。そのため非常にガードが固く、これまでなかなか深く踏み込めなかった場所だ。失敗の許されぬ作戦ということで、久しぶりに第一制圧部隊総出の仕事である。

「任務だっていうのはわかってるけど……俺の他にもっと適役いただろ……？」

思わず小声で独りごちた蛍介に、直軌が「まあまあ」と笑いかける。制服と違うスリーピースのスーツは居心地が悪い。直軌や終悟がやたら堂に入っているぶん、一人場違いなのがいると疑惑のまなざしで見られるのではないか――蛍介はひやひやしていた。

【あら、蛍介だって結構似合ってるわよ。馬子にも衣装とはこのことね】

耳の中に仕込んである小型インカムからあざみの声が響く。

「生粋のお嬢様が言うと、皮肉が皮肉にならないからな⁉　……というか、お前たちは目立ちすぎだと思うんだけど……大丈夫なのか？」

会場はファッションショーのランウェイのような造りで、前方のステージから客席中央へ向かって細い花道が伸び、その先に円形の舞台が設けられている。あざみと終悟が陣取るのは上手のドア付近。終悟の首には鮮やかな赤いカラーが巻かれており、シェルピンクのチュールドレスに身を包んだあざみが首輪に繋いだ鎖を握っている。完全に、周囲へＤｏｍとＳｕｂのカップルであることをアピールする仕度だ。

あふれんばかりの美しさと比類なきＤｏｍのオーラをたたえた少女が屈強(くつきょう)な男を従えている様子は、すっかり注目の的となっていた。「なんて素敵」「どんなプレイをするんだろう」などとあちこちからひそひそ声がする。

【終悟がかわいすぎるのが悪いのよ。帰ったらおしおきしなきゃ】

「おしおき」の言葉に終悟がぴくりと肩を震わせたのが見えて、蛍介は内心ご愁傷様と手を合わせる。……いや、終悟のことなので嬉しいのだろうけれど、大変な目に遭(あ)うことに変わりはない。

「お前のことだから心配はしてないけど……空気に呑まれるなよ」

【そうね、ご忠告感謝するわ。でも蛍介もちょっと顔色悪いから気をつけたら？　ウブな人にはキツイいものね、ここ】

言いたいことだけ言って、通信は切れた。

「はあ……。確かにちょっと……しんどいな」

後方の出入り口付近に座っている蛍介は、げんなり顔で襟元(えりもと)を緩(ゆる)める。手にはライムの入ったトニックウォーターのグラスを持っているが、口にはしていない。何が入っているかわからないからだ。

ＤＡＳＴが入手した招待状は二通。通常はクラブ会員もしくは会員からの紹介でしか入場できず、事前申告により一名まで同伴可となっている。独占欲の強いＤｏｍは、こういった人が集まる場所に自分のＳｕｂを連れて来ることが多い。これは自分の所有物だと周囲に見せつけ、他のＤｏｍに誇示するとともに、己のＳｕｂへマーキングをする意味合いがあるのだろう。聞けば中にはいわゆるスワッピングと呼ばれる——パートナーを交換して、一度他のＤｏｍに抱かせたＳｕｂを、改めて自分のものにするプレイもあるらしい。蛍介にしてみれば、理解不能すぎて頭痛がするような話だった。

とにかく、会場内は欲望を剝きだしにしたＤｏｍたちのグレアがじりじりとくすぶっており、慣れていないＤｏｍやＳｕｂは悪酔いしかねない空気になっている。

「大丈夫？　僕だってこれは少しきついよ。みんな抑制剤を飲んでいないみたいだし」

直軌が心配そうに顔を寄せて話しかけてくる。いつもと違ってフレグランスをまとい、髪を軽くセットした姿は素晴らしい男ぶりで、やはり先ほどから視線を集めっぱなしだ。抑制剤を飲んでいてもこれなのだから、そのＤｏｍ性がいかに強いか推し量られる。

「お前がいてくれなきゃ吐いてたかも……」

「え、そんなに⁉　平気？」

「や、なんというか、俺その、仕事ばっかでプレイはあまりしてなくて……。前も言ったけど、他人のダイナミクス感じるのが、どうも好きじゃないっていうか……」

聞かれてもいないのにしどろもどろで説明して、しまったと思う。直軌の中で、自分は今もＤｏｍだということを、一瞬忘れそうになっていた。しかも正式なプレイは、あまりどころか一度もしたことがない。これ以上話すと、うっかりボロがでてしまいそうだ。

「そっか……蛍ちゃんはお父さんに似て、ダイナミクス衝動自体は激しくないもんね」

直軌の言葉に、蛍介は「そうそう」と慌てて頷いた。Ｓｕｂへ求めるものが大きく激しいほど、グレアも強くなるのが一般的。グレアやコマンドの強制力が大きいにもかかわらず、Ｓｕｂに対する欲求が穏やかなＤｏｍというのは、比較的珍しい部類に入る。

（……だったら、直軌はどうなんだろう）

保護管理指定を受けるほどのＤｏｍ性と、依存や中毒症状さえ引き起こす強力かつ特殊なグレアを持っているなら――。

（こいつでもＳｕｂをどうにかしてやりたいって、思うのか？）

全然想像がつかない。小さい頃から柔和で優しく、引っ込み思案だった直軌。不思議で綺麗な容姿と相まって、人間の欲とはあまり縁のない、絵本の妖精のような雰囲気をしていた。

（俺には素直に甘えたり、したいこと言ってくれてたけど……それでもわがままってほどじゃなかったもんな……）

だから余計に、言い方は悪いが相手をとっかえひっかえしているイメージがない。あざみにも訊かれていたとおり、ＤＡＳＴに入ってからダイナミクスの処理はどうしているのだろう。人の心配をしている場合ではないというのに、気になって仕方がない。

（休日だって俺とばっかいるし、俺の役に立とうとして気をつかいすぎなんじゃ……）

考えこんでいると、直軌の指が指先に触れた。

「蛍ちゃんの手、冷たくなってる。少し握っててもいい？」

「あ？　ああ……」

暗い場内とはいえ人前、かつ任務中。普段ならやんわり断るところだが、蛍介はおとなしく直軌の手を受け入れた。触れたところからじんわりと体温が伝わって、こわばっていた指に感覚が戻ってくる。肌を刺していた他のＤｏｍたちのグレアが遠のき、あたたかい空気の膜（まく）に包まれたかのように呼吸が楽になった気がした。

やがて直軌が「無理はしないでね」と微笑（ほほえ）んで手を離した瞬間、あたりがゆっくりと暗くなる。アナウンスがショーの開始を告げ、ベルの音とともに前方ステージをスポットライトが照らす。

赤いベルベットが張られたシングルソファに、一人の若い男性が座っている。服装はサラリーマン風だが、猿轡（さるぐつわ）と首輪をつけられ、両手は後ろ手に、両脚は大きく開いた状態でそれぞれ拘束（こうそく）されていた。

その後ろに立っているのは、参加者と同じようなインフォーマルスーツを着た大柄な男だ。ひと目でＤｏｍとわかるほどのグレアに、客席からおそらくＳｕｂのものとおぼしき溜（た）め息（いき）が漏れた。

『Ｓｕｂは大手電機メーカーで営業を勤める二十六歳。普段は明るく爽（さわ）やかな好青年だそうです。ところが先日、こちらの素晴らしいご主人様がいるにもかかわらず、許可なく別のＤｏｍと関係を持ってしまったとのこと。本日は是非皆様の目の前で調教をし直したいと、ご主人様たってのご希望です。リクエストにも応じますので、ご希望の方は入力フォームよりチップの金額とリクエスト内容をご記入の上、ショータイム前半の間にご送信ください。フォームのアドレスとパスワードは、入り口でお配りしたカードに記載されております』

それを聞き、椅子に座っていた青年が身悶えしてなにごとかを叫ぶが、猿轡のせいで言葉にはならない。明らかに嫌がって抵抗しているように見える。

今すぐ飛び出して行きたい気持ちをぐっと抑えこんで、蛍介はステージを睨みつけた。

合意の有無の確認は、Subの拒絶反応によるところが大きい。コマンドをだして抵抗があったりスムーズに実行されなかっただけでは、「強制に見えるが、裏で合意は得ていた」といくらでも言い逃れされてしまう。ゆえにSubがコマンドを実行し、「無理矢理従わされた」と拒絶反応が出てからでないと動けないのだ。

(わかっちゃいるけど……もどかしい——!)

Domの男が椅子に近づき、怯えて首を振るSubの青年の首輪を強く曳く。

「——『Kneel』」

雷に打たれたようにSubの体が硬直し、ぶるぶると震えはじめる。本能と理性のせめぎあいが起こっているのだろう、苦しげなうめき声が聞こえた。

思わず腰を上げそうになる。心臓の音がいつになくうるさい。何度かこういう場面には遭遇してきて、毎回不快にはなるけれど、今日はとびきり最悪な気分だ。だが蛍介はスラックスを握りしめて耐えるしかない。

「聞こえなかったのか？　さあ、俺の言うことを聞け――『Ｋｎｅｅｌ』！」

グレアをともなった強い口調に、青年は一度くぐもった悲鳴を上げたあと、ぎこちない動きで椅子を立ち――ほとんど崩れ落ちる形で膝をついた。うつむいた顔から大粒の涙が落ちたのが、後方の席にもかかわらずはっきりと蛍介の目に映った。

「動くな！」

終悟が立ち上がり叫んだ瞬間、不意に場内の照明が消えた。ざわめきが巻き起こるが、一部の人々はまだショーが続いていると思っているようだ。いったい何が、と急ぎ取りだした職務用スマートフォンの明かりを頼りに、蛍介は直軌と顔を見合わせた。

――『お前らこんなことして楽しいか？　愚かなＤｏｍはＤｏｍ同士潰しあってくれ。Ｓｕｂを守れないＤｏｍに、生きている価値はない』

聞こえてきた声に、二人そろって目を見開く。

「幸雨！」

「幸雨くん！」

今の声は間違いなく幸雨のものだった。パッと電気が復旧した瞬間、舞台袖に引っ込んでいく人影を認め、蛍介はステージに向かって走り出す。

「夏凪先輩！　お客さんが……！」

あちこちでＤｏｍとおぼしき人々が摑み合いを始め、怒声が上がる。一歩遅れて外で待機していた隊員たちが突入して来たが、予想外の状況に驚いている様子だ。

「直軌、動けるか？」

「動ける。……これたぶん、洗脳じゃないね」

直軌が能力コントロールのためのフィンガーグローブを嵌めながら呟いた。蛍介も義足のギアを調整して頷く。幸雨が受け継いだエクストラアビリティの『洗脳』は、Ｄｏｍに殺し合いをさせるほど強力なもののはずだ。スピーカー越しだとしても、今の一声で自分たちに何も影響がないのは違和感がある。

「こちら夏凪。今の声の主はおそらく立秋幸雨だ。あざみ、動けるか？　どうぞ」

【こちら統場。終悟も私も問題ないわ。立秋幸雨がかかわっているなら、そっちについては蛍介に任せる。隊長、許可を】

【こちら火宮、状況は確認した。統場、静原はマル害ならびに会場内のＳｕｂの保護を最優先に動け。夏凪、花村両名はＤｏｍの鎮圧と逃亡者の追跡を。ただし夏凪、立秋幸雨がいたとしても、深追いはするなよ。突入班は二手に分かれ、それぞれのサポートを頼む】

「夏凪、了解した！」

【統場、了解！　行くわよ終悟！】

答えるや否や、あざみは早くもショーのステージに立っていたＤｏｍを氷の檻に閉じ込めた。向こうも電撃を放ってきたが、相性も力もあざみの圧勝。頭を冷やせとばかりに雹のシャワーを浴びせ手錠をかけると、すぐに倒れ伏しているＳｕｂ男性の拘束を解き、容態を確認する。

【大丈夫ですか？　私の声が聞こえますか？】

そのやりとりはインカムを通して蛍介たちにも届いていた。

【――じゃない……】

Ｓｕｂの男性が絞りだすように言う。

【ちがう、あいつは……あいつはおれの、パートナーなんかじゃ、ない……！】

【あなたには、他に正式なパートナーがいらっしゃるんですね？】

あざみの問いに、彼は嗚咽しながら弱々しく頷いた。つまりＳｕｂの側は浮気をしたわけでもなんでもなく、本来ちゃんとした恋人がいたのに、横恋慕してきたＤｏｍに無理矢理ここまで連れて来られた――ということだろう。もしかしたら、いやきっとおそらく、既に一度乱暴されている。おおかたそれをネタにゆすられたに違いない。

イカレてる。蛍介は思う。

にＳｕｂの尊厳を奪ってしまうのも、同じ人間のすることではない。

(……同じ？　いや違う)

彼らは最初からＳｕｂを対等な人間としてなんか見ていない。ＳｕｂはＤｏｍの下にいる弱者だと思っている。

(でも弱者ならば、なおさら守ってやらなきゃならないだろうが……！)

Ｄｏｍの――人の欲の醜さを見せつけられて、心がどろどろと黒くなりそうだった。

(どうしてこんなものがあるんだ。ＤｏｍとＳｕｂなんて……ダイナミクスなんて……)

——どうして俺は、人を守れるＤｏｍになれなかったのだろう。

（だめだ、なに考えてるんだよこんな時に）

きっと会場中に満ちたグレアのせいだ。深呼吸をして気合を入れ直す。進路を遮る人々の動きは直軌が止めてくれている。その隙を縫って円形舞台へと飛び乗った蛍介は、客席を見渡して違和感に気づいた。争っているＤｏｍたちのぎこちない動き。「どうなっている⁉」「体が勝手に——！」叫ぶ声。その頭上にきらきらとしたものが見える。

（なんだ……？）

目を凝らす。輝く細い——

「糸だ！　先輩！」

（糸！）

直軌の声が思考とぴったり重なる。蛍介はステージの上で義足に炎をまとわせ、宙に向かい高速のコマのごとく強烈な回し蹴りを放った。青い炎の刃が空を一閃する。輝く糸を小さな炎が駆け上がり、一瞬大きく光って消える。途端にＤｏｍたちは支えを失い、その場にどっと倒れこんだ。

【でかした、夏凪、花村！】

モニタリングしていた燎彦が声を上げる。

【おっしゃあ！　あとは任せなさい蛍介！】

あざみにも背を押され、蛍介は身を翻して消えた人影を追う。たとえ先ほどの人物が幸雨本人でなくとも、あの声自体は間違いなく幸雨のものだった。

（幸雨と関係する誰かがいる――！）

「先輩、待って！」

「直軌は来るな！　まずそのＤｏｍたちを確保しろ！」

蛍介は人波の向こうにいる直軌に叫ぶなり駆け出した。控え室が並ぶ廊下の奥に、非常口が見える。確かそこにあるのは小さな外階段一本。警備が一番手薄なところだ。ドアを蹴り開けた瞬間、脚に糸が巻きつくが、炎の前に呆気なく燃え尽きる。だが無言で繰りだされたナイフがスーツの袖を引っ掛けた。

「ッぶな！　……お前か、さっきの糸使い」

「そうだ。命令だからな……足止めさせてもらうぞ！」

シャツとベストにスラックス姿の青年が、蛍介に刃を向けて立っている。見覚えがあると思ったら、バーカウンターでドリンクを渡してきた人物だ。年頃は二十歳前後といったところか、おそらくＳｕｂ。表情は冷静ながら、昂揚した瞳と上気した頬は、まさにＤｏｍからコマンドを受けたＳｕｂの反応だった。

下のほうでバイクのエンジン音がして、蛍介はそちらに目をやった。ちょうどヘルメットをかぶる運転手の姿が見える。朽葉色の髪と、見覚えのある背格好――

「幸雨！」

大声を張り上げると、彼はバイザー部分を上げて、ちらりと蛍介へ視線を送ったようだった。口元は見えない。だが、なんとなく薄く笑った気配がした。

「待て！　幸雨！」

蛍介は階段の手すりに手をかけるが、青年のナイフが行く手を阻む。それだけではなく、急に膝関節部分の動きが鈍くなった。

「⁉」

「幸雨さんの邪魔はさせない……絶対に！」

ガムでも噛ませたようにキレが落ちたところを狙い、鈍色の切っ先が襲来する。持ち前の動体視力と反射神経でもって紙一重それを躱したものの、逆に義足のほうが上半身の動きに間に合わずバランスが崩れた。

「お前たち警察はいつもそうだ！　なにか起こるまで……人が傷ついたり死んだりしないと動かない！　お前たちのせいで、俺の家族は――！」

青年が一気に距離を詰めてくる。火を熾すと、おそらく糸の粘液かなにかだったのであろう関節の違和感は消えた。

「く――！」

一度目の薙ぎ払いは義足の脛で受け止める。

「いったい何が……ッ、あったんだ」

続けざまの振り下ろしは上体を反らして避ける。

「……今さらどうにもならない。警察に言ったって、妹が帰ってくるわけでもない。ただ俺は……犯人たちと似たような奴らを、この世から残さず消してやりたい——！」

その言葉でおおよそを察する。おそらくこの青年は幸雨と似た過去を持っているのだ。だからSubを守れないDomを排斥し、弱者の味方たろうとする幸雨に、心酔している。

「幸雨もずいぶん変わったんだな。Subにコマンドかけて、こんなことさせるなんて」

わざと挑発気味に言えば、青年は案の定、怒りをあらわにして反論してきた。

「違う！　これは俺が望んだことだ！　俺が幸雨さんの役に立ちたいと、頼み込んでかけてもらった。それに幸雨さんは……あんなDomのヤツらを、それでも傷つけないようにって……。片付けはDASTっていうゴミ収集専門チームに任せればいいってさ」

「失礼だなお前ら」

思わず突っ込んでしまった。だがなるほど、幸雨はこの青年の願いを、取り返しがつかなくなる一歩手前で叶えられるよう、制御したともいえる。

問題は、この青年にかかったコマンドだ。Subはそのダイナミクスの特性として、Domに従うことを喜びとする。コマンドを受けたならば、遂行するまで満たされない。もし途中で失敗したり投げだしたりすれば、Subは自分を責め、下手をすればサブドロップに陥るだろう。そうならないため、Subが発することができるプレイ中断の合図も存在するのだが、命令主であるDomがいない現状ではそもそも意味がない。

（——となると、一番早いのは）

蛍介はためらいなく突きこまれたナイフを握りしめた。

「——ぐ、ッ……」

「しまっ……⁉」

青年が怯む。先ほどまで恐れ知らずだった瞳に、年相応の感情の揺らぎが生まれる。蛍介を傷つけたことにより彼の中で任務が達成され、「足止めをする」というコマンドが終了したのだ。

これでサブドロップの可能性はほぼなくなった。流れるような動作で手首をひねり上げて、落ちたナイフを蹴飛ばし、手錠をかける。

「夏凪先輩！　幸雨くんは——！」

そこにタイミング悪く、息を切らしながら直軌が走って来た。紫の目が蛍介の手から流れる血を捉えて、二度ほど瞬く。

「そいつにやられたの？」という声が響く前に、青年はぺたんと尻餅をついていた。

「——ヒ……っあ……、ァ……」

直軌の凄まじいグレアにあてられて、青年の唇からはまともに言葉がでない。この世ならざる怪物を目の当たりにしたかのように、震えながら後ずさる。

「直軌やめろ！　怪我は俺の責任だ！」

あまりの圧に、叫ばずにはいられなかった。

「それより幸雨が、幸雨を追わないと……！」

「駄目だ、手当てを先にして！」

「これくらいたいしたことない！」

蛍介は引き止めようとする直軌の手を振り払い、一足飛びに踊り場へと駆け下りる。

「幸雨——！」

手すりから身を乗り出してバイクが消えた方角を確かめ、再び脚に力を籠めた時だった。

「蛍ちゃん『待て！』——『行くな』！」

一瞬、なにが起こったのかわからなかった。脳天を貫かれたような衝撃に目が眩んで、膝をつく。ガシャンと耳障りな音がして義足が軋み、蛍介の体に電流(いたみ)が走る。

「あッ——⁉ つ、ぅっ……！」

本来なら必要のない痛覚フィードバックシステム。しかし蛍介にとっては命を守る大事な機構だ。ともすれば脚を引き千切ってでも戦い続けようとする蛍介に対し、「それ以上は危険だぞ」と警告するストッパー。

でも、今動けないのは、体そのものの痛みのせいじゃない。

「直軌……」

ガチガチと歯が鳴っている。眼球の中で閃光(せんこう)が弾けて涙があふれる。

——『了承ナシのコマンドは暴力と同じ』

——『初めてグレアに中てられた時、太陽に灼(や)かれたみたいでした』

舐めていた。

同意なしにコマンドを受けることの恐ろしさを、直軌のグレアの威力を、ＳｕｂがＤｏ

ｍに支配される感覚を。

　もっと金縛りじみた拘束を想像していた。意に反して肉体が思うようにならないつらさが先にくるものだと。

　けれど違う。これは全然違う。そんな生半可なものではない。

「あ、あ、あ、ああああああ――！」

　全身の細胞が暴れだす。人としての根源――己さえ触れられない最深部を、無理矢理に押さえつけられ侵(おか)される感触に、胃の腑(ふ)が悶え嗚咽が漏れる。

　蛍介は地に額を打ちつけ爪を立て、焼き切れかかった理性を総動員して全身で抵抗した。だというのに――

「なにを、した……」

　――やっと、やっとだ。やっと見つかった。

　俺に■■を与えてくれる、俺を■■■■にしてくれる、俺だけのＤｏｍ(ご主人様)――！

　胎の奥で、獣じみた本能が涎(よだれ)を垂(た)らし歓喜している。

「俺に、なにをしたぁッ……！　直軌ィ！」

　己の怒号に視界が揺れ眩暈がするけれど、痛みでも怒りでもいい、とにかく他の感情でこの衝動を覆ってしまいたかった。

「蛍ちゃん」

　滲む視界に、呆然としている直軌の顔が映る。

「なん、で——。だって、だって蛍ちゃんは……Ｄｏｍのはずじゃ……」

彼にしてみれば、今の制止はＤｏｍとしてのコマンドなどではなかったのだろう。

単に気が昂ぶってグレアを抑え切れていなかったため、結果として『命令』になってしまっただけ。

だが、それに反応したということは——。

「蛍ちゃんが……Ｓｕｂ……？」

絶望とともに、蛍介の意識はそこで途絶えた。


特殊なダイナミクス事情も鑑みて念のため入院となり、蛍介は二日後に寮へと帰った。すぐに現場復帰するつもりだったが、当然ながら許可は下りず、本日は自室で静養である。

事件の顚末は病院で燎彦から聞いた。無事主催者や関係者は捕まり、最初はＤｏｍからの報復を恐れて口を閉ざしていたＳｕｂたちも、徐々に聴取に応じ始めているそうだ。中には監禁同然で囲われていた者もおり、ケアも含めてむしろこれからが本番だと、皆懸命に動いているとのことだった。

調べたところ、蛍介の前に立ちはだかった青年は、妹をストーカー被害で亡くしていたらしい。異常な執着心を見せるＤｏｍにつきまとわれ、近くの交番に何度か相談に行ったた

が相手にしてもらえず、ある日の帰り道、強制コマンドをかけられ車に連れ込まれて……という話だった。

弱い人が我慢をし、損をする。実際に血を流して傷つかないと、守ってもらえない。

悲しくもどかしい現実に、蛍介は歯噛みをするしかなかった。青年からしてみれば幸雨のほうがよほど正しく、救いの手を差し伸べてくれる人であったに違いない。

燎彦からは、今はあまり深く考えるなと言われた。実際、蛍介の体調は芳しくなく、考えようにもできない状態だった。かかりつけの病院へ運び込まれ手の傷の手当てを受け、サブドロップ防止用鎮静剤の点滴を打ってもらったものの、体は熱を持ったままの状態が続いている。

　こうした覚醒の仕方は、Ｓｕｂに間々あることらしい。自分へと向けられたものではなく、たまたま触れたＤｏｍのグレアやコマンドによってＳｕｂ性が目覚めるケース。

『ただその場合、同意なしのプレイとして認識するため、心と体に負荷がかかります。さらにダイナミクスもしばらく不安定になるので、なるべく安静にするか――』

「……きちんと準備を調えた上、合意でのプレイをし直すこと、か」

昼から深い溜め息が漏れる。

今回の自分の症状が、洗脳や催眠に類するアビリティによるものではないのか尋ねてみても、まずないだろうと言われた。

『肉体にもホルモンや血液検査の数値にも、典型的な急性サブドロップ反応がでているので……。今の夏凪さんは間違いなく、Ｄｏｍの強制コマンドやグレアを受けたＳｕｂの状態ですね」

　ならばせめて抑制剤をもっと強いものにすることはできないかと頼んだが、これ以上は体だけでなく精神にも悪影響を及ぼすから、と断られてしまった。

『でもよかった。夏凪さんが相手に出逢えて』

　長年世話になっている医師に微笑みかけられ、蛍介は返答に困った。

（相手……）

　白い包帯の巻かれた左手をぼんやり眺めながらソファで横になっていると、突然インターフォンが鳴った。

「はい？」

　モニターに映っているのは仕事終わりであろうあざみと終悟だ。ちょうどいい——蛍介はやって来たあざみに、ひとつ頼みごとをした。

「ハァ？　なに言ってんのアンタ」

「いいから」

　ずいと迫る蛍介を、あざみは胡乱（うろん）な目つきで睨む。

——『俺にコマンドをだしてみてくれ。グレアも一緒に』

　つい先日それで意識を飛ばした人間にそんなコトできるわけがないでしょうが、とはじめはすげなく断られたが、蛍介の切羽詰まった様子に、問答するよりも実行したほうが早いと判断したようだ。

「仕方ないわねえ。終悟、いい？」

「悪い終悟、一瞬だけ試させてくれ。このとおりだ！」

蛍介が手を合わせて深々と頭を下げると、終悟はいつもと変わらず静かに「わかりました」と頷いた。

あざみは終悟をいったん洗面所に押し込むと（この場にいると巻き添えにしてしまうので）、ソファに腰掛けた蛍介の前に仁王立ちになった。

「合意完了、ってことでいいのよね」

「もちろん」

彼女のグレアなら何度も浴びたことがあるし、コマンドなんてしょっちゅう耳にしている。とはいえもしかしたら万が一――と蛍介は臍(へそ)の下に力を籠め、あざみの目を見据(みす)えた。

「――『Kneel(おすわり)』」

「……っ……」

衝撃はあった。

だが、肌を軽くパチンとゴムで弾いたような感覚は、あの時とはまるで違う。

（直軌のは、もっと――体の芯まで響いてきた……）

「蛍介、聞こえないのかしら？『おすわり』って言ったんだけど」

「――……」

あざみのまとう空気が膨らみ、熱を帯びる。まばゆい琥珀の輝きをたたえた瞳が、傲然と蛍介を見下ろし圧をかけてくる。Ｄｏｍの中でもとびきり強大なグレアであることは、嫌でも感じる。

ただ、蛍介が頭を垂れ、膝をつくことはなかった。

「なによ、効かないじゃない。やっとアンタをヒイヒイ言わせられるかと思ったのに」

憎まれ口を叩きつつも、どこか安心した表情であざみは言った。

「悪かったな、感度不良で」

彼女のグレアやコマンドは、やはり効かない。

（……となると俺はやっぱり、直軌の言葉にだけ反応したってことになる）

「花村くんと一度プレイしてみれば？　いろいろあるのかもしれないけど、このままじゃアンタどうにかなっちゃうわよ」

あざみは勝手知ったるとばかりに冷蔵庫から探しだした冷却シートの透明フィルムを剝がすと、封印のお札でも叩きつけるかのごとく蛍介の額に貼りつけた。勢いのわりに前髪が幾筋か巻き込まれたのを引っ張って直してくれるあたり、丁寧なのだか雑なのだかわからない。

「幸雨ってヤツにも、いいかげん引導渡してやりなさいよ」

蛍介の瞳を見つめた彼女が、一拍おいて静かに呟いた。

「引導ってお前」

「蛍介だって気がついてるんでしょ。試すみたいなまわりくどいやり方してるけど、向こうの目的はアンタと会うことだって」

「それは……」

蛍介は口ごもる。

あの日、違えた道の先。蛍介がどう人を助けているのかを、幸雨はいつもどこかで見ている気がした。ここのところの事件も最早隠れるつもりはなく、相容れない互いのやり方を確認し、挑発しているかのようだ。

「私、思ったの。もし私がその、小さい頃の幸雨とやらの立場になったら、きっと蛍介と花村くんとは離れただろうなって。……あんな目に遭ったら、普通は距離をとると思う。だってどうあったって元に戻らない場所に居続けるなんて……無駄だし、苦しいわ。あなたたちといればいるほど、自分だけは違うんだって思い知らされるもの」

もしかしたらあざみも幼い頃、そういう体験をしたことがあるのだろうか。

(自分だけが、違う……)

ある日唐突にぽつんと一人になる感覚を思い出し、蛍介は視線を手元に落とした。

「それに、花村くんに会ってわかった。蛍介と花村くんって……二人で完成されちゃってるのよ、世界が。だからそもそも少し遅れて輪の中に入ってきた立秋幸雨は、ずっとどこかに疎外感があったんじゃない？　……嫉妬だってしてたかもしれない」

(嫉妬？　幸雨が？)

違う、幸雨はそんな奴じゃない――。そう言いたいが、言えなかった。

（……どうして俺が言い切れる？　幸雨の気持ちに、なにも気づかなかった俺が）

「けど好きだったから一緒にいた。なのにそこへ事件が起こって――自分だけ、どうしようもなく変わってしまった。あなたたちがどんなに仲間として立秋幸雨を思いやろうとも、なんていうか……やっぱり二人と一人に感じたと思う。それでも、彼は蛍介たちと一緒にいたかったのよ。もうどうにもできない痛みを味わいながら、けどきっとかけがえのない友達といるときの嬉しさと楽しさのほうが、大切だったから」

そこであざみは「人間ってさ、ぶつけたものと同じ大きさの感情を求めるじゃない？」と肩を竦めた。「そんなもんかな」。蛍介は曖昧に頷く。

「あー……アンタ人助けに関しちゃ完全に見返りを求めないし、ＤＡＳＴの滅私奉公マンだものね……。とりあえず、一般的にはそうなのって話。たぶん」

「たぶんて、お前もわかってないんじゃないか」

「私がそういうタイプじゃないってだけですぅ～。……ほら、こないだのいじめ事件。アレ見て思ったの。あの幼馴染の加害者は、想いの強さぶんだけ久慈川さんに自分を見てほしかったんじゃないかしら。たとえ怒りや憎しみだろうと、とにかく自分と同じ量の感情を持ってほしかった。ま、極端に要約すると、他とは違う特別になりたかったのかなって」

それは蛍介もまったく同じ印象を持っていたので、あざみがそう感じたことに驚きを禁じえない。

「よくわかったな。ぶっちゃけお前、そういうのは『ナニソレ意味わかんない』とか一蹴（いっしゅう）するものだと……」

「あのねえ、私だって——と反論したいところだけど、小学校時代クラスメイトに泣きながら言われたのよ。『あざみちゃんは、誰でもおんなじようにするからきらい』って。意味わかる？」

誰でも同じように——。蛍介は考える。あざみは徹頭徹尾、公平な人間だ。自分のアビリティやダイナミクスが強いと自覚していても、それはただの事実であって、だから立場が上などとはまるで考えない。生まれ育ちに関してもそう。人と違うのは理解した上で、自分を特別扱いしない。

だがそのぶん、他者も特別扱いしない。ほとんどの他人は彼女にとって「自分以外のその他大勢」であり、よくいえば平等だが、悪くいえばダンボール箱に詰まった野菜のごとく十把一絡げ（じっぱひとからげ）に見ているふしがある。

たったひとり、静原終悟という生涯の相棒を除（のぞ）いて。

「その子、お前のこと慕ってたんだろ。『あざみちゃんの特別』になりたかったけど、お前は他の子たちと同じように接した。そしたらその子は——やきもちを……」

言いながら、考える。幸雨も……幸雨もそんなふうに思ったことがあったのか？

（いやいや、俺にとっては幸雨だって直軌と同じくらい大切な友達で——）

――『けど』

その時、頭の中で幸雨の声が甦った。

――『お前はオレを助けてはくれないんだな』

「……そういうコトなんじゃないの、結局」

「だから」とあざみは蛍介の額に人差し指を突きつける。

「その幸雨とやらをスッパリ振ってやりなさいよ。もう一度、お前とは考え方が違うって、お前のやってることは間違ってるって。それから――俺の脚を奪ったのは許せないって、正面切って言ったらいい」

でもそんなことを言ってしまえば……と蛍介の瞳が揺れたのを、あざみは見逃さない。

「相手が傷つくかもとか考えるんじゃないわよ。悪いけど、それは優しさなんかじゃない。一番でもないのにそんなふうにするなんて、期待だけさせて選ばないなんて、すごく残酷なことなんだから」

いつも「みんなを守る」と口癖のように言ってきた蛍介にとって、それはあまりに刺さる言葉だった。

「アンタにとっての『特別』ってなんなのか、一番大切な――守りたいものはなんなのか。ちゃんと決めるのね、蛍介」

つんと額を押され、蛍介は目を回したトンボのようにソファの背もたれに倒れこむ。

「じゃあね。お大事に」。彼女は洗面所のドアを開け、おとなしく待っていた終悟を抱きしめ盛大に撫でくり回したあと、彼の手を握って去っていった（終悟は「どうかお大事に」と頭を下げていた）。

ドアが閉まる寸前、「やだ終悟ったらそんなに心配だったの？　んも〜かわいい顔しちゃってえ」という声が聞こえてきて、せっかくの助言が台無しな雰囲気になったが、それもまた二人らしかった。


『とどめだ！　ひっさつ！　ベガルタ・スラーッシュ！』

『けいちゃんかっこいい！　ほんものみたい！』

ソファでうとうとしている間に、夢を見た。

土曜日はよくどちらかの家でお泊まり会をして、日曜朝に繰り広げられるヒーローの戦いをそろって応援した。

そのあとは決まってあそこのシーンがかっこよかった、あの技をやってみよう、と正義の味方ごっこをした。

『直軌、なにつくってるの？』

『あっ、まってけいちゃん！　もうすこしだけ、あっちむいてて』

『？　うん、わかった』

家族でピクニックに行ったとき。直軌は花咲き乱れる緑の絨毯の上に座りこみ、一生懸命なにかを作っていた。

『――できた！　はい、けいちゃん。いつもありがとう！』

頭になにか載せられて首を傾げる。「見てみてもいい？」と聞いて、蛍介はそっとそれを手にとった。

『いつもみんなをまもってくれる、ひーろーへのおれいだよ』

直軌が小さな手で編んでくれたのは、タンポポとシロツメクサの花冠。

『すごい直軌！　こんなのつくれるなんて』

『えへへ、このあいだままにおそわったんだあ。けいちゃんにあげたくって。けいちゃんのおめめ、おそらとおはなのいろしてるから、にてるかなって。ほら』

直軌のやわらかい手に引かれ、青空に向かって冠を掲げてみると、なるほど、そんなふうにも見えた。

蛍介の瞳は日が傾き始めた秋の空のような浅葱色をしていて、瞳孔の周りには淡い黄色の輪がかかっている。黄味がかったところはよほど近くに寄らないとわからないので、普段は「目、青っぽいんだね」と言われて終わるのがほとんどだ。

『わあ……』

けれど直軌はいつも間近で見ているので、この輪っかがお気に入りらしい。

『ね？　ね？　そっくりでしょ？』

『うん！　すごくきれい……』

（直軌の、ありがとうのきもち……）

誰かの役に立ちたくてうずうずしていた幼い蛍介にとって、それは初めてもらったメダルのようなものだった。

『直軌、ぼくの目みて「おはなさいてる！」って言うもんね。……ありがと、うれしい』

そう言った蛍介に、直軌は満面の笑みで頷き、いつものように指を握ってきた。

『直軌、ぼく、直軌をちゃんとまもれてるかな？』

『うん！　いっぱいまもってくれてる！　ぼくね、けいちゃんといるのがいちばんすき！　ぼくもかっこいいひーろーになるから、おっきくなるまでまっててね――』

蛍ちゃん。

耳元で囁かれた気がして目を覚ますと、ちょうどまたインターフォンが鳴っているところだった。モニターを見て蛍介はよかった、と胸を撫で下ろす。

「催眠、かけてくれ」

部屋に招き入れるなり言うと、燎彦は眉根を寄せ、見るからに困った顔になった。

「……蛍介、俺のはあくまでその場しのぎだ。今までこれでなんとかできていたのだって、そもそもお前の尋常じゃない精神力あってのことなんだぞ」

「普通の人ならとっくに危なくなってる」と、珍しく厳しい口調で言われ、蛍介は言葉を詰まらせた。まあ座れ、俺の家じゃないけど――。ソファを指され、仕方なく腰を下ろす。

「検査結果は聞いただろう。蛍介は、花村くんのグレアとコマンドに反応した。だったら、なるべく早いうちに花村くんとプレイするのが一番いい」

「そう言われたって……はいそうですかってできるわけない。燎彦だってわかるだろ？ 俺はあいつとだけは無理だ。そんなの……絶対無理」

「蛍介……」

なだめるように背中をさすられて、蛍介はうめいた。苦しいからではない。撫でる力も、手のひらの感触も温度も、求めているものと違ったからだ。

「……『大丈夫』、蛍介……『落ち着いて』──」

目線を合わせて、燎彦が語りかけてくる。

「────？」

数秒経って、蛍介は違和感に目を見開いた。変化がない。いつもならば鎮まる体の熱も、昂ぶった気持ちも、そのままだ。

「……やっぱりな。蛍介、残念だが俺の催眠は効かない」

「え……。それって、どういう……」

「お前はDomに支配される本当の感覚を知ってしまった。俺がアビリティを通してコマンドをだしても、もうニセモノにはだまされないんだよ」

既に一度Domから強いグレアとコマンドを浴びて、蛍介のSub性は暴走した。今はそれを薬で強引に抑えているだけだ。今か今かと次の命令を待ち構える昂奮状態に、トリガーとなったものより弱いコマンド――しかもアビリティでコマンドだと錯誤させているだけのもの――をかけても、焼け石に水でしかない。燎彦はそう言っている。

「そんな……じゃあ……」

抑制剤も催眠も効かないなら、残された道は二つ。

心や体が壊れるまで耐え続けるか。直軌とプレイするか。

蛍介の脳裡に、事件で遭遇したSub被害者の姿が過った。一方的なプレイで何年も虐げられ続け、ダイナミクスが満たされずに自分を見失った青年は、ケアをしようとする燎彦の足に取りすがって泣きながら繰り返した。

『おねがいします、めいれいをください。いじめてください。なんでもしてください。おねがいします、すてないでください』

彼の心はきっと戻ってこないだろうね、と診察にあたった医師が呟いたのを聞いて、目の前が真っ暗になったのを覚えている。

「……俺、今までダイナミクスのこと、なんにもわかってなかったんだなあ……」

自分の体のことはもちろんだが、蛍介は人生で何度目かの無力感に打ちのめされていた。

「あれだけいろんな事件や人にかかわってきたのに……。つらかっただろう苦しかっただろう、ってどれだけ思ってても、実際なってみると想像以上で……。俺ってホント、いっつもこんなんばっかだ……」

「それは違う」

　燎彦は蛍介の肩を掴み、首を振る。

「それなら、俺たちＤｏｍにＳｕｂの気持ちはわからないし、ＳｕｂにだってＤｏｍの気持ちはわからない。ダイナミクスを持たないＮｅｗｔｒａｌなどなおさらだ。だからって、口をだしたり手を差し伸べたらいけないなんてことはない。確かに当事者や経験者であることも大事だけれど、違う立場だからこそ見えることだってある。お前はなんというか……いちいちぜんぶ背負いすぎだ。……お父様もそういうところを心配しておられたぞ」

　ぐしゃぐしゃと頭を撫でられながら言われて、蛍介は驚きに目を瞠る。父がそんなことを話していたのか。

「……でも『背負うなよ』に対して、『大丈夫』ってもっと頑張ってしまうタイプだよな、蛍介は」

　少し気の抜けた笑顔を見せた燎彦は、「そろそろおいとましよう」と立ち上がった。蛍介も慌てて見送りに続く。いいよと言われてもそういうわけにはいかない。

　そういえば――ほんのわずかではあるが、話しているうちに体の火照りが治まっていた。アビリティやコマンドよりも、燎彦の思いやりに癒されたのかもしれない、と蛍介は思う。

「ごめん、迷惑かけた」

「だから、迷惑じゃないっていつも言ってるだろ。俺とお前の仲だ」

　ドアを開けて言葉を交わし、もう一度頭を撫でられた時だった。

「なにしてるんですか」

廊下に冷たい声が響く。

エレベーターホールから出てきた直軌が、燃えるような瞳でこちらを睨んでいた。

7

沈黙が重い。

なぜか直軌は燎彦に摑みかからんばかりの勢いで詰め寄り、蛍介とプレイしていたのかを問い質しはじめたので、とりあえず部屋に押し込んだ。燎彦には丁重に謝罪したが、それより自分の心配をしろと言われてしまった。なにかあったら連絡しろ、とも。

「……燎彦に、催眠暗示をかけてもらってたんだよ。俺……Ｄｏｍのコマンドやグレアが通じないから」

蛍介の告白に、直軌は一瞬理解が追いつかないというふうに眉をひそめ、「通じない？」と訊き返してくる。

「そうだよ。グレア自体を感じることはできても、強制力は受け付けない。だからプレイできる相手が……いなかった」

ソファに座った直軌の前にアイスティーをだした蛍介は、なんとなく隣には座らず、グラスを持ち立ったままダイニングテーブルに寄りかかった。

「蛍ちゃんがＳｕｂになったのは、七年前の事件のすぐあと？」

「事件から一年とちょっと経ったくらいだったか……。ダイナミクス反転だって診断を受けた。それから今まで、俺は一度もＤｏｍに反応したことがない。急にＤｏｍからＳｕｂへ転化した反動みたいなものだろうって言われたけど、原因は不明のまま。でもダイナミクス衝動は人並にあったから……抑制剤と燎彦の催眠療法でなんとかごまかしてた。燎彦の『催眠』アビリティは、ＤｏｍもＳｕｂもＮｅｗｔｒａｌも関係なく効くだろ？　だからアビリティとコマンドを掛け合わせる感じで簡単な命令をしてもらってた。そうすると俺でもＤｏｍのコマンドが『効いてる』って錯覚できて、少し楽になれるんだ」

それもついに効かなくなってしまったけど……とぼんやり考えて恐ろしくなる。

「これまでずっとそうやって？」

「ああ」

「じゃあ……蛍ちゃんは誰ともプレイしたことない？」

「――ああ」

Ｄｏｍとして認められた時期こそ早かったが、以前直軌にも言われたとおり、蛍介のダイナミクス衝動は限りなく穏やかで、性欲とも直結していなかった。ＤＡＳＴの准隊員採用時にコマンドテストも含め精密検査を受けた結果は、ほぼ父と同じ。つまり、Ｄｏｍとしての力は平均以上だが、Ｓｕｂを屈服させたいという衝動が限りなく低いタイプとのことだった。庇護欲が支配欲を大きく上回るため、対象となる相手を見守り手を差し伸べるだけで十分欲求が満たされる。そんなダイナミクスを、蛍介はゆっくり大切に育てていくつもりだった。

それが結局、Ｄｏｍとしてのプレイを一度もしないまま、Ｓｕｂへと反転してしまった。

「僕は蛍ちゃんがＳｕｂになってたなんて、知らなかった」

「……それは――」

「蛍ちゃんのことだから、どうせ心配かけないようにとか、いろいろ考えがあったんだろうね。でも、他のＤｏｍのコマンドが効かなくて、僕のが効いたなら、どうして僕のところに来てくれないの？　僕とはプレイしたくない？」

　直軌はわかっていない。

（したい、したくないじゃないんだよ）

「できない」

「なんで？　火宮（ひのみや）隊長とはよくて、僕とのプレイが嫌な理由は？」

「はあ？　なんで燎彦を引き合いにだすんだよ。そもそも燎彦とのはプレイじゃないって言ってんだろ」

　思わず知らず語尾が乱暴になる。彼との関係はやむを得ない事情あってのもの。あくまで肉体関係を持たない擬似プレイだ。むしろ自分は世話をしてもらっている立場だというのに、第三者の直軌がどうしてこうも不機嫌になるのか。

「でも僕のグレアには反応したんだよね。……強制コマンドになってしまったのは本当に申し訳なかったけれど……。すぐ言ってくれたらよかったのに。そうしたら」

「そうしたらなんだ？　プレイしたのにって？」

「そうだよ。現状、蛍ちゃんとできるＤｏｍは僕しかいない。僕とプレイして蛍ちゃんが楽になるなら、そんなの考えるまでもない。言ったよね？　僕は蛍ちゃんの支えになりたくてここに来たって。だから、しよう」

　話にならない、と蛍介は思う。会話としては成立しているのに意味が伝わらない。双方にとっての問題点がずれている。こんな経験、過去に一度もなかった。

　自分が何を恐れているのか、直軌はまったく理解していない。頭の芯が熱くなる。蛍介はグラスをテーブルへと叩きつけるように置き、半ば自棄になってわめいた。

「Ｄｏｍだった頃の俺とは違うんだよ！　Ｓｕｂになった俺のダイナミクス衝動は体と直結してる……。だからプレイするってのは、そういうことなんだぞ！」

　直軌の表情は変わらない。「それで？」というくらいの、むしろ挑むような目で見つめてくる。だが蛍介も負けじと睨み返す。

「俺はお前のこと赤ん坊の頃から知ってる男で、こんな体で、おまけに後天性のＳｕｂだ。わかるよな。今まで興味を示してきたＤｏｍだって、義足なのに強いからとか頑張ってるからとか……そんなんばっかりだった。この中が、実際どうなってるかも知らずに！」

　勢い任せに太ももを何度か叩くと、不意に涙がこぼれそうになった。

たとえ何年経とうとも、真新しい傷口のままである場所が、痛んで痛んで仕方ない。

「簡単に『する』なんて言うなよ直軌……。プレイってのは……支えになりたいとか、助けたいとか……そういう気持ちでできるようなことじゃないだろ……！」

「——それが僕に頼まなかった理由？　本気で言ってる？」

直軌は片眉を跳ね上げ、呆れたように肩を竦めた。

「本気もなにも——」

そもそも直軌とこんな話をするのが嫌だから黙っていたのだと、どうして理解してくれないのか。蛍介は苛立ちに頭を掻き毟る。

「要するにプレイにセックスが含まれるってことだよね。僕が蛍ちゃんを抱けるかどうか、蛍ちゃんは心配なの？　Ｓｕｂとして魅力がないって？　脚が無いからって？」

底冷えするような怒りを秘めた声と、露骨な言い回しに責め立てられて、体が竦む。でも自分で口にしたことが跳ね返ってきているだけなのだと思うと、余計苦しくなった。

「蛍ちゃんは甘すぎる。今、自分がどんな顔しているかわかってるの？　発情したＳｕｂそのものだ。飢えてるＤｏｍの中に放り込んだら、グレアやコマンドが効かなかろうが、なんとしてでも自分のものにしてやるって奴らがうじゃうじゃ寄ってきて、めちゃくちゃにされちゃうよ」

「——ッ！」

直軌にはそのつもりがなかったとしても、自分が弱者として愚弄された気がして、蛍介は言葉を失った。

（こんな——傷つけあうみたいな言い争い、直軌としたことなかった）

思考がまとまらない。さまざまな感情が嵐のごとく吹き荒れている。

父のように庇護を基としたＤｏｍであることが誇らしかった。だからＳｕｂ反転して欲求不満で苦しむ自分が、みじめで悲しかった。

確かに人としては一人で生きることを選んだけれど、ダイナミクス所有者として相手がいないのは、世界から「お前を必要としている奴なんて誰もいないんだよ」とつまはじきにされているようで心細かった。

（そうだ。どんなに拒んでも俺はＳｕｂで、Ｄｏｍがいないと生きていけない。だから、）

——本当はずっと待っていた、探していた。

（なのになんで……なんで直軌なんだよ。なんでよりにもよって……！）

やっと出逢えたＤｏｍが、なによりも大切な幼馴染だなんて——。

ダイナミクスの飢餓は頂点に達し、グレアに中てられて心も体もバランスを失いかけている。だから蛍介は普段なら絶対にありえない言葉を口にした。

「ふざけるな……やれるもんならやってみろよ！　誰がわざわざこんなゲテモノ、好きこのんで抱くんだ！　どんなＤｏｍでも、いざとなったら絶対萎えるに決まってる！」

言い終わらないうち、立ち上がった直軌の腕が伸びて襟元を掴む。そのまま恐ろしい力でソファに引き倒され、蛍介は目をしばたたいた。

「——言ったね」

いまだかつてない静かな怒りの籠もった、氷より冷たい声。

「直、軌──」

「今の、同意と見なすよ」

ぎらぎら輝く紫水晶の瞳に射貫かれ、かっと体が熱を帯びる。

「お、まえっ……さっきから垂れ流してるそのグレアをどうにかしろ！」

耐え切れず声を荒らげた蛍介に、直軌は目をすがめて「グレア？」と聞き返した。

「こんなものグレアじゃない。……グレアっていうのはね、蛍ちゃん」

顎を摑まれ視線を合わされて、ひ、と喉が鳴る。

「『こういうの』を言うんだ」

先日の比ではなかった。全身を熱線で焼き貫かれたようだ。厳然と響く声、見下ろす視線、空が落ちてくるような圧、あまりにも圧倒的なDom（支配者）としてのオーラ。

頭で考えるよりも先に、本能と体が屈服する。

「あ、あっ……あ……」

途方もない恐怖と快感が脳天から爪先まで駆け抜け、蛍介は暗い水底でもがくように身をよじった。下腹が切なく疼いて、じっとり湿った感触がする。

（え？）

「──もしかしてイっちゃったの……？　かわいい、蛍ちゃん。よっぽどおなか減ってたんだね」

直軌は心底申し訳なさそうに眉尻を下げ、蛍介の頰を撫でた。先ほどまでの気配は嘘のように消えている。

「……なん、で……っ」

初めてのことに思考が追いつかない。蛍介は目尻に涙を滲ませ、少しでも直軌から離れようと、追いつめられた仔猫よろしくソファの隅に逃げて身を縮こませた。

いったん暴れだしたSub性は、もはや自らの手に負えるようなものではなくなりかけている。知らない誰かが体の中を引っ掻き荒らしているようだ。縛って、叩いて、余すところなく犯し尽くしてほしい。なんでもいい、命令をだして、崩れそうな自分を支配し、繋ぎとめてほしい――。

淫らで不埒な願望が、頭の中で渦を巻く。腕に爪を立てて我慢しようにも、その痛みさえ快楽の火種になる。

「こんなになるまで我慢してたなんて……信じられない」

そんな蛍介の様子を見ながら、直軌は顔をしかめた。

「プレイしよう。もう抑制剤と隊長の暗示なんかじゃ、到底間に合ってなかったはずだ。蛍ちゃんが無茶な戦闘やトレーニングで自分を痛めつけるような真似をしてたのも、これが影響してるんでしょう？　――なんであんな戦い方って思ってたけど……Subだっていうなら逆に納得できる。だったら余計、プレイしなきゃ駄目だ。Subとしても、DASTの隊員としても、蛍ちゃんの命にかかわる」

「――――ッは、――……く」

もう息をするのさえつらい。呼吸のたびに唇からは甘い声がこぼれ、腰が揺れた。

だが、白む頭の隅にこびりついた最後の理性が、果敢ない抵抗を試みる。

「だめだ……できない……」

「まだそんなこと言ってるの？　なにがそこまでさせるんだろう……。僕とするのがそんなに嫌？」

違う。心の中ですぐさま否定しながら、蛍介は喘ぎ喘ぎ言葉を紡いだ。

「――……これ、いじょう……お前の、ふたんに……なり、たくない……」

触れようとしていた直軌の手がぴたりと止まった。

「おまえのこと……俺なんかでよごしたくない――！」

小さくて綺麗で、守りたいものの結晶のような存在。たったひとつの宝物。

直軌には、こんな汚い肉欲を知られたくなかった。傷つけてしまったぶん、幸せになってほしかった。だから離れた。追ってきてくれたのは嬉しかったけれど、贖罪のために直軌自身の人生をすり潰してほしくないとずっと思っていた。

それが一番の本音。ただ、その想いさえ直軌の重荷になるのではないかと恐れて、なかなか口にできなかった。

「直軌は優しいから……、俺がこんなこと言ったら、いいって、大丈夫だって……きっと助けようと……するだろ――。そんなの……だめだ……」

「ああ」と溜め息じみた呼気を近くで感じ、蛍介はおそるおそる顔を上げる。

「ん⁉」

それを見計らって、直軌は噛みつくようにくちづけてきた。なんとか唇を引き結んだまま胸を押し返すが、びくともしない。揉みあううち顎の関節部分を鷲掴みにされ、軋むほど締め上げられて耐え切れず口を開いた。

「あぐ、ん、む——」

何度も角度を変えての深いキス。長い舌が咥内をまさぐり、奥で怯えて丸まっていた蛍介の舌を引っ張りだす。互いの唾液と呼吸がぐちゃぐちゃに混ざり合う。

「残念だけどさ、蛍ちゃん」

荒い息づかいとともに、低い唸り声が響いた。

「——?」

「僕はできる。蛍ちゃんの支えになれるなら、蛍ちゃんを守れるなら、なんだってできる。最初に言ったはずだ——だって、そのためにここまで来たんだから」

有無をいわせぬ強さに気圧される。

直軌は本当に、心の底からそう思っているのだ。幸福の王子のツバメにはなれないと言ったように。たとえ蛍介が望まぬ行為であっても。プレイによって心を傷つけ、二人の仲が壊れたとしても。夏凪蛍介という存在を守るためならばどんなことでもする。

彼の瞳はそう語っていた。だが、さらに言葉は続く。

「僕は特定の相手を作らないって、前に言ったよね。ＤＡＳＴに入ってからこっち相手を

探すのも億劫で、ほとんどプレイしていないんだ。正直そろそろつらくてさ。最初から蛍ちゃんに僕しかいないのなら、僕も蛍ちゃんが僕以外のＤｏｍのコマンドを受け付けなくなるかもって心配をしなくて済む。お互い欲求不満の解消ってことで、ちょうどいいじゃない。むしろ僕を助けるつもりで、プレイパートナーになってくれないかな。——お願い、い、い、蛍ちゃん」


子供みたいに無邪気な口調でありながら、あまりにらしからぬ即物的で残酷な言いよう。

蛍介は目を見開いて絶句した。

己が身より他者を優先する蛍介にとって、「お前の欲を発散させてやる」と言うよりも、「自分の欲を発散する手助けをしてくれ」と懇願するほうが、遥かに効果はあるだろう。

けれど、あえてこの場で使うのは、あまりにも卑怯だ。

直軌だって前に言っていた。幸雨と対峙した際、自分が助けを求めたせいで蛍介を傷つけたのではないかと。

(あんなに苦しんでいたはずなのに——)

だからこれはきっと彼の本心なんかじゃない。その証拠に、菫色の瞳はほんのわずか痛みをこらえるように歪んでいる。

自分のせいで、そんな言葉を直軌に吐かせてしまった。

(ちくしょう……ちくしょうちくしょうちくしょうちくしょう!)

いつも口だけだ。守る護ると言うくせに、何もできない。それどころか人を巻き込んで傷つける。

（俺には、何ができる――？）

一度きりの輝きさえなく、誰かにとっての救いにもなれない。

「蛍ちゃん。ね――しよ？」

指をぎゅっと握られた拍子に、翳のさした蛍介の目から、涙がひと粒転がり落ちた。

（俺は直軌に、呪いをかけたんだ……）

あの日、直軌の目に焼きついた自分の脚が、今も彼をここに縛りつけている。

それでもすがるほか、道はない。

ごめんな、と。心の中で呟いて、ついに蛍介は浅く頷いた。


「『Ｋｎｅｅｌ――おすわり』して」

初めてのプレイ、初めて自分から受け入れる命令。胸がいまにもシャボン玉のように弾けてしまいそうなほど高鳴っている。屈もうとするとふらついた。ベッドに腰掛けた直軌が思わずといったふうに身構えたのがわかり、蛍介は不思議な気持ちになる。そこにいるのは間違いなくあの直軌のはずなのに、感じる空気はまるで別物だ。

脚を片方ずつ折って、ゆっくりとひざまずく。直軌は手を出さず、黙って見守っている。

微かな熱を帯びながらもあくまで冷静な視線は、どこまで蛍介が一人でできるのかを慎重に見定めているようだった。

座り込んで、直軌の膝頭にそっと額を押し付ける。擬似とはいえ燎彦にもしていたＫｎｅｅｌのポーズだが、実際やると比べ物にならない。ただ膝を折るだけの行為であっても、それが相手に対する服従の印なのだと思い知らされる。屈辱的にもかかわらず、Ｄｏｍに求められ、応えられることが泣きたくなるほど嬉しい。

（ああ、俺ほんとうにＳｕｂなんだ——）

グレアをぶつけられたときよりずっと確かに、自分のダイナミクスを自覚する。

「よくできました」

大きな手のひらが降ってきて、蛍介の頭を撫でた。途端に四肢へじんと甘い痺れが走り、蛍介は直軌の足にくったりとしなだれかかってしまう。

味わったことのない充足感。性的な昂奮ももちろんあるが、同時に幼い頃を思い出すような純粋な気持ちにもなる。誰かの願いを叶えられて嬉しいと、期待に応えられてよかったと思ったあのころの——。

「下、気持ち悪いでしょ？　取っちゃおうか」

「……え？　あ、ぅっ！」

足指で服の上から性器を揉まれ、腰が浮いた。続けざまにコマンドが放たれる。

「『Ｓｔｒｉｐ——脱いで』。まずは、ズボンと下着を」

脱ぐって自分で？　下着も？　直軌の前で？　ぐるぐると考えながら、蛍介は火照った体を抱きしめた。

「そ、な、ことしたら……義足が……」

見えてしまう、と言う前に、直軌は「うん、『見せて』」と微笑む。

耳鳴りがする。脂汗が額に浮く。でも、言うとおりにすればまた褒めてもらえる。今しがたの感覚が味わえる。そう思うと手が勝手に動いた。

直軌はじっとその様子を眺め、最後に膝のあたりで引っかかった下着を落とすのだけ手伝ってくれた。幸いオーバーサイズのTシャツを着ていたので裾を引っ張り性器を隠してみたものの、あまりに心もとない。

「大丈夫だよ、蛍ちゃん。怖くない。『Ｃｏｍｅ――ここにおいで』」

手をとられおそるおそる隣に座る。そうするとまた頭を撫でられて、肩を抱かれこめかみにくちづけられた。

「……かわいい」

「はぅ、っ」

変な声が漏れて、蛍介は慌てて口元を押さえる。耳元での囁きは心臓に悪い。直軌はくすくす笑ってさらに強く蛍介を抱き寄せた。

「こんな形の義足があるんだね。すごく綺麗」

長い指が内ももをすべり、きわどいところをなぞりながら、断端と呼ばれる脚の切断部分を覆うシリコンカバーを引っ掛ける。

「待て、なおっ——！」

「……今度は、『義足を脱いで』」

ほとんど反射的に、蛍介は首を振っていた。

「むり、むりだ」

声がうるんで震える。「それだけは——」

「できない？」

小首を傾げて覗きこんでくる直軌の目は、いつもと違って深くひんやりとして見えた。口調は優しい。けれど抗いがたい圧がある。

「できないならセーフワード。覚えてるよね？」

セーフワードとはプレイ前に設定するＳｕｂからＤｏｍへの緊急停止信号だ。任意の単語なり短文なりを事前に決めておき、どんな時でもＳｕｂがそのワードを口にした瞬間、Ｄｏｍはプレイを中断しなければならない。

——『プレイ中、蛍ちゃんにとって本当に耐えられないことがあれば、すぐに「お前を許さない」と言って。「許さない」でもいいから』

ベッドルームに入る前にそう言われたのは覚えているが、蛍介は再び首を振った。

直軌の命令には応えたい。だけど、体は見られたくない。

男女に容姿や性格の差異があるのと同じで、Ｄｏｍ／Ｓｕｂにも少なからず属性ごとの特徴や傾向がある。けれど第二次性徴がほぼ終えた頃Ｓｕｂ転化した蛍介には、世間一般でいわれるSubらしさがほとんど見受けられなかった。特段見目麗しいわけでもなければ、守ってやりたくなるような雰囲気もない。さっき啖呵を切ったように、これまで寄ってきたDomは義足という特殊性に惹かれてのものばかりだった。

(直軌にだけは、見せたくない)

筋ばった男の体を見せるだけでも恥ずかしい。あまつさえ脚を曝すだなんて、できるわけがない。直軌だってきっと傷ついて、幻滅する。

「も……ゆる、して……くれ……」

「それはセーフワードじゃないよ、蛍ちゃん」

しょうがないなあ、やめておこうか——と言ってはくれまいか。すがる思いで見上げた蛍介に、直軌は容赦なく命じた。

「蛍ちゃん。僕に『見せて』——『義足をはずして』」

まるであたたかい泥の沼。どこにもいけず、もがけばもがくほど沈んでゆく。

涙をこぼし鼻を鳴らして、蛍介は義足を脱ぎ始めた。右脚、左脚、それからいよいよ切断面を覆うシリコンカバーを取る頃になると、もう子供みたいに泣きじゃくっていた。

「恥ずかしいの?」

問われてこくこく頷くと、直軌は再び「かわいい」とうっとり微笑む。

やがてカバーの中から、流れに揉まれた石のように丸くなめらかな断端が姿を現した。

「ん、ッ⁉　あ、さわ、るなっ……!」

そこを手のひらでさすられる。頭を撫でるのと同じ調子だ。蛍介は腰を突っ張らせて身をよじった。

「すべすべしててやわらかい。赤ちゃんみたい」

「な――」

脇の下に腕を通してベッドの中央へと引き上げられ、飛び込んできた光景に愕然とする。あろうことか直軌は蛍介の脚を捧げ持ち、先端にくちづけ舌を這わせた。

「ばか、やめ、やめろ、直軌！　やめて、ほんとに、やだ、汚い、きたないっ……！」

夏場で蒸れた肌も、大きな手術痕の残った歪な肉の塊も、なにもできず直軌に頼るしかない自分も、なにもかもが醜く汚い。哀れな泣き声が唇を濡らす。どうして直軌がこんなことをするのかわからない。どうして――こんなことをされている自分が、それでも悦んでいるのかがわからない。

「汚くなんかないよ」

証拠を見せてあげるとばかりにそこへ甘く歯を立てられ、瞼の裏に星が散る。

「――っ、ア――く――！」

全身がこわばり、臍の下あたりが引っ張られるような感覚がした。性器に触れられることなく二度も射精するなんて、体がどこか壊れてしまったのだろうか。

直軌は呆けている蛍介のTシャツを胸の上までたくしあげ、体のすみずみまで眺めて触れて確かめている。途中、眉根がぎゅっと寄ったのが見えて、だから言ったのにと胸が痛んだ。過酷なトレーニングと度重なるハイクラス能力者との戦闘で、蛍介の体は脚以外も傷だらけだった。終悟などは勲章だと言ってくれるけれど、自分では到底そんなふうに思えない。

落胆する直軌を見ていたくなくて顔を背けようとしても、即座に目を合わせるよう命じられた。いや、命じられる以前に、『僕を見て』と言う直軌の瞳があまりにも綺麗で、逸らせなくなった。

「さてと、どうしようかなあ」

楽しげな調子と裏腹に、声の温度は少し下がった気がする。

「蛍ちゃんがひとりでしてるところも見てみたいし、乳首をいじめて育てるのも楽しそう」

節の立った白い指が、つんと尖っていた胸の突起に触れた。そのまま肋骨のおうとつをなぞり、臍をくすぐって下腹を強く押す。

「つるつる。あ、でも……剃刀あててるところもあるのかな？　どう？　『教えて』、蛍ちゃん」

「し……てる。そこ、だけ少し……残してる……から……」

「それなら今度伸ばしておいて。僕が剃ってあげる」

長い入院生活や手術を経験し、そのあともなにかと邪魔だったので、手入れを済ませほぼ無毛に近い状態になっている場所。こうしてまじまじと他人に見られるなんて、まるで想定していなかった。感触を楽しむように何度もさすられるとひどく恥ずかしい。

「女の子みたいに中でいけるようにもしようね。そうしたら、一日じゅう挿入（いれ）たままにしてかわいがってあげる」

とんでもない台詞（セリフ）を口にする直軌の下で、蛍介は身を震わせる。けれどそれは恐ろしいからだけでは決してない。Ｓｕｂとしての期待が理性の蓋（ふた）をこじ開けて、今にもあふれそうになっている。

直軌はキスの雨を降らせながら、蛍介の胸をしきりに愛撫（あいぶ）した。

「蛍ちゃんの乳首って、ちっちゃいけどぷくんってしてて、すっごくかわいい」

「っうぅ、ん、んん……！」

囁きとともに爪の先で引っ掻かれ、摘（つ）まんでくりくりとひねられると、切ない疼きが体の奥から湧き上がる。親指の腹で先端から強く押し潰されると涙が滲（にじ）んだ。自分では意識したこともない部分が、他人（ひと）の手によって侵（おか）され変えられてゆく。蛍介はその張本人である直軌にすがりつくしかない。

「ッつ――！」

小さな粒を乳輪ごとしゃぶられ噛まれて、痛みに腰が跳ねた。だが性器は萎（な）えるどころか、新しい蜜をこぼしている。

「蛍ちゃんて、少し痛いくらいのほうが好きだよね」

「そんな、こと……」

「でもだからって、戦いで傷つくのとは全然別だと思うけれど」

「あっ、や、い、いたっ、ひ、ひっぱるな、ぁっ、そっちもだめ、あぅ、あ、あ……！」

唾液に濡れ光る尖りの片方をきつくつねられ、もういっぽうは舌で転がされる。さらに雫を浮かべる性器を扱きつつ鈴口をくじられて、蛍介は髪を振り乱し背をたわませた。

「今度ひとりで突っ走って怪我なんかしたら『おしおき』だ。わかった？」

「ん、ん、わかった、わかったから……！」

今の蛍介には『おしおき』という言葉さえ甘美に響く。このままだとまた達してしまいそうで、蛍介はなんとか気を散らそうと必死だ。直軌はそんな蛍介の様子をじっと見つめたあと、体を屈めておもむろに性器の先を口に含んだ。

「い――!?」

跳ねる腰を押さえつけ、なだめるように脚の切断部分を撫でられて、蛍介は呆気なく三度目の吐精を果たす。といっても、もうごく少量しか出なかった。

「うん、ごちそうさま」

けれどそれを涼しい顔で飲み下すのは、いくらなんでも信じられない。

直軌はすっかり力の抜けた蛍介を抱き込み、たっぷりと時間をかけて後孔をほぐした。合間合間に『自分で胸を触って』『僕の指を舐めて』『一緒に指を入れてみて』とコマンドをだしてくるのを、蛍介は相変わらず羞恥に泣きながら受け、たどたどしく実行した。たんびに直軌が笑いかけ、褒め言葉をくれるのが嬉しくて、体がもっともっととあさましく開きそうになる。仕事帰りでスーツのままの直軌に抱えられ、半裸で泣き乱れている自分を想像するだけで、どうにかなってしまいそうだ。

「あ、なおき、やだ、そこ、へんっ……！」

張りつめた会陰をぐうっと親指で押し込まれながら、直腸のしこりを潰され腰が浮く。重ったるく巨大な快楽の波が、腹の奥深くで揺れている。

経験がなくともわかる。呑み込まれたらきっとまともでいられない。未知の感覚に思わず逃げを打つと、直軌はいったん指を引き抜き、アンダーごと蛍介のTシャツを脱がせて自分も上半身裸になった。

「――ごめんね。蛍ちゃんとくっつきたいから」

その体は明らかに普通ではない。夏用の半袖になった時、あざみが「花村くんて着痩せするのね」と驚いていたが、脱ぐといっそう大きく見える。

蛍介が極限まで削ぎ落とし引き絞った体なのに対し、直軌は肉体そのものを鍛えぬき鎧に仕立て上げたようなたくましさだ。

左胸から腰にかけて、古いためだいぶ薄くなっているけれど、袈裟懸けに大きな傷跡があった。蛍介は目を瞠る。幸雨につけられた傷。既に確認していた腕の骨折の手術痕や裂傷の縫合痕よりも、ずっと生々しく痛々しい。ぼやけていた頭が急速に醒めかける。

しかしそれを阻むかのように正面から腰を抱え上げられ、熱い楔で穿たれた。

「や――ァ……ああぁ――！」

仰け反った蛍介の喉から、高くかすれた悲鳴があふれる。なにが起こっているのか把握できずに直軌を見上げると、灰白色の長い前髪の向こうで菫の双眸が煙っていた。

「なお、き……」

ゆっくり、ゆっくりと——形を教え込む確かさで、感じたことのない何かが昇ってくる。

「わかる？　蛍ちゃんの中、入ってるよ」

下腹を撫でさすられた途端、直軌のものを食い締めたのが自分でもわかった。

（直軌、が。おれの、なか、に？）

かたく、あつく、脈打っている。

胎内の存在を認識した瞬間、ぞわぞわと甘いさざなみが広がった。全身が総毛立ち、細かい汗が一気に噴き出す。

直軌と、あの直軌と——。

「う、そ……うそ、だぁっ——！」

「うそじゃないよ、蛍ちゃん。ね、ほら」

いっぱいに性器を含んだ蕾の縁に指を導かれる。取り返しのつかないことをしてしまったような罪悪感と、すみずみまで征服され暴かれる快感。そのまま浅い場所で揺さぶられ、蛍介はいやいやとかぶりを振った。

「ん、んん、っあ、あ、ん——ぐ」

先ほどなぶられたしこりをかたい雁首でこねられるのが、恐ろしく気持ちいい。調子はずれの高い鼻声が嫌で、手の甲に噛みついて口を覆うと、すぐに直軌が見咎めて眉をひそめた。

「――『声を聞かせて』、蛍ちゃん」

「んうう、ぅ――」

手のひらに唇を押しつけながら命じられ、蛍介は肩を震わせてぐすんと鼻をすする。力の抜けた手がするりと二人の間から落ちると、すぐさま長い五指でもってシーツに縫いとめられた。包帯の巻かれた左手は手首を摑まれる。

「蛍ちゃん……」

鼻先が触れ合う。『キスして』。息のかかる距離で直軌が言う。蛍介が唇を押し当てるだけのキスをすると、「ふふ」と小さな笑みが呼気となって返ってくる。『もう一回、ほら』。直軌が舌を出してみせると、蛍介は素直に倣い、雛鳥のように口を開き舌を伸べた。

くちづけが深くなるとともに、直軌が体重をかけて奥へと這入ってくる。体は緊張と弛緩を繰り返して小刻みに震え、なにがどうなっているのかすっかりわからなくなっていた。

直軌のグレアには中毒性があって、依存症を引き起こす――。

ふと蛍介の脳裡にその話が甦る。確かに、まるで麻薬だ。従えば至高の心地よさを味わえる。身も心も溶かされて、直軌のものになってしまう。

「あっ、ん、っ、ぁ、あぅ、あ」

揺すぶられるたび、控えめながらとろけた声が転がり落ちる。するとまた「いい子」とでもいうふうに断端を撫でさすられて、蛍介は浅く喘いだ。

「——あれ？」

不意に、直軌が目をしばたたかせた。

「蛍ちゃん……ここ、一番奥？」

こつこつと腹の奥をノックされる感覚に、蛍介は同じく何度か瞬いて頷いた。行き止まりのはずだ。でもなにか——むずむずする。

「やわらかくて、吸いついてくる……」

「え、ぁうっ⁉」

前後だった腰つきが円を描くような動きに変わった。血管の浮く猛った雄が、媚肉を均し掻きわけ——さらに中へと入ろうとしている。

「蛍ちゃん、さ。たぶん、Ｓｕｂ子宮できてるよ」

「……は？」

Ｓｕｂ子宮とは俗称だ。いくらＳｕｂといえど、男性は男性であって子供は作れない。ただごくごく稀ではあるが、体内にＤｏｍを受け入れるための『部屋』を作るＳｕｂ男性がいる、と。蛍介もダイナミクス学で聞いたことだけはあった。

「Ｓ状結腸よりだいぶ手前の……普段はほとんどわからないっていうけど。性交渉の際にＳｕｂホルモンと昂奮による血流の変化で、直腸の一部が大きくくびれて部屋みたいになるんだ。そこにはＤｏｍの性器の先端が——」

ぐぐ、と体重をかけられ、あらぬところが開く。

「まて、ちがう、だめ、なおき、ほんとにだめ、だめだめそこはっ……！」

「ちょうどはまりこむようになって、る——ッ」

切っ先が肉の輪をくぐりぬける鈍い衝撃に、蛍介は声もなく体を弓なりに反らせた。

「——ッ！　〜〜あ゛……ッか、は——っ、ァ——！」

筆舌に尽くしがたい法悦だった。不随意に下肢が踊り、息が詰まり、涙で前が見えなくなる。

しょろ、と小さな音が響き、腹を熱いものが伝った。精液とは違う感触。まさかと思って視線を移し確認する前に、直軌が「おもらししちゃったの？」と尋ねてくる。

「ぁっ、あ、ぅそ、ちが」

どこにも力が入らない——と思ったが、逆に力みすぎてどこも動かなくなっていることに、蛍介は気づかない。すべての感覚がひと息で許容量を超えて、一切の制御が効かなくなってしまっている。かろうじて性器の先を押さえ申し訳程度に塞ごうとするものの、かえって手指が濡れるばかりだ。

「つる、な……みな、いで……っひ、ぅ、ぅっぇ、もぅ、やだぁ……——」

「だいじょうぶだよ、蛍ちゃん。だいじょうぶ、だいじょうぶ」

——あのときと同じだ。

昔そうしてくれたように、直軌は優しく声をかけ、さらには脚の先や内ももをさすり、

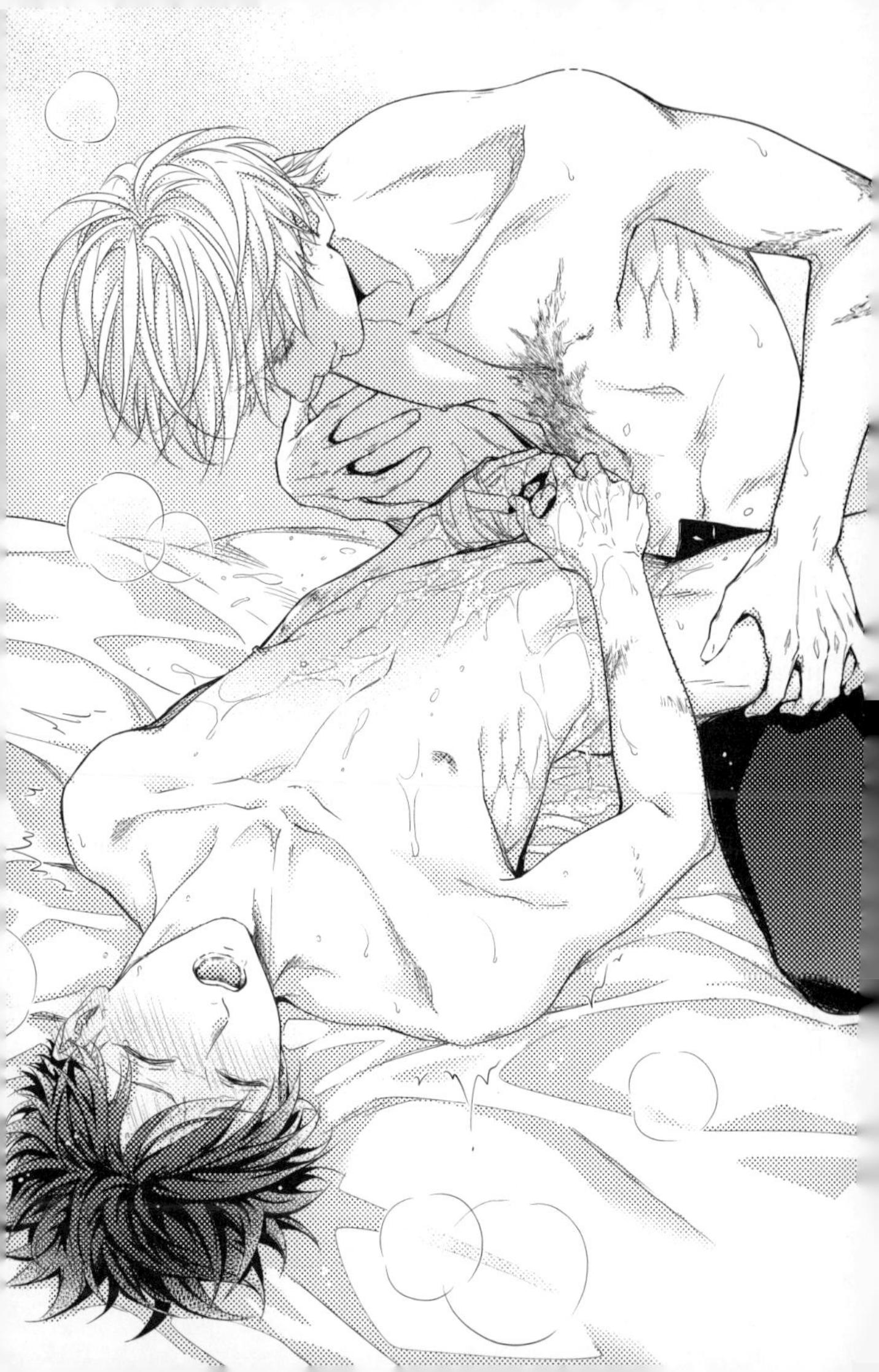

汚れるのを気にも留めず蛍介の手ごと小水を噴きこぼす性器を包む。

こんな状況にもかかわらず昇ったまま降りられない絶頂に、蛍介は助けを求めて直軌の体へとしがみついた。たくましい腕が痛いほど抱き返してくれて、また涙がこぼれる。

恥ずかしいのに嬉しい。見られたくないと思ういっぽうで、待ち望んでいたかのように心も体も歓喜に打ち震えている。

「ごめんね。急に入れたから、びっくりしちゃったね」

よしよしと背を撫でられて、蛍介は嗚咽しながら目の前のぶ厚い胸板に額をすりつけた。その間も腰はいやらしくくねり、むしろ直軌を歓迎しているようだ。「すごい……」と耳に感嘆の吐息を吹きかけられ、頬やうなじがいっそう熱くなる。

「こんなに準備してＤｏｍのこと待ってたのに、しんどかったね。……最初が僕で悪いけど、終わったらきっと楽になるから。大丈夫、あとは気持ちいいだけだよ。ぜんぶだして、たくさん感じて」

「――――ぅく……ふ」

相手が自分で申し訳ない――と言うべきなのは、こちらのほうだ。唇をやわらかく食まれて、蛍介は考える。

（直軌、これは……お前の、したいこと――？）

何度かちらりと想像した、Ｄｏｍとしての直軌の欲望。ダイナミクスの強さからプレイは必ずしなければいけず、けれど一人のＳｕｂとプレイを続けると中毒症状を引き起こすからと、あえて関係は長く続けなかったという。自分と違って経験は豊富だとしても、それで満足できていたとは到底思えない。独りダイナミクスの衝動を抱えて耐える姿を思うと、やはりせめて自分がそばにいてやればよかったと、身勝手な悔恨さえ湧き上がりそうになる。

今だって、彼はあくまで『プレイ』に神経を注いでいる印象だった。初めてのプレイというのはＳｕｂにとって相当の負担になる。一歩間違ってサブドロップに陥れば、のちのち尾を引くことになりかねない。だから細心の注意を払ってくれているのだろう。プレイ前のグレアには驚いたが、それでも心身にダメージなくこうしていられる時点で、コントロールは完璧だったに違いない。

（これが恋人だったら……直軌も本能のままに、相手を求めることができたのかな……）

実際は恋人どころか、醜い男の幼馴染の性欲処理に付き合わされて、それでも嫌な顔ひとつせずにこうやって面倒を見てくれている。だったら、せめて——

「なおき、は——」

「うん？」

うっすらと桜色に上気した直軌の頬を、両手で包んで尋ねる。

「ちゃんと、きもちい……か？」

——俺はお前に、なにかひとつでも、あげられているだろうか。

「——……——」

直軌は心なしか苦しげに眉根を寄せ、薄く笑って呟いた。

「……参ったな。ここまで理性保(たも)ってた人、初めてだ」

独白に近いそれは氷の棘のようだった。すぐ溶けてしまうのに、つきつきと胸が痛む。

「蛍ちゃんは……最高に魅力的なSｕｂだよ。きっとどんなDｏｍだってそう言う」

そうではなくて——、と返す言葉を探すのだが、見つからない。

「ぁんっ！」

大きく突かれてあられもない声が上がった。

腹の中に星でも飼っているのかと思う。感度が何倍にもなった粘膜を直接こすりたてられると、熱くうるんだ悦楽の塊がみるみるうちに膨(ふく)れ上(あ)がる。それをどこにも逃がせないまま何度も何度も揺すぶられて、蛍介は身も世もなく喘いで泣いた。

▼

断脚後の入院中、蛍介は休憩を挟(はさ)みつつ五〜六時間ほどリハビリをした。通常が平均一時間程度と考えると、ずいぶん長い。

早く使いこなせるようになりたいという気持ちがあったのはもちろん、他にすることがなかったのも事実だ。

蛍介にとって、一人の時間は酷だった。何もしていないと、漠然(ばくぜん)とした不安と焦燥感に背を炙(あぶ)られるような気持ちになる。だから起きている間はことさらリハビリに没頭した。

ある日、リハビリ室に幼い泣き声が響き渡った。

まだ幼稚園か小学校低学年くらいの男の子が、へたりこんで涙をこぼしている。「いたい」という声が聞こえた。見れば片方の膝から下が義足のようだ。

（俺もはじめのうちはしんどかったな……）

断端をソケットという義足との接合部分に入れた時はもちろん、立ち上がった際の圧迫感と痺(しび)れるような痛みはなかなか慣れるものではない。しかも一歩踏み出そうとすると、機械仕掛けの足は思った以上にずっしりと重く、動きもぎこちなく、とてもではないがこんなので歩いたり走ったりできるようになるのだろうかと、そこそこ体つきのしっかりした蛍介でも怯(ひる)むほどだった。

本来の肉体——なんの変哲もない普通のものだと思っていた二本の脚は、実は奇跡のような緻密(ちみつ)さと頑丈(がんじょう)さでもって、何十キロもの自分の体を軽々と支えてくれていたのだ。その大切さなど切断直後に散々思い知ったつもりだったが、リハビリを始めると改めて痛感した。

もとのように歩けるようになったとしても、もとどおりの体にはならない。希望となるはずの義足を履(は)いた瞬間、絶望的な現実を突きつけられた気がして、そして思った以上にうまく歩けなくて、蛍介は一回目のリハビリを終え自室に戻ってから少しだけ泣いた。

わんわんと泣く少年を見て、そのときの気持ちが甦る。

母親は周囲に気をつかい頭を下げ、義足を外した子供を抱き上げて、理学療法士とともに蛍介の座っているソファのほうにやってきた。

「大丈夫ですよ。ゆっくりやっていきましょうね」

「すみません……ありがとうございます」

そんなやりとりをする母親の二の腕に頰を押し当て、ぽろぽろと涙をこぼす少年と、ふと目が合う。蛍介はとっさに何度か瞬き、手を振って笑いかけた。子供はなぜか「しまった」という顔をして、妙にゆっくりとした動きでうつむいたあと、再び興味を抑えきれない様子でじりじりと蛍介のほうを窺ってきた。

それがあまりにもかわいくて、蛍介は「痛くてびっくりしたよね」と声をかけてしまっていた。すぐに母親が振り返り、戸惑いがちに会釈をする。理学療法士の男性による「夏凪さんも最近義足にされたんですが、リハビリとても頑張っていらっしゃるんですよ」というフォローのお陰で、その表情はすぐに明るくなった。

「まあ、そうなんですか?」――蛍介の下肢に視線を送り両脚義足を目に入れた母親は、けれど言葉に迷うそぶりも見せず、「ねえねえケンちゃん、お兄ちゃん、ケンちゃんのセンパイさんだって」と軽く少年の体を揺らした。

「センパイさんて、なぁに……?」

「センパイさんはねえ、ケンちゃんより先に生まれて、頑張ってる人かなあ」

どことなくとぼけた雰囲気の母親に、蛍介は微笑ましい気持ちで「お兄さんも脚、これなんだよ」と片足を上げて見せる。

「……せんぱいのおにいちゃん、りょうほういたいあしつけてるの？　あるけるの？」

その言葉を聞いて、見守っている母親と療法士の間に緊張が走ったのが伝わってくる。子供ゆえのまっすぐさで、こちらを傷つけやしないかと、心配してくれているのだろう。

蛍介は逆に二人の気づかいが申し訳ないような気持ちで頷いた。

「うん。最初はきみと同じようにすごく痛くて、歩けなかった」

「そうなんだ……」

「でも、ほら」

よいしょっと――という掛け声とともに蛍介は立ち上がり、慎重に歩を進めてみせる。

リハビリに入ってから一ヶ月程度、まだ綺麗な足運びとは言いがたい。それでも、この脚でちゃんと歩けるんだよ、と示すには充分だったようだ。

「すごい……」

「すごい？　本当？」

小さな呟きに蛍介が反応すると、少年は「すごい、かっこいい」と力強く頷きながら言ってくれた。

「お兄さん、ケンくんが歩いてるとこ見たいな。それで、いつか一緒に歩こうよ」

「ぼくにもできる？」

「絶対できる！」

体ごと方向転換は難しいので、蛍介は親子のほうへ顔だけ向け、腕を上げてサムズアップする。

「よかったねえ！　ケンちゃんもできるって！」

すると母親も嬉しそうに少年の手をとり、親指を立ててこちらに差しだした。

「……なら、やってみる」

目の周りを赤くした少年は照れくさそうに鼻をこすり、そう言った。

それから時々、彼とはリハビリ室で会うようになった。はじめこそぐずることもあったが、子供の適応力は凄まじかった。少年はあっという間に義足で歩けるようになり、蛍介と散歩できるようになった。

彼がどうして脚を失ったのか、休憩の合間に母親から聞いたことがある。

田舎の祖父母の家へ遊びに行った時、線路の溝に足がすっぽりはまりこみ、そこに来た電車に轢かれたそうだ。人気のない踏み切りには非常停止ボタンを押す人もおらず、小さな子供がうずくまっているのは運転手も視認しづらかった。

『ぜんぶ私が悪いんです。——実は、弟ができたばかりで』

下の子にかかりきりな母親に、少年がすねて家を飛び出し、一人で遊んでいたところで起こった悲劇。

『ちゃんと見てあげていなかった……。あの子、リハビリがつらくて癇癪を起こして泣いてしまうと、そのあと「お母さん迷惑かけてごめんなさい、ぼくのこと嫌いにならないで」って……もっと泣くんです。自分が私の負担になってるんじゃないかって心配して……。一番つらいのはあの子なのに……寂しい思いをさせて守ってあげられなかったのは、私のほうなのに――。弟の世話も……すごく一生懸命してくれて……っ』

蛍介の目に映る少年の姿が、そのとき少し滲んで見えた。

そうだ。怖いんだ。自分が変わってしまって。

でもその変わってしまった自分が、大好きな人たちに迷惑をかけるほうが何倍も怖くてつらい。

だから蛍介は少年の母に言った。

――あの子が泣いたら、大丈夫だって笑って、抱きしめてあげてください。子供って、母親が笑ってくれるだけで嬉しいんですよ。そしてほんのちょっと、その時だけでもいい、お母さんにとって自分が一番なんだって思える瞬間があれば、きっとすごく幸せです。

これは母にそうしてもらえなかった、自分の願望だと思いながら。

――ケンくん、今、お母さんと一緒で幸せですよ。

『おかーさーん！　今の見てた⁉』

『見てたー！　すごいよ、ケンちゃん！』

満面の笑みでピースサインをする我が子を見ながら、彼女も幸せそうに笑った。そして「夏凪さんにお会いできてよかったです」と言ってくれた。

『よかった、か。……うん、なら、よかった』

ベッドの上で独り笑う。病室に帰ると耳の痛くなるような静寂の中、決まって脚が痛みだした。もう無いはずなのに、何度も切断され、ねじり切られ、焼き切られる感覚。しまいにはその痛みが夢なのか現実かなのかもわからなくなった。

けれど自分の選んだ道だ。耐えるしかなかった。枕に嚙みついて唸り声を殺した。腕に嚙みついて気を逸らした。

人を守るただの兵器になりたいというのなら、いっそこの心も砕け散ってしまえばいいのに——とさえ思った。

そういう時、いつもどこかで声がした。

——『蛍ちゃんはすごいねえ』

——『大丈夫だよ、蛍ちゃん』

——『ぼく、蛍ちゃんをまもる人になりたい』

「あ、あ……」

おとなしく優しい、それでいて鈴のようによく響く直軌の声と、やわらかいぬくもり。守ってやると言いながら守れなかった、大切なもの。

——『ぼくが、蛍ちゃんをまもるよ。蛍ちゃんがもし泣いちゃうようなことがあったら、どこにだってぼくがとんでく！』


（本当は……寂しい――）

手を握って、大丈夫だと言って、ずっと一緒にいて――そう言いたい。

けれどそんな資格が自分にあるわけもない。

「いた……い……いたい、痛い、いたい……――会いたいよ、直軌」

名を呼ぶと堰を切ったように涙が溢れた。

そんな蛍介を支えたのは、やはり直軌からの手紙だった。


『蛍ちゃん。蛍ちゃんが今僕に会いたくないのなら、それでいいんだ。僕が蛍ちゃんの重荷になったり、蛍ちゃんを傷つけるくらいなら、一生会えなくたっていい。でも、もし僕のことを思って離れようとしているのなら、いつでも僕を呼んで。蛍ちゃんがもし泣きたくなることがあったら、僕はどこにだって飛んでいくから』


もうその言葉だけで十分だった。痛みと苦しみで目標を見失いそうになっても、独りの息苦しさに圧し潰されそうになっても、手紙を見るたび大丈夫だと思えた。

（お前が俺を忘れないでいてくれるだけで、こんなに幸せなんだ）

いつか便りが途絶えても、自分の手元にはずっと残る。蛍介は大切に手紙の束を缶に入れ、なにかあるたびにそっと開いて読み返した。

▼

(——ゆ、め?)

意識が浮上して、蛍介は涙の滲んだ目をこする。

病室ではないベッドの上で、裸のまま、しかも背中から温かいものに包まれている。耳元で聞こえる寝息と、首の下に通された腕、そして目の前にある長い手指。

(なおき)

朦朧(もうろう)とした頭はまだうまく回らない。だが直軌に抱きしめられていることだけははっきりとわかった。体はすっかり清められ、手の包帯も取り替えられている。

(……俺、直軌と——プレイしたんだ)

幼馴染を自分の都合に巻き込んだ罪悪感は、まだ無意識の海に沈んだまま。カーテンの隙間(すきま)から見える空も、夜明け前の深い群青色(ぐんじょういろ)だ。

だからなのか、蛍介は素直に思う。

(直軌で……よかった)

一緒にいた頃も、離れてからも、ずっと想っていた。

歪なダイナミクスが彼にだけは反応した理由なんて、とても簡単なこと。

（直軌だから。……俺が直軌のことを、好きだから——）

Ｓｕｂ転化した時も、心の中でずっと直軌を呼んでいた。届かなくていい。届けるつもりはなかった。だから手紙の返事はしなかったし、会おうともしなかった。

ただ自分を慕い、守ると言ってくれた思い出が、自分の生きる燃料だった。

直軌の名を呼ぶことが、自分への「頑張れ」だった。

（あんなに小さかったのに）

今でもはっきり思い出せる、ふわふわの小さな手。

蛍介は目の前に放られた大きな手のひらに、自分の手を重ねてみる。

（俺より、大きくなって。こんなところまで来て）

甘えるようにそっと指を絡ませてみると、白く長い指が微かに丸まった。起こしてしまったかと一瞬息を詰めるが、体の反射だったらしい。

再び眠りの波に揺られ、瞼が落ちてゆく。直軌への気持ちは、このまま深いところに沈めておけばいい。

ただこれだけは伝えておきたい。

「ありがとう……直軌」

握った手を祈るように額に当てて、蛍介は小さく呟いた。

8

「保護監視指定!?」

昼食前に呼び出された隊長室。蛍介の大きな声が響く。

「しかも一か月も前にって……」

「ああ。……夏凪は花村のバディだ。本当ならばもう少し早く知らせるべきだったとは思うんだが、許してほしい。いかんせんこの件の処分についてはＤＡＳＴ内でも意見が割れていてな……。無論、告知にあたって本人の了承は得ている」

違法パーティでの立ち回りの際、蛍介に同意なしのコマンドとグレアでダメージを負わせたとして、直軌は始末書を書かされていた。

が、どうやらそれだけでは収まらなかったらしく、事件から一か月後の九月時点で、彼は『保護管理指定』から『保護監視指定』になっていたというのだ。要するに危険度の格上げ。ダイナミクス検診の頻度や研究協力への要請も増加し、プライベートチェックは強化され、いざとなれば行動の制限も課される立場になる。

「直軌はわざとやったんじゃない。俺が勝手に……俺の過剰反応だろあんなの！」

混乱のあまり口調が荒くなる。

「気持ちはわかるが、これでも課長が上と掛け合っての処分なんだぞ。それに花村はこれで二度目だ。軽率だと言われても仕方ない」

「二度、目……？」

蛍介の呟きに、燎彦は無言で頷いた。

「……前に高校の頃どうとか言ってたのと、関係あるのか？」

なんとか冷静さを取り戻そうと深呼吸をして尋ねると、再び肯定が返ってくる。

「花村直軌は高校時代、グレアを乗せたコマンドで人を脅した経歴がある」

「――嘘だ」

ほとんど反射的に、蛍介は口走っていた。直軌が――直軌がまさか、ダイナミクスを使って他人を脅迫するだなんて、天地がひっくり返ってもありえない。

「当時も故意か否かで、相当もめたそうだ。実際はほぼ事故に近かったようだし、大事には至らなかった。被害者は自分にも非があったと認め、示談で和解。ただ……本人が頑として『相手を意図的に傷つけた』と言い張ったと」

「具体的にはどういう内容なんだ」

「許可できる範囲をこの場でのみ閲覧となるが、構わないか？」

「構わない。頼む、見せてくれ」

蛍介の返答に、燎彦は背後の大型モニターへ事件概要を表示させる。

——二××三年、六月五日。花村直軌が同級生少年Aに対し、同意がない状態でグレアとともにコマンドを発動、翌日から一週間、少年Aはダイナミクスバランスを崩し学校を欠席した。学校側は特別措置として花村直軌のクラスを変更。少年A復帰後、特に二人やクラスメイト間でのトラブルはなし。

花村は少年Aをリーダー格とするグループより「セレステの生き残り」と呼ばれ、頻繁に絡まれていたとクラスメイトの証言多数。事件当日を含め、少年Aも「たびたびセレステ医療センターの事故被害に遭った花村をいじる旨の発言をした」と認めている。なお、本人はからかわれた内容などについて黙秘。

「——……これだけ？」

「お前に見せられるのはな」

頭の整理がつかない。まず直軌がこんな目に遭っていたことがショックだ。それなら琴葉のいじめ事件にあたり、動揺していたのも無理はない。

そしてこの概要だけを見たなら、直軌は自分をいじめた少年Aに復讐をしたと読める。

(直軌が……自分のために復讐？)

そんなことがあるだろうか。

「……少年Aのダイナミクスについての記載がない」

「そうだな」

「それに、普通いじめられたほうが『相手にこんなことを言われた』って訴えないか？

どうして少年Ａは素直に白状して、直軌のほうが黙ってたんだ？」

「さすがは夏凪だ」

「答える気なし、ってことだな」

肩を落として睥睨（へいげい）する蛍介に、燎彦は「すまん」と眉尻（まゆじり）を下げる。これ以上情報を聞きだすのは困難だと判断して、蛍介はその場をあとにした。

「――隊長、なんだって？」

「いや、別に。ちょっとした話」

「そう？　ならいいけど」

待っていた直軌と連れだって入ったのは、近くの定食屋だ。最近は本庁内の食堂だと落ち着いて食事ができないため、外で食べることが多くなっていた。原因は主に直軌である。第一制圧部隊をはじめとする周囲の人々いわく、ここのところ彼の色気とＤｏｍオーラがいよいよ増しているらしい。

確かにしょっちゅう「ご主人様になってください」とＳｕｂから契約の申し出を受けているし、Ｄｏｍには無意味に威嚇（いかく）されたりしている。ＮｅｗｔｒａｌはＮｅｗｔｒａｌで、これまた単純にかっこいいといって寄ってくる。抑制剤を変わらず使用しているにもかかわらず、だ。

蛍介はしょうが焼き定食の味噌汁をすすりながら、直軌の綺麗な顔をじっと見つめる。

（……大丈夫なのかな、こいつ）

あまりにもDom性が溢れているとなると、プレイできちんと発散できていないのではないかと心配になってしまう。

「そういえば蛍ちゃん」

「ん?」

「今日は蛍ちゃんの部屋、行きたいな」

思わず手が止まる。耳の裏が熱を持ったのがわかった。

「う、ん……」

それは今晩プレイしよう、の合図。


――初めてSubとしての本能が満たされた日以降、蛍介が熱と渇き(かわ)に浮かされ独り苦しむことはなくなった。

体を痛めつけるような戦い方も減った。直軌は蛍介の前へ出ることをためらわなくなり、蛍介も必要な時には直軌を頼るようになった。内心もっとぎくしゃくするかと心配していたが、そもそも蛍介の仕事への信念は何ひとつ揺(ゆ)らがなかったし、直軌のほうもかえって遠慮と迷いがなくなり、互いの足並みがそろった感さえある。燎彦やあざみにも、バディらしくなったと褒(ほ)められたくらいだ。

けれど、個人としての二人の関係は、完全に逆転していた。

直軌はSub性の状態を見極めるのが非常にうまく、蛍介が「少ししんどいかもしれない」と思い始めた頃、見計らったかのように声をかけてくる。時には本庁内に用意されたケアルームで、『Kneel』だけをしてもらって気持ちを落ち着かせることもあるが、一番の解消法がセックスであることに変わりはなかった。

「やだ……脚はやだってば……」

最初の一回同様に、蛍介は義足をはずすのをしぶとく嫌がった。直軌は怒らず、「セーフワードを言っていいんだよ」と穏やかに微笑みながら、どれほど時間がかかろうとも蛍介自身の手で義足を脱がせた。

『Roll――ごろんして』――そう言われれば、シャツを胸の上までたくし上げ、仰向けに寝転ぶ。

『Crawl――よつんばいになって』――指差されれば、両腕と寸足らずな太ももで、不安定ながらなんとか這ってみせた。

『Present――蛍ちゃんの恥ずかしいところ、見せて』――かわいらしいお願いじみた響きで、でも有無を言わせぬ圧とともに言われたら、抵抗なんてできない。恥ずかしさに涙をこぼしながら、蛍介は直軌が望むまま秘部を曝す。

ひとつひとつコマンドを受け入れるたび、直軌は本当に嬉しそうに笑って「すごいね、蛍ちゃん」と頭を撫でてキスをくれる。それがどうしようもなく幸せで、安心する。

翌日仕事がある日は挿入しない。そのぶん、月に一、二度の連休は大変だった。「せっかくだし、ちょっと出かけよっか」と連れ出されたのは、寮からほど近くの高級ホテル。付き合いが長いせいで失念しがちだが、直軌の家は父が世界的に有名なヴァイオリニストなのもあって、かなり裕福なのである。

蛍介は支払いについて話す間もなく脱いだ義足を取り上げられ、首輪を嵌められ、鎖で繋がれた。「最近はどこもプレイ可能な部屋が用意されているから、便利だね」などと言いながら、ベッドヘッド横に設置された金具へ首輪から延びた鎖を引っ掛けるのを、蛍介は呆然と眺めるしかなかった。

広いベッドの上で、蛍介は直軌がいないと何もできない。食事も、排泄も、彼の許しを得て、彼の手を借りて行った。もちろん、入浴や腸内の洗浄もすべて。

恥ずかしい。やめろ、やめて、見ないで、許して――。泣きじゃくりつつも、蛍介はだんだんと自分の心の箍がゆるむのを感じていた。

ある時はスーツ姿のシャツの胸元だけ寛げられて、細いチェーンと重石のついたクリップで乳首を挟まれ、そこだけで射精するまで舌と指を使っていじめられた。

またある時は手を縛られ、貞操帯で性器を縛められたまま、外と内の両方から前立腺を刺激するプラグを挿入されて、一時間くらいただ唇をついばみながら体中を撫で回されたりもした。最後はぐずぐず鼻をすすりながら、「直軌がほしい」と（実際はもっと卑猥な言葉を使うよう命じられた）駄々っ子のように懇願した。

レースとチュールの美しい下着を「着てみて」と差しだしてきた時には目を剝いた。べビードールというらしい。「あざみさんにお店紹介してもらって、一緒に買いに行ったんだ」と言われ、蛍介は困惑した。直軌の奇行に対してももちろんだが、あざみと直軌が仲よく下着を選んでいるところを想像してうろたえてしまったのだ。彼女には終悟という立派なパートナーがいる。直軌との間に男女の感情などあるわけもない。わかっていながら狭量な感情を抱いた自分を、蛍介はひとり恥じた。

が、それを見透かしたかのように直軌は笑った。

「あざみさんが探してたのはもちろん静原さんに着せる用だよ。今っていろんなカップルがいるからサイズもデザインも豊富で、見ているだけでも楽しかった。今度蛍ちゃんも一緒に行こうね」

どう見ても似合わないであろうそれをまとった蛍介は、お姫様のように恭しく直軌の上へと導かれ、深く貫かれた。そして性器へは触れぬまま、潮を噴くまでいかされた。淡い痛みと身を焦がす羞恥をスパイスに、溺死してしまいそうなほど甘やかす——それが直軌のプレイだった。

ただこの二か月のうち、一度だけひどく怒られて『おしおき』をされたことがある。

蛍介が久しぶりのエクストラアビリティ使い相手に、軽い傷を負った日だ。膝上に寝転ばされて、したたか尻をぶたれた。はじめは驚きに泣いて、けれど次第にむずむずと痛痒くなってきて、制服姿の直軌の太ももに額をこすりつけて射精した。直軌の性器はかたくなっていたけれど、蛍介に奉仕を強要させることはなかった。

そうだ——直軌は自分の快感をあまり追おうとしない。蛍介を感じさせるのに歓(よろこ)びを覚えているように見えても、自分が挿入して達するのはだいたい一回きり。終わるとすぐに抜いてしまう。

（Ｄｏｍ性が強いのに、毎回最後に出すだけだ……。あんなので足りるわけない……）

……たとえ仮の契約だとしてもパートナーなのだから、直軌にも満足してほしい。でもそう願うこと自体、直軌への気持ちがあるゆえのわがままなのではないかとも思う。

後ろめたさと幸せの板ばさみになりつつ、蛍介は直軌との関係を続けていた。


「つらくなかった？　どこか痛くしてない？」

「……ん、平気……」

自室でのプレイを終えた蛍介は、直軌の腕の中でまどろみながら頷く。散々躾(しつ)けられて前後不覚に感じ入っているときもいいけれど、蛍介はアフターケアの時間がとても好きだった。

長い指で優しく髪を梳(す)き、「蛍ちゃんの髪、濡れるとちょっと癖(くせ)っ毛(け)になってかわいい」なんて言いながら額に唇を押し当てられると、少しだけ恋人みたいな気分になる。

「セーフワード、いつ使ってもいいんだからね」

直軌はよくそう言う。本当に嫌ならいつでも止めるから、きちんとセーフワードを口にするように、と。

けれど蛍介はそれを聞くたび、なぜか寂しい気持ちになった。いつ終わってもいい関係なのだから無理をするな、と釘を刺されている気がした。

(……いや、プレイパートナーっていうのはそういうものだろ。それに、直軌はSubである俺を気づかって言ってくれてるんだ)

だから割り切らなければと思うのだが、こうして体を重ね睦み合っていると、つい勘違いをしそうになる。

「あのさ、直軌」

「なあに?」

「ほかにプレイ相手って、いないのか?」

突然の質問に、直軌は目をしばたたいて蛍介を見つめた。ベッドルームに沈黙が下りる。心臓の音が伝わってしまいそうな気がして、蛍介は慌てて言葉を継いだ。

「あ、いや、直軌もちゃんと……やりたいようにできてるか気になって……。ほら、お前にだってその、好みがあるだろうし。相手の外見にしても……プレイ嗜好にしても、さ……。俺に付き合ってもらってばっかで、大丈夫なのかなって……。だか、ら――」

空回る唇にそっとくちづけた直軌は、うつむいた蛍介の顎を掬い上げて目線を合わせ、薄く笑んだ。

「いないよ。確かに僕は一人の人とは長く関係を続けられなかったけれど、並行していろんな人と付き合ったりはしたことない。そんなの、Ｓｕｂに失礼でしょ？」

大きな手のひらがゆったりと背を撫で、頭をぽんぽんと叩く。心地よさに体の芯がとろけ落ちてしまいそうだった。

「じゃ、じゃあ……好きな人とプレイしたことは、ある？」

どうしてそんなことを口走ったのか、蛍介自身わからない。直軌の瞳が微かに揺れた。

「なんで？」問い返してくる声音は穏やかではあるが、心なしか平坦に聞こえる。

「俺は——直軌しか知らないから。皆はどうなんだろうと思って……。するなら絶対に好きな相手と、って人もいれば、プレイと恋愛は別に楽しむ、っていう人もいるだろ？」

たとえば、俺たちの母親みたいに——とはいくらなんでも言えなかった。

「好きな人……か」

天井を仰いだ直軌の額から、粉雪のようにさらさらと髪が流れ落ちる。羽毛じみた睫毛も、張りだした鼻梁も、形のよい唇も、ぜんぶが彫刻と見紛うばかりに整っていて、今さらながら見惚れてしまいそうになる。

「……あるよ」

答えの予想などついていた。直軌ほどのＤｏｍだ。多くの経験の中に、想い人とのプレイだって当然含まれているだろう。なのに、胸が痛んで仕方なかった。

（なに……ショック受けてるんだ、俺……）

自分には直軌しかいなくても、直軌にとってはそうじゃない。本来なら引く手あまたの輝かしいＤｏｍが、こんな羽化しそこないのＳｕｂ一人だけに構っていてはいけないのだ。

「ごめんね、不安にさせちゃったのかな。今日はしばらくこうしていようか。……蛍ちゃんが嫌でなければ」

黙りこんだ蛍介を気にかけたのか、直軌は申し訳なさそうに眉尻を下げた。「今は僕以外のことなんて考えないで」とまだほんのりと官能の埋火がくすぶる腰をさすられ、蛍介の鼻から仔犬じみた鳴き声が転がりでる。

「つく……んん、や……」

「いや？」

「あ、ぅ、ちが……、や、じゃ……ない――」

「よかった」

再び――今度は深いキスを送られて、蛍介は直軌の首に腕を回した。間近で紫の双眸が上機嫌に細まる。

ずっと、ずっとこうしていられたいいのに、と思う傍ら、このままでは駄目だ、という焦燥感がどんどん大きくなってゆく。いま自分だけしかいないというならば、余計に早く解放してやらないといけない。直軌が好きだから、いっときとはいえプレイできるのは嬉しい。けれど――。

「……ん？」

翌日、二人で朝食をとり、直軌が部屋を立ち去ったあとだった。蛍介は床に落ちていた銀の破片に気づいた。拾い上げてみると薬の錠剤の殻だ。自分のものではない。直軌がポケットからスマートフォンを出し入れする際にでも落ちたのだろう。

　ゴミ箱にすぐ放ろうとして、手を止めた。親しい仲でも許されないことだとわかっている。だが嫌な予感がして、蛍介は薬の名前を確認してしまった。

「こんな強いの……」

　直軌が服用していると思われる薬はＤｏｍ専用の、しかも蛍介が知りうる限り、健常なＤｏｍが処方される中で最も強力な抑制効果があるとされるものだった。

たとえば加虐や破壊の衝動が強いＤｏｍが、プレイ中Ｓｕｂに対して行き過ぎた行為に及ばないよう、ダイナミクスと性欲を抑える目的で使用するケースが多い。

　直軌にそういった凶暴性があるとは考えにくいので、やはり何度か問題になっているグレアの強さや中毒性を低減させるため、と考えるのが普通だろう。

　この薬は短時間に集中してＤｏｍ性を抑圧するため、副作用も大きいと聞いた。日常生活において長時間抑制する常用薬とは、まったくの別物なのである。

（ここまでして抑えなきゃならないくらい、危険なＤｏｍ性ってことか……？　それともＳｕｂを——俺を、万が一にも傷つけたりしないように？）

「これ、いつから服用してるんだ？」

　夜になり直軌の部屋を訪れた蛍介は、薬剤名を勝手に見た旨を謝罪した上でそう尋ねた。

直軌は特に慌てるでもなく、どちらかというと興味なさげに薬シートの残骸を手にとった。

「僕が保護監視指定になったのは蛍ちゃんも知ってるでしょ。あの関係だよ」

「だったらやっぱ俺のせいじゃないか。そもそもお前が保護監視指定になったのは、俺がＳｕｂなのを隠してて、勝手にグレアに反応したからなんだし」

「そうじゃないよ。僕が感情とグレアのコントロールを誤ったのが原因だって、結論でたじゃない」

「でも……。体は大丈夫なのか？　ここまで強い薬だと、プレイしてもダイナミクスが発散しきれないだろ？　むしろプレイのたびにこんなの飲んでたら、俺とやるのがストレスになるんじゃ……」

「それはない」

さっきと打って変わって、ぴしゃりと言われる。

「きちんとＤＡＳＴの医療センターのほうで処方されてるものだし、こまめに検診も受けてる。蛍ちゃんが気にすることじゃないよ」

口調は穏やかだが、拒絶されていると蛍介は感じた。

「ああでも……今のプレイになにか不満があれば、もちろん聞くけれど」

なるほど、直軌は個人としてではなく、ＤｏｍとＳｕｂとして会話をしようとしているのだ。今に限らず、プレイ中もそう。直軌自身はあくまで一歩離れたところから紳士的なＤｏｍとして、Ｓｕｂのダイナミクス発散優先のプレイをする。優しく甘く、ただし決して心には触れさせてもらえない。でもそれはプレイ中だけの話だと思っていた。

「……俺はＳｕｂだからこんなこと言ってるんじゃない。ただ心配で――」

そこでなんと言うべきか、一瞬迷う。友達として？　幼馴染として？　バディとして？

すべて本当だが、どれもしっくりこない。

あれでもないこれでもないと引き出しを掻き混ぜても、ふさわしい言葉などでてこない。

幸せに――自由になってほしい。だって、直軌のことが好きだから。

などと本人に言うわけにはいかなかった。

「……このままじゃ駄目だ」

「蛍ちゃん？」

今まで一人でできていたことが、できなくなる。一人で立って歩いていたのに、つまらないことでうずくまってしまう。

そうやって徐々に動けなくなってゆく自分に付き合って、直軌まで歩みを止めてしまったら――。自己犠牲の手伝いはできないと彼は言ったが、そうではなく、彼こそがこちらに自らの体を分け与えようとしているのではないか。

（俺だけならまだしも、これ以上直軌が傷つくのだけは耐えられない）

直軌の罪悪感につけこんで、己の欲望の犠牲にするなど、できるわけがない――そう思っていたはずなのに。愚かな恋心のせいで、善意のプレイに甘えて溺れるところだった。

「こんな関係、間違ってる。お前にも俺にもいいことなんてなにもない。お前は俺のことなんて構わずに、さっさとちゃんとした相手見つけろよ。絶対そのほうがいい」

「なんでそんなこと言うの」

ちり、とうなじの産毛が逆立つような感覚。普通のSubならそれだけで膝をついてしまいそうなグレアを、蛍介は震える拳を握りしめて振り切った。

「とにかく、お前が薬飲まないとプレイできないなら、俺はしない。もうしない」

「蛍ちゃん!」

部屋を飛び出した蛍介は、自室へは戻らなかった。直軌の気配を感じる場所から少しでも離れたかった。


それから蛍介と直軌は、ただのバディに戻った。

蛍介は燎彦にプレイパートナー解消の報告をし、直軌の部屋に行かなくなった。直軌のほうは何度か説得を試みてきた。

『この間は無神経な言い方をしてしまって本当にごめん。僕のことは怒っても嫌っても構わない。でもお願いだからプレイだけは続けて』

その言葉に蛍介は「それって俺のため?」と聞き返した。

直軌はなにも言わなかった。

かわいそうなことをしたと思う。彼が抑制剤を飲んでいるとわかった以上、以前のように「お互いのダイナミクス発散にちょうどいいから」などという言い訳は通じない。そもそもあの言葉でさえ無理矢理言わせたようなものだ。

直軌はただ純粋にこちらを慮り、プレイを続けようとしてくれている。

(馬鹿だ。あいつは本当に……)

――それがどれだけ俺を喜ばせ、同時に傷つけているかなんて知りもしないくせに。

驚くほど醜い感情に吐き気がする。遠くから想っていた頃のほうが、よほどよかった。

(汚したくないって言いながら手垢をつけて、またほっぽりだして……馬鹿なのは俺だ)

こんなことならば抱かれるんじゃなかった。いっそそう思えたら楽だった。ダイナミクス衝動が蓄積するにつれ、蛍介の体にはまた少しずつ傷が増えていった。

Ｄｏｍイーターらしき人物に会った者がいるとの情報が蛍介のもとにもたらされたのは、十二月頭のことだ。提供元は意外にも、五月に補導した走り屋グループ。蛍介たちはかかわった事件の被害者たちと定期的に連絡を取り、体調や近況の確認を行っているのだが、その際レースで一騎打ちをした少年が教えてくれた。

『ウチのグループにＤｏｍとＳｕｂのカップルがいるんスけど、ツーリング途中に片方のタイヤがパンクしちまったらしんス。で、近くの駐車場までバイク押して、修理に苦戦してたら、ふらっと現れたイケメンが助けてくれたらしくて。でもなんか最初どえらいグレアだしてきたから、ＤｏｍのヤツがめっちゃＳｕｂのこと庇ったら「お前いいＤｏｍだな」って褒められたとかなんとか……。その人もバイク乗るらしっス。そうそう茶髪の』

場所は旧セレステ医療センター近くの廃ホテル。
これ以上ないほど、おあつらえ向きの舞台だった。

9

七年ぶりに再会した幸雨は、鋭い眼光と精悍な顔立ちは相変わらずだったが、少しくたびれた雰囲気をしていた。

「よう」と何事もなかったかのように手を挙げた姿に、蛍介は静かに溜め息を吐く。

「よう、じゃないだろ。まどろっこしいことしやがって。文句があるならさっさと直接言いに来い」

「お前自分がどこに勤めてんのか忘れたのか？　誰がわざわざ敵の基地に単身乗り込んで行くかよ」

案外普通にしゃべれるのは、これまで何度も幸雨の気配を感じていたからだろうか。

それとも怒りや悲しみや懐かしさ――いろんな感情が降り積もりすぎて、どれかひとつに絞れないだけなのだろうか。

「そうか。なら敵らしく言っとく。会えて嬉しいぞ、『Ｄｏｍイーター』」

「その名前ダサくねェ？」

モッズコートのフードを払った幸雨が顔をしかめる。背丈があり骨格もしっかりしているものの、以前よりさらに痩せた印象だ。

「……ここ何年か、お前の仕事ぶり見てた」

そう言って幸雨は蛍介が担当した事件を次々に列挙した。中には幸雨自身かかわったであろうものも含まれていた。

「お前はよくやってた。まさに粉骨砕身で皆を助け続けた。すごいぜ蛍介。でもだからこそ聞きたい。ＤＡＳＴにいて、警察は本当に弱い人たちを守れていると思えたか？」

日が傾き始めた冬の廃墟は、冷たい空気に包まれている。大きな階段のある吹き抜けのロビーは半分崩れ落ちており、淡い水色をした空が覗いていた。七年前に幸雨と対峙したのも、こんなふうに天井の高い場所だった。

「守れていないことのほうが多いだろうな」

幸雨が問い、求め続けてきたものは一貫している。

Ｓｕｂを守るにはどうしたらいいか。ただそれだけだ。

「ふうん？　冷静なモンだ」

幸雨は少しばかり予想外だったのか、首を傾げて目を瞠る。

「希望に満ち溢れて入ってきたやつは結構ガッカリするんだよ。感謝もされるけど、罵倒されたり文句言われたり恨まれたりもする。ＤＡＳＴはこれでもずいぶん身軽だけど、それでも組織のしがらみがある。ああだこうだやってるうちに状況が悪化したり、こっちに回された時には手遅れで……守れたはずの人が傷ついたりするのも、たくさん見てきた」

「パーティ会場でお前がけしかけた、糸使いの妹さんもな」。蛍介は事件後の聴取を思い返しながら呟いた。彼は「なんでアンタみたいな人に、もっと早く会えなかったんだろう」と言っていた。

『交番で相談した警察官がアンタのように話のわかる人だったら、妹は死ななかっただろうなあ』

蛍介が「申し訳なかった」と頭を下げると、青年は静かに涙を流した。

『アンタは悪くないのにそうやって謝って、逆にあの警察官はなんの良心の呵責もなく生きていく。なにも変わらない。優しいって損だ。俺が言うのも変だけど、お兄さん警察向いてないよ』

たぶん、彼の言葉は真理なのだと思う。だから幸雨も主張する。一人が身をすり潰して誰かを救おうと奔走しても、その影で数え切れないほど多くの人が苦しんでいる。だったらシステムごと、もしくは人の意識ごとひっくり返すしかない。

「お前の言いたいこともわかるよ、幸雨。だけど絶対に同意はできない。一方を守るために、もう片方を犠牲にしたり攻撃したりなんて、したくない。ただ俺は……すぐ手の届くところで困っている人を助けたいんだ」

「……まだそんなコト言えるのか、お前は。やり返さなくてどうする？　間違ってるヤツぶちのめさなくてどうするんだ。刃物持ってる相手に背を向けて、誰かを庇って、ただひたすら刺されるつもりか？　ンなモン『守る』って言わねーだろ」

蛍介は記憶を探る。確か昔、自分が求めるものをうまく説明してくれた人がいた。

――『子供って、転んだ瞬間は案外泣かないよね』

（直軌だ――）

学生時代に、ショッピングモールで盛大に転んだ子供を、二人で助け起こしたことがあった。子供はむしろ涙も見せず押し黙っていたのだが、母親が「ごめんねきみたち、助けてくれてありがとう。ほら大丈夫？　どこか痛くなあい？」と言いながら抱き上げるなり、火がついたように泣きだした。

『びっくりして反応が遅れるっていうのもあるんだろうけど、だいたいお母さんに声かけられたり、だっこされたりしたら泣くじゃない？　あれって痛くて泣いてるっていうより、きっと安心して泣くんだろうね。大好きな人に抱きしめられたら、守ってもらえたんだってほっとするもん』

そして直軌は蛍介の指を握って笑った。

『僕にとっての蛍ちゃんみたい』

確か当時は照れくさくて、「俺は円架さんじゃないぞ」と返した気がする。

でも嬉しかったのも覚えている。

蛍介が憧れた正義の味方とは、傷ついた時やつらい時、手を握って大丈夫だと言ってくれる人。敵を倒すからヒーローなのではなく、弱い人に寄り添うからこそヒーローなのだ。

「お前らしいっちゃお前らしいけどな……生ぬるいにも程がある。そんなだから――オレに脚持ってかれるんだよ！」

みしみしと建物が嫌な音を立てて揺れる。蛍介は重心を低くし、天井が崩れてきた瞬間に走りだした。瓦礫を飛び越え、降り注ぐ硝子を炎で薙ぎ払う。だが幸雨に手はださない。

「オイどうした！　直軌のオナホになって、やる気まで去勢されちまったか⁉」

どこまで知っているのか——。さすがにその言葉には、爆発じみた勢いで青い炎と閃光が走った。大階段が派手な音をたててガラガラと焼け落ちる。

「そうだ。ちゃんと本気だせ」

幸雨は嬉しそうに唇の端を吊り上げたが、逆に蛍介は構えを解いて棒立ちになった。

「やらない」

「……はァ？」

今の幸雨は、あえて蛍介の怒りを引き出そうとしている。まるで「お前は間違っている」と、「よくも俺の脚を奪ったな」と、断罪の炎に焼かれるのを待ち望むかのように。

ぶつけたぶんと同じ大きさの感情を、幸雨が求めているのだとしたら——。

今こそすべて返す時だ。

「俺は、お前を傷つけない。お前に攻撃しない」

——ただし、蛍介は蛍介のやり方で。

「……何度も恨もうとした。お前はもう友達じゃないんだって、思おうとした。でも無理なんだよ。俺にとって幸雨は、絆創膏をくれたあの頃のままなんだ。俺を憎んでいい。俺をどうにかして気が済むんだったら、それでいい。脚だって喜んでくれてやる」

蛍介は幸雨が絡んだとおぼしき事件を、できる限り丁寧に拾い追ってきた。幸雨が手を下したのは、彼の母を殺したような者ばかりだった。あくまで幸雨だけの正義に基づいていたにしろ、その行動のすべてが、声も上げられずに犠牲になった、もしくはなりそうなＳｕｂのためだった。幸雨は幸雨なりに、ずっと弱者を守り――彼が思い描く〝正義の味方〟であり続けたのだ。

人として決定的に破綻してしまったとしても、幸雨の中には優しい気持ちが生きている。だったらそれを守りたい、と蛍介は思った。

「……はは」

蛍介の言葉に、幸雨は始めのうち理解不能といった様子だったが、次第に呆れ顔になり、しまいには歪な笑いを浮かべていた。

「初めて逢った時から変わんねェなあ、蛍介。お前は優しすぎる。ヒーローってより、ヒーローの踏み台になるヤツだ。誰にも褒められず、守られず、他人の犠牲になって消えていく。お前には生き残るための本能が、決定的に欠けてるんだよ」

幸雨が腕を振るう。もともと勝負になりはしない。蛍介にとって圧倒的不利な耐久戦。ひたすら逃げ回って、合間に相手の体力を削るのがせいぜいだ。

「でも、オレならお前を生かしてやれる……。だからオレと一緒に来い、蛍介！」

「断るっつってんだ、ろ――！」

蛍介のアビリティ『シリウス』は狙った対象のみを燃やせる。ただ実際やろうとすると相当な集中と体力が必要になるため、物量で攻められると弱い。まとめて灰にできれば楽なのだが、幸雨も蛍介の能力と思考を織り込み済みで、コンクリート板や鉄骨の雨に紛れて襲い掛かってくる。そうすると彼に危害を加えたくない蛍介は、神経を使うコントロールを余儀なくされ、消耗が早まってしまう。

「ハ――――」

一瞬も気を抜けない攻防に、息をするのも忘れそうになる。

「あぐっ！」

驚異的な逃げ足と防戦ぶりではあったが、巨大な氷塊を盾に突っ込んできた幸雨に気をとられた拍子、ついに蛍介は右脚を貫かれた。

激痛が走る。七年前、本来の脚を奪ったのと同じ、黒い影。禍々しい漆黒の棘が、立て続けに銀の義足を穿ち、標本よろしく蛍介をその場に縫い留める。

「『Kneel』、蛍介」

「な――」

突如として放たれた洗脳コマンドに、頭を踏みつけにされたような衝撃が襲った。

それでも直軌のコマンドより遥かに強制力は弱い。なにしろ燎彦の催眠もほとんど効かなくなってしまった体だ。蛍介はかろうじて片膝をついて耐えた。

己のDomとしてのグレアが蛍介に作用していないのは、幸雨もすぐ感じ取ったらしい。

「……本当に、どうしてなんだろうな。どうしてアイツだけが――」

ポケットから小さな円筒状のマイクに似た機械を取り出すと、低く呟き喉に押し当てる。

『――お願いだから、言うこと聞いてよ蛍ちゃん』

それは紛れもなく、直軌の声だった。

Ｄｏｍのグレアは一人ひとり違い、どうあってもごまかせない。だから幸雨の発する強制力自体は、たいして変わっていないはず。

けれど数ヶ月にわたって幾度もプレイし、自分を支配してきた声に命じられれば――

「っ――ゔ、ぁ゛あ、あっ、こ、う……おまえっ……」

躾（しつ）けられたＳｕｂ性は否が応にも反応する。

しかもここ二か月はプレイをしていない。蛍介のダイナミクスは飢えと渇きで悲鳴を上げている状態だ。

（制御を奪われた……！）

同意（コンセント）なしのプレイ状態に突入してしまうと、Ｓｕｂにはほぼなす術（すべ）がない。洗脳を使ってくるのは想定の範囲内だったが、まさかこんなものを用意しているとは思ってもみなかった。ここまでくると少々の抑制剤など無意味だ。

『もし僕が、この関係を否定したらどうなるかな？』

（あ――）

まずい。

最悪の予感に、全身がばくんと脈打ち竦む。

『僕には蛍ちゃんなんて必要ないって言ったら、どうなるのかな――？』

冷たい汗が噴き出し、血の気が引く。

（違う、違うこれは直軌じゃない。直軌じゃない直軌じゃない直軌じゃない）

『蛍ちゃんには僕しかいないのかもしれないけどさ、僕は蛍ちゃんじゃなくても大丈夫なんだよね』

（わかってる。そんなのずっとわかってた。だからいつでも離れられるよう、心の準備をしていたのに――！）

自分にとってたった一人であったとしても、向こうにしてみれば大勢の中のたかが一人。

生まれ持った優しさと、幼馴染の情と、罪の意識のために、直軌は望みもしないプレイを続けてくれた。

（いらないんだ。……直軌に俺は――必要なかった）

四肢から力が抜けてゆく。

怖い。

Ｄｏｍから否定されるのは、Ｓｕｂにとって存在意義を否定されること。

ＤｏｍとＳｕｂの信頼関係が深ければ深いほどその反動は大きく――

『蛍ちゃん』

『蛍ちゃんなんて、大嫌いだよ』

確実に、Ｓｕｂの心を壊す。

蛍介の瞳から音もなく涙がこぼれ落ちた瞬間、「蛍ちゃん！」と声がした。本物の——間違えようもない愛しい人の肉声。

霞む視界の中、直軌が肩で息をしながら立っている。

「なおき」と呼んだつもりだったが、音にならない。息ができず、ひゅうひゅうと喉が鳴る。気づけばあの日と同じように、地べたに這いつくばっている。

「『Ｓｔａｙ——そのまま動くな』、蛍介。サブドロップで死にたくなければな」

「——ッ、……ァ——」

不意打ちで直軌のグレアを浴びた時もサブドロップに近い症状ではあったが、そういうレベルのものではない。

自分の存在が薄く小さくなり、静かに闇へと溶けてゆくような虚無感。

誰にも——いや、一番求められたい人に必要とされない絶望感。

指一本動かすのもままならない。悲しくて心細くて、どうしたらいいかわからない。

「よお、直軌。ヒーローにしちゃ来るの遅ェな」

「——————！」

蛍介の姿を視認するなり、直軌の喉から獣のような咆哮がほとばしった。

空間ごと握り潰すような圧のグレアだった。

「ディフェンスか」

「蛍ちゃん、しっかりして！『Ｃｏｍｅ――』」

『「Ｄｏｗｎ――伏せろ」、蛍ちゃん。いい子にしてるんだよ』

直軌がコマンドを発する前に、幸雨が先ほどのボイスチェンジャーを使って命令をかぶせる。蛍介の体は二つの声に引き裂かれるようにして崩れ落ち、影の糸で編まれた鳥籠に囚われ幸雨の横に吊るされた。

「蛍ちゃん！」

「くっ、そ……」

目と耳から入ってくる情報の不一致に、頭の処理が追いつかない。体は本能的に言うことを聞こうとするし、心は必死に抵抗している。もうぐちゃぐちゃだった。

「そういうワケだから、お前がコマンドだしてもサブドロップが悪化するだけだぞ」

幸雨は愉しげに笑ったあと、

「Ｄｏｍってのはｓｕｂに対して独占欲と庇護欲を持ってる。だから自分のＳｕｂが傷つけられたり奪られそうになると、ディフェンスと呼ばれる防衛反応を起こし、攻撃性やアビリティの性能が上がる。――いっちょまえのＤｏｍみてェなコトしやがって」

苛立ちの籠もった呟きとともに、鎌状の黒刃を走らせた。

直軌の顔から表情が消え失せる。鍵盤を叩くように両の指を動かした途端、周囲の瓦礫

が粉々になり、無数の槍へと変貌する。実際に槍かどうかはわからない。白くなめらかな棘は夕暮れの光を受けて輝き、いっそ美しくさえあった。

それが圧倒的な殺意を乗せて、幸雨へと降り注ぐ。

「物質の分解、再構成。ＤＡＳＴで腕を上げたか、あるいはディフェンスで覚醒したか？　前はバカのひとつ覚えみてェに、モノ投げるしかできなかったもんなァ！」

白槍は幸雨の眼前でバチバチと音を立て、すべて弾かれた。移植により威力の底上げはされているが、電撃は彼生来のアビリティだ。

だが宙に飾られた状態でその様子を見ていた蛍介は、朦朧とする意識の隅で小さな違和感を覚える。直軌が我を忘れて能力を解放しているせいか、それとも——

（幸雨の力が……弱く、なってる……？）

「蛍ちゃんを、離せ——！」

建物の一部がスプーンで掬い取ったかのごとく抉れ、次々と投擲武器に組み変わる。素材さえあればそこからなんでも生み出せる——直軌の念動力は一足飛びに違う次元へと昇華していた。

いっぽう幸雨はまるで動揺を見せず、不快げに唸る。

「よく言うぜ直軌……お前が蛍介をＳｕｂにしたクセによ」

「え——？」

蛍介が小さく息をこぼしたと同時に、籠の向こうで直軌が足を止めるのが見えた。

「昔は単純に腹が立ってた。直軌は蛍介の『人を守りたい』って夢を、『危ない目に遭ってほしくない』だの『一人で頑張ろうとしないで』だのウジウジ言って、応援するより遠ざけてるようにしか見えなかったから。コイツの……他人の幸せを自分の歓びとするんじゃなく、自分の思う幸せで他人をがんじがらめにしようとする感じが、オレは苦手だった」

それが直軌の優しさだと、蛍介は思う。けれど、幸雨の言いたいことも、わからないわけではない。

「皆を守ろうとする蛍介にとって、直軌の在り方は毒だと思った。だから痛めつけて、蛍介のそばにいることを諦めさせようとした。……殺さなかったのは単に情だ。今思えばやっとけばよかったけどな」

「……なんでそこまで蛍ちゃんを想っていながら、脚を奪った?」

いつでもアビリティを発動できるよう、幸雨のほうに手を向けたまま、直軌が言う。

「確かめたかったんだよ」。殺された母と、復讐のために手を汚した父と自分――一家三人の命を懸けた〝正義〟を否定する覚悟が、蛍介にあるのかどうか。幸雨は問うたのだ。

「それでも蛍介はオレのやり方を認めなかったし、自分が傷ついても直軌を助ける道を選んだ。正直ガッカリしたけど……それでこそ蛍介って気もしてた。オレにとって、人を守る正義の味方の理想形が、蛍介だった」

わずかばかり和らいだ声音は、しかし次の瞬間、憎悪に濁った。

「だからこそやっぱり直軌、お前が許せねェ……。あんなに綺麗だったＤｏｍを、自分の欲望のためだけにＳｕｂへ捻じ曲げたお前がなァ！」

「違う！　僕は……」

　直軌の叫びに、幸雨は嘲笑まじりにズボンのポケットからスマートフォンを取り出し操作すると、蛍介へ見えるように掲げてみせる。

「直軌、テメェ高校で一人反転させただろ」

　それは先月蛍介が燎彦から見せてもらったデータとよく似ていた。違うのは——蛍介が閲覧権限の制限で見られなかった部分まで表示されている点だ。

　——二××三年、六月五日。花村直軌が同級生少年Ａに対し、同意がない状態でグレアとともにコマンドを発動。翌日から一週間、少年ＡはダイナミクスがＤｏｍからＳｕｂへと反転、学校を欠席した。学校側は特別措置として花村直軌のクラスを変更。少年Ａ復帰後、特に二人やクラスメイト間でのトラブルはなし。

　ただし、少年ＡはＤｏｍに戻ったあとも花村直軌に対し非常に従順な態度を見せ、時折彼のグレアやコマンドを欲するような言動が見られたため、ダイナミクスバランスの治療継続をＤＡＳＴより推奨。これと並行して、花村直軌のグレアについてはより詳細な検査と経過観察が必要と判断し、保護管理指定を申請。追記：八月十七日、認可完了。

「——……そんな……」

　概要を改めて読んだ蛍介の呟きが、静まりかえった廃墟に虚しく響いた。

「直軌、お前がグレアとコマンドをぶつけた対象はＤｏｍだった。ＤｏｍがＤｏｍにコマンドをかけて効力を発揮できるのは、今のオレやＤＡＳＴの催眠使いみたいな、意識へ働きかけるアビリティを持ったヤツだけだ。けどお前はそんなアビリティがないのにＤｏｍを服従させた。それどころか、一週間だがダイナミクスを反転させて、後遺症まで発症させた」

それがどれほど異常なことであるかは、蛍介にも理解できる。

「そして直軌、お前とずっと一緒にいた蛍介は、完全にＳｕｂになった」

直軌は反論しなかった。

「このデータと蛍介の投薬履歴を見て、オレは確信した。テメェは蛍介と出逢ってからずっと、呪いをかけ続けた。自分の小さな箱庭に閉じこめて、グレア、コマンド、お前の願望――すべてを注ぎ込んで。ゆっくりと毒蜘蛛みたいに、蛍介が一人で歩く力を――Ｄｏｍ性を、奪い取った」

――『香水の残り香や、人には聞こえない音域の音みたい。じわじわと少しずつ、でもずっとでてるのよ』

いつだったか、あざみが直軌のグレアをそう評していたのを思い出す。

「そうしたら七年前のことも合点がいったぜ。オレはあの時、肝心なところで蛍介に助けを求める弱虫なお前にムカついたけど……それだけじゃない。お前は命令すれすれの言葉で、蛍介を支配しようとしたな……？」

――『僕が、「助けて」って言ったからだよね』

ホタル舞う夏の庭園で聞いた言葉。直軌にはその自覚があったのだろうか。

「オレの勘は間違ってなかった。やっぱりお前はオレの一番嫌いなタイプのＤｏｍだ。それでも七年間、蛍介に近寄ろうとしなかったから、オレも手はださなかった。蛍介はＳｕｂになってからも、Ｄｏｍだった頃と変わらず人を守ろうとしてた。それがどうだよオイ。直軌、お前がＤＡＳＴに来た途端、蛍介のダイナミクスは不安定になって、挙句お前に支配されなきゃやってらんねェようになった」

幸雨はすぐそばの蛍介へと視線を向ける。以前は強い光を宿していた赤銅色の瞳は、心なしかくすみ焦点がおぼつかない。

「幸雨……？」

「……蛍介、お前が大事にしてるモンが、お前をダメにする。そんなのこれ以上見てられねェって思った」

パチパチと幸雨の指先から電流がほとばしる。

サブドロップから時間が経つにつれ、蛍介の感覚器官は徐々に鈍りつつあった。Ｄｏｍというようすがから見放され、Ｓｕｂとしての本能が息絶えようとしている。

けれど今は自らに降りかかる死の恐怖よりも、目の前の友に対する哀しみのほうがずっと大きい。

「ちがう……」

「あ?」

「自分のためなんかじゃない——。直軌……お前、お前は——俺か幸雨をかばったんじゃないのか?」

腕を支えに上体を起こし、蛍介は直軌にそう尋ねた。不思議なことに、かすれた声は黒い影の檻を通してあたりによく響いた。

「……そのクラスメイトは、お前のこと、セレステの生き残りだってイジってたって記録にはあった。ウチは中高一貫校だったし……事故扱いで秘匿しようが、俺と幸雨が同じタイミングでいなくなれば、なんかしら言われただろ?」

セレステでの大量殺人事件は、隔離犯罪者病棟の爆発事故と表向きには発表された。幸雨と蛍介は残りわずかの学校生活を病欠扱いとなったが、出席日数は足りていたため二人とも卒業。直軌もそのまま高校へと上がった。

だが、気づく人は気づいたに違いない。死亡者の中に、幸雨の母親を殺した犯人が紛れていたこと。怪我をした警察関係者の中に、蛍介の父親の名前があったこと。その日、直軌も検査入院で現場にいたこと。そこから幾らでも噂や憶測が生まれたはずだ。

直軌はきっとそれを一身に背負う羽目になった。

「幸雨、直軌によく言ってただろ。『一人でもがんばれよ。負けずにやりかえしてやれ』って。コイツはたぶん独りで頑張ったんだ。自分のことは我慢した。けど……耐え続けた挙句、お前や俺の悪口を言われたとしたら?」

――『なあなあ花村ァ、なんでお前だけ無事だったワケ？』

――『立秋（たてあき）幸雨が人殺しだってホント？　母親殺した犯人に仕返ししたって言われてるぜ。マジなら花村、お前殺人鬼の友達じゃ～ん！』

――『しっかし、夏凪（なつなぎ）先輩にはガッカリだよな。エクストラクラスだのＤＡＳＴだのって持ち上げられてたクセに、なんもできなかったってさ。結局、親のコネだったんじゃねーの？』

その光景を想像したのだろう。幸雨の瞳が不快げに揺れた。

「答えてくれ直軌。お前は、どうしてそのクラスメイトに怒ったんだ？」

「――――――」

長い沈黙のあと、直軌は黙って首を振った。そんなもの、肯定と同義だ。

「どのみち、僕がクラスメイトのダイナミクスを、一時的にでも壊したことに間違いはないよ。僕にはなにも守れない。……蛍ちゃんのＳｕｂ反転だって、幸雨くんの言うとおり――きっと僕のせいだ。蛍ちゃんがＳｕｂになったって聞いた時、もしかしたらそうかなって……思ってた。でも怖くて言いだせなかった。それどころか、プレイパートナーになって親切面して……蛍ちゃんをいいようにしたんだ。――ごめんね」

肩を竦め、哀しげな笑みを浮かべた直軌は、幸雨をまっすぐ見据（みす）えて言った。

「やったことの責任は取る。でもお願いだから蛍ちゃんを離して、もう解放してあげてよ」

「そんなに言うならお前がやってみればいいんじゃねェの？　前は殺してでも止めるって言ってただろ」

幸雨の背後の空間を裂き、暗闇の爪が伸びてくる。一向に戦いをやめる気がない幸雨に、直軌も再び両手を翳した。廃墟のロビーの残骸が、天使の羽じみた無数の白刃へと変換される。

蛍介は一周回って腹が立ってきた。これじゃあ質の悪いループゲームだ。同じことを繰り返して、全員傷ついて、何ひとつ解決もしないまま終わる。

こんなの、誰も救われない。

手探りで黒い檻を摑んだ五指から、淡い輝きとともに青い火が爆ぜた。サブドロップ状態でのアビリティ使用は、自殺行為に等しい。幸雨の「なにやってんだ、やめろ」という声がする。

「幸雨……あのとき……お前の母さんが亡くなったとき、守ってやれなくて、ごめん」

蛍介が人を守る盾であるならば、幸雨は矛。憎まれ役になったとしても、間違っていることを間違っているときちんと言える子供だった。孤立を恐れず、他人のために立ち向かえる人だった。

彼は決して見返りを求めてそうしていたわけではない。

でも、大切な母を奪われた時、幸雨の幸せ、幸雨が当たり前に生きるための場所を守ってくれた人は？

愛する妻の死に耐えられず、復讐のために自分を利用しようとする父親を見て、いったいどう思っただろう。それを受け入れた時、どんな気持ちだっただろう。

そして復讐を終えたあと、なおもＳｕｂを救い続けようとした幸雨に――崇拝や畏敬ではなく、ただ寄り添ってくれた人はいただろうか？

どれだけ考えても、幸雨が味わった苦しみと孤独には追いつかない。

「……俺、どう言ったらいいのかわからなくて。……ちょっとするとお前を、傷つけてしまいそうで……結局、なにもできなかった。たとえ行き着く先が同じだったとしても、もう少しなにかできたんじゃないかって、ずっと後悔してた」

――体が、凍えそうに冷たい。寒い。

けれど心だけは燃えるように熱い。漆黒の闇の糸で編み上げられた籠が、青白い炎と光に呑まれ消えてゆく。霞む視界の隅、直軌が手を下ろしたのが見えた。幸雨はとっさに攻撃の照準を蛍介に切り替えたが、それより先に、蛍介が幸雨を抱きしめていた。

「俺は、お前が人を殺したことを許せない。相手がどんな罪人であろうともだ」

正義の味方、法の番人として、蛍介は幸雨の行いを絶対に肯定できない。

「けど……俺も、直軌も、今でもお前の味方なんだよ、幸雨」

矛盾していようと構わない。世界中から責められても怖くない。

「だって、友達だろ」

寂しければ隣で手を握り、間違っていればちゃんと叱る。そういう味方になりたかった。

骨ばった幸雨の体から徐々に力が抜けるのを感じながら、蛍介は笑う。

「七年前も、早くこうしてやればよかった」

「……蛍介」

指先にひんやりとしたものが触れ、それが幸雨の手だとわかるまで時間がかかった。蛍介はそれをそっと握る。ひどく冷たくあまりにもささやかで、今にも崩れてしまいそうな感触だった。

「――……オレ……――」

幼い子供のような声。

「うん」

「なんでオレだけ……こんな目に遭ったんだろうって、ずっと思ってた。母さんがいなくなって、父さんはおかしくなって、オレはこんな体になって、どうしたらいいかわからなかった。痛かった。苦しかった。寂しかった。母さんを殺したヤツが憎くて憎くて、おかしくなりそうだった」

「うん……うん」

「けど蛍介……お前と、直軌だけが、そばにいてくれて――」

体を離し、目を合わせて手を結び直す。重なった手の甲に、熱い雫（しずく）が一粒落ちた。

おそらくは、幸雨がひとりぼっちになったあの日から、初めて見る涙だった。

「感謝してたのに……。大切だったのに。でも――だからお前が、欲しかったのかなあ」

ぽたぽたと雨が降る。

「――ごめん。――……ごめんな……蛍介」

「いい。――もういいんだ」

それは赦(ゆる)しであると同時に、別れの言葉。

どんなに泣いても謝罪しても、蛍介の脚は戻ってこない。三人で笑い合った日々は還ってこない。道が交わることは二度とない。きっと誰よりも幸雨が一番理解している。

けれど――

「……またそのうち、会いに行くよ」

寄り添うことはできる。

蛍介は何度も幸雨の手をさすった。

「なあ、蛍介」

「うん？」

「オレと一緒に――来てくれねェ？」

それは七年越し二度目、あまりに不器用で手遅れで……とっくに答えのわかっているお願いだった。

「ごめん」

だから蛍介は両手で幸雨の頬を包み、今度こそちゃんと返す。

「お前とは行けない。俺は――」

目を逸らさず、真っ直ぐに。

「直軌が、好きだから」

「――だよな」

それでぜんぶ合点がいったとばかりに幸雨は長く息を吐き、その場に力なく座り込んだ。

「蛍介、『今までありがとう』」

自分の声と言葉で、蛍介との繋がりを断ち切って。

燃えるような夕日が山の端に沈み、遠くからサイレンの音が近づいてきていた。

10

呼ばれた気がして、重い瞼(まぶた)をこじ開ける。

感覚のすべてが鈍(にぶ)く遠い。意識を失う前の悪寒(おかん)はだいぶ引いていたが、体はまだ芯から冷え切ったままだ。

「蛍(けい)ちゃん？　目、覚めた……？」

耳元で声がして首をひねると、菫色(すみれいろ)の瞳が間近に飛び込んでくる。座っている直軌(なおき)に、上体を預けた格好で抱きかかえられているようだった。

「なお……き……？　幸雨(こう)——幸雨、は？」

「幸雨くんは拘束(こうそく)されて、ひとまず病院に収容されるそうだよ。……体、ボロボロだったみたい」

「……そ、か……」

意識を飛ばしているうちに最悪の事態になっていたらどうしようと思っていたから、少し安心する。

「……蛍ちゃんのサブドロップがひどかったから、救急車の到着を待つより車で行ったほうが早いって、隊員の人が送ってくれたんだ。その……病院のケアルームより落ち着けるだろうって、あざみさんがホテルとってくれたみたい」

「いや……やりすぎだろコレ」

直軌と利用したよりもさらに豪華な部屋だ。これをネタに向こう五年くらい下僕にされかねない、とぼやくと、直軌は「僕が体で払おう」と笑った。

どうやらここはリビングスペースのソファらしい。

「う……」

ひどい倦怠感と苦痛に思わずうめく。ありとあらゆる種類の痛みが、体のあちこちで暴れ回っている。

「苦しいの？　――大丈夫、蛍ちゃん。……もう怖くない。大丈夫だから……」

抱きしめてくる腕と響く声が、唯一自分をこの世に繋ぎとめる。車の中でもずっとこうしてくれていたのだろう。呼びかけ、撫でられるたび、汚泥の中から引き上げられてゆくように呼吸が楽になった。

（ああ……やっぱり俺、直軌が好きだ）

蛍介のダイナミクスは、幸雨のグレアと強制コマンドによって、著しく傷つけられた状態だ。回復にはＤｏｍとのプレイやケアが一番効く。特に、Ｓｕｂが一番そばにいてほしいと求めるＤｏｍとのプレイが。

確かに、こうしていると傷が癒えていくのがわかった。直軌が心から自分を心配してくれているのが、触れたところから伝わってくる。それだけでこんなに嬉しい。

「ごめんな……。また、こんなことさせて……」

「どうして蛍ちゃんが謝るの。蛍ちゃんが苦しんでるのは――僕のせいなのに」

直軌は後ろから蛍介の肩口に顔をうずめ、絞りだすように話し始めた。

「幸雨くんが言ったとおりなんだ。小さい頃、僕は蛍ちゃんのお母さんが……あまり好きじゃなかった。僕の母さんばかり見て、いつも蛍ちゃんに寂しそうな顔をさせてたから」

なんだお前、知っていたのか――と蛍介は言いたかったが、うまく声にならず、視線だけを動かして直軌を見る。敏い彼のことだから、特段驚きはしない。けれど一人でも大丈夫だと装えていなかったのは、少し恥ずかしかった。

「母さんに訊いてみたことがあるんだ。母さんの一番は僕じゃなくて、蛍ちゃんのお母さんだよね？　って。母さんは驚いた顔をしていたけれど……案外、素直に頷いた」

――『優先順位でいったら……そうなるね』

円架は直軌を膝に乗せ、「でも愛しているというならば、父さんと直軌が一番なんだよ」と言ったそうだ。

常軌を逸したDｏｍ性の彼女にとって、自分では抗いようのない欲を唯一満たしてくれる、女神のような存在が――蛍介の母だっただけ。

だが円架と母は、結婚しなかった。ダイナミクス所有者にとって、同性婚は身近なものだ。それでも彼女たちは別々の家庭を持った。

「……母さんは父さんに恋をした。本能とは違うところで、『この人と一生歩いていきたい』と思ったんだって」

そこでふと直軌は眉尻を下げて笑った。

「なんだか勝手だよね。けど僕はホッとしたし、感謝した。お陰で蛍ちゃんに会えたんだし。それに、そのとき言われたんだ」

――『直軌の一番だって、もういるじゃないか』

「僕には最初から、蛍ちゃんたった一人しかいなかったから」

どういう意味なのか図りかねて、蛍介がぼんやりと直軌を見上げる。

「僕、蛍ちゃんが好き」

尊く愛しい秘密を、そっと舌に乗せて口移しするような告白だった。

「だけど、僕のダイナミクスは母さんにすごく似てた。相手を堕落させるほど溺愛して……依存させる。それこそ、脚を切り落として動けなくして、自分から離れられなくするみたいに」

ひしゃげた義足を白い指がなぞるのが見える。すっかり壊れているせいで、感覚のフィードバックはないはずだ。なのに直軌の指の感触が伝わってくるような気がして、蛍介はぶるりと体を震わせた。思考は混乱したまま、まるでまとまらない。

「蛍ちゃんが幸雨くんを連れてきて、蛍ちゃんは僕だけの蛍ちゃんじゃなくなった。僕、幸雨くんも大好きだよ。嘘じゃない。でも、一番じゃないんだ。そのあとどんな人が現れても、一番にはならなかった。蛍ちゃん以上に好きな人なんて、いなかった。……だけど蛍ちゃんの世界はどんどん広がっていく。それが怖かった。……嫉妬した。そして思ったんだ。一度だけ、一瞬だけ。僕の部屋で眠っている蛍ちゃんを見て、『このまま蛍ちゃんがどこにも行けなくなったらいいのに』――って」

「ごめん」――涙とともに、蛍介の顔へ懺悔の言葉が降ってくる。

「幸雨くんとやりあった時だって、最初は本当に逃げてほしいって思ってたんだ。僕のことはどうだっていい、蛍ちゃんさえ無事ここから逃げてくれたらって思っていたのに……、気づいたら助けを求めてた。きっと幸雨くんより僕を選んでほしかったんだ。蛍ちゃんを僕だけのものにしたかった。そしたら、次に目を開けた時には、蛍ちゃんの脚が無くなっていて――」

　直軌の喉が引き攣り鳴る。

「僕があんなことを願ったせいだ――そう、思った」

　正義の味方に助けを求めることで、幼いころ抱いた直軌の願いは成就した。

「だから蛍ちゃんが姿を消しても、すぐに追いかけられなかった。僕のせいで蛍ちゃんは脚を失ったんだから。……でも諦めきれなかった。手紙を送るうち、やっぱりそばにいたい気持ちが大きくなって、ＤＡＳＴに入った。なのに蛍ちゃんがＳｕｂになったって聞いてさ……またかって思ったよ。僕はまた好きな人を不幸にしたのかって……！」

「なお、き……」

ようやく動かせるようになってきた体をすり寄せて、蛍介は名を呼んだ。

そんなことはない。不幸などではなかった。直軌との思い出が、手紙が、どれほど自分を救ってくれたかわからない。

「蛍ちゃんに僕のグレアしか効かないのも、すごくわかりやすいよね。Ｄｏｍだった蛍ちゃんを、僕が無理矢理Ｓｕｂにしたから――。だから僕のグレアにだけ反応する。それをいいことに、僕は蛍ちゃんを抱いた。抱き続けた。助けたい気持ちももちろんあったけど……欲が勝ったんだ。蛍ちゃんが悪く思う必要なんて微塵もない。ぜんぶぜんぶ僕が悪い。僕のＤｏｍ性なんかじゃなく、僕の――蛍ちゃんを好きだという気持ちが、間違ってた」

蛍介の頰を撫でながら、直軌は静かに呟いた。

「昔から……蛍ちゃんに頼ってほしかった。蛍ちゃんは優しくて傷つきやすいくせに、全然、人に甘えないから……だから、僕が蛍ちゃんを守って甘やかす人になりたかった。僕だけに弱くてやわらかいとこ、全部見せてほしかった。でも、だんだんそれって母さんと一緒じゃないかって怖くなって――。これでもね、Ｄｏｍ性が強くなりはじめてから、頑張って抑えてたつもりだったんだよ？」

なのに――抑えれば抑えるほど、気持ちは、力は、強くなった。

じわじわと毒のように愛する人を蝕んで、あちこちが腐り落ちて動けなくなったところを、食べ尽くす。そんな凶暴な本能と、直軌は独り闘い続けた。

「ごめん、ごめんなさい蛍ちゃん」

蛍介は直軌の涙をそっとぬぐいながら、透明になった頭で理解する。

「そうじゃない、直軌」

両親にとって自分が一番でないことを、蛍介は物心ついたときには悟っていた。

父にとっては、妻や他の人々と同じように大切な子。

母にとっては、円架と夫の次に大切な子。

なので蛍介に、自分だけを守ってくれるヒーローは存在しなかった。

ただ、誰の一番にもなれないのは、少しだけ寂しかった。

だからテレビの中のヒーローと、刑事としての父に憧れた。

だってヒーローや父は、見ず知らずの人を救って、笑顔にしている。

たとえそれが一瞬でも、誰かのかけがえのない人になれている。

他のなにものにも代えられないたった一人に、自分もなりたい。なってみたい。

――そんな時、直軌が生まれたのだ。

小さな赤ん坊に指を握られ、笑いかけられて、蛍介は決めた。

この子を守ろう。

この子を幸せにするために、自分は生きよう。

自分みたいに寂しい思いをしないように。自分みたいにひとりぼっちにならないように。

自分はこの人にとっての一番なんだと、笑えるように。

いつか違う一番ができるまででいい。せめてそれまで――

「俺も、直軌の大切な人になりたかった」

だから、と蛍介は微笑む。

「お前のせいなんかじゃないんだよ。お前のせいでSubになったんじゃない。俺が望んだんだ」

脚を失ったのが原因でSubになったのかと思っていたけれど、あくまでそれは最後の一押しにすぎなかった。

「俺がお前を生きる目標に定めたから……。お前を守ってるふりして、自分の願いをお前に押し付けて、依存したせいで……お前を苦しめた」

燃え尽き墜ちる星でかまわない。それでも、一瞬だけでも、一番大切な人の一等星になってみたかった。そうしたらきっと、直軌は覚えていてくれる。小さな光があったこと。不器用なヒーローがいたことを。

「ごめんな……直軌」

蛍介の独白めいた語りに、直軌は「ちがう、ちがうよ」と首を振った。

「それは単に蛍ちゃんが優しいからだ。人のためになんでも投げだしちゃうから、僕にだってそんなふうに言えるんだ」

蛍介はゆっくりと体を起こし、直軌と向き合った。うるんだ紫の双眸が、宝石のように瞬いている。

「直軌、DomとSubのプレイ手順、覚えてるか？」

「?　覚えてるもなにも……まずはＳｕｂの同意を得て――」

「その『同意』の正しい意味は?」

単に『同意』という言葉だけを見ると、『Ｄｏｍ／Ｓｕｂ双方合意の上』としか思わない。

けれど、本当は違う。

「Ｓｕｂが……自分の主導権を、Ｄｏｍに渡すこと」

直軌はひとつひとつ意味を噛(か)み砕(くだ)く調子で、そう口にした。

「そう」

プレイ前の契約において、ＳｕｂはＤｏｍを信じ、許す側。Ｄｏｍは大切なＳｕｂの命綱を預かり、責任を持って守ると誓う側。

プレイとは、互いを信頼し、あなたになら私のすべてを任せます――と手を取り合って行うもの。ＤｏｍはＳｕｂの許しがあってこそ、プレイできるのだ。

「俺はお前のことを受け入れたから、きっとＳｕｂになったんだよ」

直軌の願いを叶えるために形を変えた――というと聞こえはいいが、要するにそれは蛍介の願いでもあった。

『ぼくねえ、いつかヒーローをまもるひとになる!』

あの時――

『ぼくが、蛍ちゃんをまもるよ。蛍ちゃんがもし泣いちゃうようなことがあったら、どこにだってぼくがとんでく！』

あの時たしか、こう答えた。

『ありがとう、直軌。楽しみに待ってるな』

変わるきっかけがあったとしたら、きっとその瞬間。

自分を守ろうとしてくれる彼のために尽くそうと思った。

「ごめんな、直軌。……俺、お前のこと、ずっとずっと好きだった」

長い睫毛にふちどられた菫色の瞳が、めいっぱい開かれ幾度も瞬いた。

「――蛍ちゃん、だめだよ……そんなこと言ったら」

「なんで？」

「我慢、できなくなる。蛍ちゃんをもっともっと好きになって、僕だけのものにしたくなっちゃう」

昔よりずっとおとなっぽくなった顔で、子供のように泣く直軌はかわいい。蛍介はたまらない気持ちになって、額や鼻先を合わせ、唇にキスをした。

「……して、ほしい」

大きな手を下肢へと導くと、直軌の顔に戸惑いが浮かぶ。

思えば直軌は義足を必ず外させるにもかかわらず、自ら手をだそうとしなかった。いつもどこか、罪悪感と哀しみの入り混じった目で見ていた。

たとえただの金属の塊だったとしても、自分の手でもぐのが怖かったのだろう。直軌にとってこの脚は、昏い願望の具現化のように思えたに違いない。

「義足は俺にとって鎧みたいなものだったから……直軌の前じゃ取りたくなかった。見た目も汚くてかっこ悪いし……なにより、お前への気持ちがバレそうで」

「蛍ちゃん……」

「でも今は、お前の手ではずしてほしい。直軌、俺にコマンドをだして。直軌がどうしたいか、教えてくれ」

精いっぱいの呼びかけに、直軌はしばし言葉を失い呆然としていたが、やがて泣き笑いのような表情を浮かべ、蛍介の手を握って言った。

「蛍ちゃん、お願い。『僕に、義足を脱がせて』――『ぜんぶ……ぜんぶ見せて、僕にちょうだい』」


直軌はまるで神聖な儀式でも行うかのように、蛍介の義足を取りはずした。そして初めてプレイした時と同じく、剥き出しになった断端に舌を這わせ、優しく撫でさすった。蛍介は羞恥よりも嬉しさと愛しさに泣いて射精し、そのままシャワーブースへと運ばれた。

血や埃を洗い流す間、直軌は蛍介の体をまさぐり、蛍介もまた直軌の体に手を這わせる。

「抑制剤は？」

「ごめん、飲んで、ない……」

息が荒い。こんなにぎらついた目をしている直軌を見るのは初めてで、ぞくぞくと期待に胴震いしてしまう。「よかった」。蛍介は笑い、「もう――我慢しなくていいからな」と直軌の割れた腹筋を指でなぞる。その下の性器は完全に勃起しており、見ただけで腹の中が熱くなった。

「あっ⁉　ン――！」

「蛍ちゃん……濡れてる」

首筋を吸われながら後孔に指を挿し入れられた蛍介は、直軌に言われるまでもなく自分の体の異変に気づいた。

「え、あ――なか、が、あ……」

「Sub子宮の分泌液が垂れてきてるんだ」

シャワーを止めたにもかかわらず、蛍介の中からはくちゅくちゅと小さな水音がこぼれだしている。

以前は怖くて屈辱的にさえ感じた身体の変化。でも、今は嬉しかった。さらに性感帯へと変えられてしまった乳首を爪の先で引っ掻かれ、甘い声が上がる。直軌は舌で唇を湿しながら、「かわいい」と呟いた。すみずみまで触れて舐めしゃぶられ、本格的に食べられる前に、溶けてなくなってしまうのではないかとさえ思う。

いつの間にかシャワーブースには温風が吹いている。硝子が時々蛍介の体とこすれてきゅうと鳴る。

「ん、ん、なお、き……も……平気、へいき、だから、っ……」

前立腺のしこりの周辺を焦らすように揉みこまれ、腰が波打った。膝下で踏ん張ることができないせいで、うまく誘えないのがもどかしい。つい先日まで、そんな浅ましい真似できるわけがないと思っていたのが嘘みたいだ。

せめてとばかりに大きく脚を開き、直軌の指を頬張る蕾が見えるよう尻たぶを手で広げると、直軌の喉から切ない唸り声が響いた。

「蛍ちゃん、大好き」

腰を抱えられ、目を合わせたまま貫かれる。

「なお、き——ぃ……っ」

蛍介も「好き」と言いたいのだが、胸がいっぱいでうまく言葉にならない。

しゃくりあげる蛍介に、直軌は「掴まって」と促し、腕が首に回されたのを確認するなり立ち上がった。しかもいったいどんな膂力をしているのか、そのままベッドに向かおうとする。

一歩踏み出した衝撃で、直軌の先端が奥のすぼまりにくぷんとはまりこむ。

「————ッ、っ！」

蛍介は声もなく背を弓なりに反らした。Ｓｕｂである体がＤｏｍを迎え入れるためだけに作った秘密の場所。一歩進むたびにそこを征服され、蹂躙される。ほかでもない直軌に、犯される。信じられないくらい気持ちよかった。

ベッドに倒れこんだ拍子に繋がりはほどけたが、直軌はすぐにまた挿入し動きだした。

「あう、あ、あああ――！」

腰を打ち付けられるたび、空気を含み粘膜を掻き混ぜるいやらしい音が腹の中に響く。

少しでも離れるのが嫌でくちづけをねだると、直軌もむさぼるように舌を絡めてきた。

大きな体が天蓋のようにのしかかり、自分を閉じこめてくれるのが不思議と心地よくて、蛍介は直軌の髪を梳いて頭をかき抱く。

こめかみのあたりに、他とは違う感触があった。

「蛍ちゃん？」

蛍介は薄灰色の髪を掻き上げ、そこを撫でる。七年前、幸雨に弾かれた火傷痕。引き攣れてつるつるとした傷は、触れるだけでも痛々しい。感情が溢れるままにくちづけて舐めると、直軌は泣く寸前みたいに眉尻を下げ、唇を震わせた。

そしてひときわ強く突きこまれる。直軌の大きな体がこわばったのと同時に、熟れた肉筒に熱い飛沫が叩きつけられる感覚があった。

「っ……く……ん、ん、んん――っ」

最後の一滴まで送り込み攪拌するような動きに、蛍介は唇を噛み締めて腰を震わせる。

「中だけでずっといってるの？　すごい、えらいね蛍ちゃん」

次いで耳元で優しく褒められ、頭が白む。

「あ、や、やだ、ァっ、も、も、だめ」

下腹部をてのひらで押され、銜え込んだ性器をまざまざと感じて両腿が跳ねた。

「なんでだめ？」

「だ、だって、だってぇっ……」

どこに触れられても気持ちいい。直軌がキスを落とすたび涙があふれる。体中に星屑か金平糖でもばらまかれているような、鋭く甘い快感が押し寄せる。

「いいんだよ。気持ちよすぎても、おかしくなっても、蛍ちゃんは全部、ぜんぶかわいいから。……ね、もっと見せて」

「う……」

直軌は優しく目を細めると、蛍介の手に指を絡め、「僕もとってても気持ちいい……」と呟いた。その言葉だけで、腹の中がきゅうっと引き絞るように動く。

「またいっちゃった？　本当にかわいい……」

「ひ、ぁっ、ぁ、っん……」

厚い胸板に尖りきった乳首を潰され、鼻からかすれた音が漏れた。さらに唇を寄せ、一分の隙も惜しいといわんばかりに呼吸を奪われれば、最早なす術はない。合間にこぼれる吐息は炎よりも熱く感じる。Ｄｏｍとして――でもなにより一人の男として、直軌が全身全霊で自分を求め、愛してくれている。その喜びに、何度だって身も心も極まってしまう。

「なおき――好き、好き、すき、だ……」

繋いだ手の指先にくちづけて繰り返すと、直軌は「もしかして蛍ちゃん、サブスペース

に入ってるのかな」と言って、さも嬉しそうに微笑んだ。

きっとそうなのだろう。直軌にならなにもかも捧げたいし、直軌もそれに応えてくれる。やわらかな脚が甦ったようだった。直軌の腰を抱き寄せて、爪先を丸めている錯覚に陥る。

再び律動が始まる。蛍介が幼子じみたしゃくり声をあげるほど、直軌の瞳は深い慈愛と獰猛な昂奮によって、輝きを増してゆく。

「蛍ちゃん」

大きな手のひらで蛍介の脚の断面を撫でながら、

「これからもずっと、愛してる」

直軌は誓いの言葉を紡ぐように、囁いた。

エピローグ

朝の陽射しの中、蛍介（けいすけ）は床に座りこみ、ソファに腰掛けた直軌（なおき）の膝（ひざ）に顎（あご）を乗せて目を閉じていた。時おり長い指が髪を梳（す）き、頭を撫（な）でてくれる。まさに至福の時間だ。

怪我（けが）の養生も兼ねて二日間の休みを命じられた二人は、ホテルから寮へ帰って以降、ほぼほぼ蛍介の部屋で過ごしていた。

「僕はＤｏｍだけど、部隊のみんなには完全に『Ｋｎｅｅｌ』だね。頭が上がらない」

「ホントにな……俺もそろそろ土下座しないと駄目かもしれん……」

直軌はともかく、自分はやらかしすぎていい加減なんらかの処分を受けかねない、と反省した蛍介である。

「蛍ちゃんはそのぶん活躍もしているから、大丈夫だと思うけど」

肩を揺らして笑う直軌の表情は明るい。これまでの思いつめたような翳（かげ）が、ずいぶんと薄らいでいた。

「ね、蛍ちゃん」

「なんだ？」

「僕、前に好きな人とプレイしたことあるかって聞かれて、あるって答えたでしょ？」

心地よい時間を台無しにしかねない話題に、蛍介は頬をふくらませて無言の抗議を行う。

すると直軌はいっそうおかしそうに、「あれ、蛍ちゃんのことだったんだ」と言った。

蛍介は驚き狼狽したが、当時の自分たちの関係を考えてみれば、直軌の曖昧な返答も無理はなかった。お互いに相手を傷つけたり、相手の負担にならないよう、極力気持ちを押し殺していたのだから。

「俺はてっきり……昔、好きな人がいて、でもグレアのせいで結ばれなかったのかと……」

「そこだけ切り取ったら間違いじゃないよね。……でも、蛍ちゃんだけが、今も昔も僕の一番だよ」

「……一番」

蛍介は今さら気づいたように、ぱちぱちと目を瞬かせた。

小さい頃から、ずっとなりたかったもの。誰かの――直軌の一番に、

「俺、なれてたのか」

呟いて見上げると、直軌は「最初から、そうだった」と微笑み、手を差し伸べた。

「――『おいで』、蛍ちゃん」

導かれるまま隣に座り、そっと身を寄せる。ご褒美とばかりにキスが降ってくる。あたたかく幸せな感覚が胸にこみ上げ、きらきらと小さな星みたいに輝いている気がした。

「僕を守ってくれてありがとう。これからは、僕にも蛍ちゃんを守らせてね」

もうたくさん、十分すぎるほど守ってもらってきた。

涙の染みができた直軌からの手紙を思い出しながら、蛍介は心の中で感謝する。あのときは独りだった。けれどこれからは二人だ。

罪滅ぼしでもなんでもなく。ただ、愛しているから、守り尽くしたい。ＤｏｍからＳｕｂになろうとも、蛍介の根っこにある気持ちは、はじめからそれだけだった。

きっと直軌も同じなのだろう。だから素直に嬉しいと思える。

「……蛍ちゃん、よければこれ、受け取ってほしいんだ」

直軌はいつのまにか持ってきていた紙袋から大きな箱を取りだし、蛍介に渡した。

リボンをほどき蓋(ふた)を開け、現れたのは美しいブライドルレザーの首輪。蛍介の目の色と同じ、澄んだ青緑に、アンティークゴールドの金具のついた、Ｄｏｍ(直軌)からＳｕｂ(蛍介)への愛の証だった。


仕事に復帰して数日後、蛍介は来賓室に呼び出された。

（やっぱさすがに今回は上から直々に叱られるかな……）

憂鬱(ゆううつ)な気持ちでドアを開けた蛍介は、

「――父さん、母さん」

そこに両親の姿を認めて、震える声を吐き出した。

「すまない夏凪。その……大きな怪我はしたものの、命に別状はないと伝えたつもりだったのだが……」

「なんだか重体ということになっていて」とドア付近に立っていた燎彦が頭を掻いているが、嘘としか思えない。おおかた怪我にかこつけて、家族と会う機会を設けてくれようとしたのだろう。

他の人物のお膳立てであれば余計なお世話に感じたかもしれないが、燎彦なら仕方ない。

久しぶりに会う母は、相変わらず父にぴったりと体を寄せておどおどしていた。胸のうちに苦く黒ずんだ感情が滲みそうになったが、不意に力が抜けたのは、小動物じみた動きで歩み寄ってきた彼女が、思ったよりずっと小さく細く感じられたからだ。

蛍介が高校の頃に、下手をすれば実年齢よりひと回り以上若く見られていた母が、おおよそ年相応か、かろうじてそれより少し若く見えるか程度に老けていた。

「あ、蛍介」

母は蛍介の名を呼び、笑おうとしたのか奇妙に口元を歪めたまま、ぽろぽろと涙をこぼし始めた。母が何か話すまで黙っているつもりだったのに、結局蛍介から話す羽目になる。

「どうしたんだよ」。我ながら素っ気ないと思った。

「ご飯、いっぱい食べてる？　おとなっぽくなって……制服、とってもかっこいいわ。

……お母さんね、お母さん……——」

「もういいよ」

ごめんなさい、と言われるのが怖くて、蛍介は言った。母は自分に愛情がないわけではない。そんなことはずっと前から——小さい頃からわかっていた。

許すというのはおこがましい。かといって、大好きな母さんと言えるほどの感情も湧かない。

ただ、感謝している。

たとえ母自身の欲望を満たすための道だったとしても、幼い自分の手を引いて花村家へと連れて行ってくれたこと。直軌に出逢わせてくれたこと。

愛玩動物をかわいがるのと大差ない感覚だったとしても、褒められると嬉しかった。

母の料理は好きだったし、幸雨や直軌が遊びに来たときだって、嫌な顔ひとつせず、たくさんのご飯やお菓子をふるまってくれた。

でもきっと近くにいると、期待する。期待するぶん、失望する。また庇護されるだけの彼女に苛立ったりしてしまう。

このくらいの距離でいい。だからこそ言える。

「……体に気をつけて、元気でいて。父さんや円架さんと、いつも笑っててくれよ。……たまには、家に帰るかもしれないからさ」

母はしばらく目をしばたたかせたあと、ぱあっと顔を明るくして、「じゃあ、じゃあ蛍介の好きなものいっぱい作って待ってるわね」と、蛍介の体を抱きしめた。体格差的には抱きついた――というほうが正しいようだったけれど。

けれど母の小さな手が、ぽんぽんと背をさすった途端、蛍介の瞳に急に涙の膜が張った。

「蛍介、生きていてくれてありがとう。それだけでお母さん、幸せよ」

それから父に無言で手を握られた。父の手は相変わらず大きく熱く、痺れるほど力が強かった。

「お父さんたちは、どんな時でも蛍介の味方だ」

なんだかひどくすっきりした気分で蛍介は二人を見つめ、「うん」と不器用に笑って手を振った。


「火宮隊長って、蛍介に対して優しいんだか容赦ないんだかわかんないんですよねえ」

わざとらしい口調で言ってくるあざみに、燎彦は「はて？」と首を傾げる。

「なんていうか、けっこうな頻度で、蛍介の義足をこれみよがしに使う任務に派遣するじゃない」

パートナーのきつい言葉づかいに、デスクでキーボードを叩いていた終悟が心配そうな視線を向けた。

「お前も同じだろう、統場副隊長。いじめ事件で夏凪を向かわせたのは、自分が向いていないという判断ももちろんあっただろうが……夏凪の『わかりやすさ』を優先したのもあるんじゃないか？」

　燎彦の切り返しに、「バレてる」と肩を竦めてあざみが笑う。

「そうね。今の自分の境遇に不満を持っている人――まあ要するに、下手すりゃ自分が世界一不幸だと思ってる人に対して、パッと見でわかるハンデを抱えてる人をぶつけるのって、それだけで自分は不幸だーって気持ちや怒りを一瞬削ぐっていうか、とりあえず出鼻をくじくことができるから便利なのよ」

　いよいよ終悟の表情が曇る。あざみは棘のある物言いをして、悪の女王っぽくふるまうのが好きらしく、そのせいで相手に誤解を与えることも多いのだ。燎彦は理解ある隊長とはいえ上官であるし、どうしよう止めた方がいいのだろうか――と迷っているに違いない。

「私はな、夏凪はもっと……統場凪にいうなら『不幸ぶって』よかったと思うんだ。子供らしく、痛いつらいと泣いてよかった。なのに彼は、『自分が選んだ道だから』と全部ひとりで背負ってしまった」

「変じゃない？　自分であえて傷つく道を選んで脚を失くしたんだから、同情される資格はないなんて。誰も助けられなかったからその代償だなんて。高校生が言う？　いやそもそも普通に事故っていうか事件だし、どんな理由があっても友達に脚ぶった切られるっておかしいでしょ、大変でしょ⁉　アンタだって、困ってる人がいたら過程とかどうでもいいからまず助けるでしょ⁉　って言ったら、アイツむちゃくちゃキョトンとした顔したのよねー。自分自身を助ける対象にカウントしてないのよ腹立つ」

言ったあと、あざみは眉根を寄せて呟く。

「まあ、見た目どうこうで使われるのもぜ〜んぶ承知の上で、蛍介は黙ってその役回りを引き受けてくれてるんだけど」

「だから……花村をそばに置こうと思ったんだ」

欲どころか自分のすべてを捧げて人や公のために尽くす蛍介を、守って繋ぎとめるのは直軌しかいないと思った、と燎彦は続けた。

「夏凪は滅私奉公すぎるからな」

「私もそれ前に言ったことある。自己犠牲の塊すぎて……見ていて時々、痛々しいのよ」

「でも花村は『滅私』なんて絶対に許さない。いつも夏凪だけを最優先に、きっと必ず守り抜いてくれる。……なにしろ夏凪が——唯一助けを求めた相手だろうから」

預かった手紙を渡したときのことを、火宮燎彦は今でも鮮明に覚えている。

一通はお父様からだと伝えると、蛍介は罪悪感と不安の入り混じった複雑な表情をした。

けれどもう一通、花村直軌の名前を見た瞬間——

(蛍介、ただの子供の顔してた)

びっくりしたような、嬉しいような悲しいような、いろんな感情が詰まったあまりに無垢で幼い顔を見て、その手紙の差出人こそが、蛍介の求めるたった一人なのだと知った。

「ところで……蛍介さんは花村さんからカラーを贈られたそうですが、普段はつけないのでしょうか？」

終悟の素朴な質問に、あざみがにんまりとして答える。

「蛍介はどっちでもいいみたいだったけど、花村くんが嫌なんですって。最愛の人のかわいい首輪姿は、自分だけのものにしておきたいみたい。私とは反対ね」

「なるほど……」

「それもまたＤｏｍらしく、そして花村らしい感情だ」

はっはと笑って燎彦は頷(うなず)き、あざみと終悟も顔を見合わせて頬(ほお)をゆるめた。


「幸雨に会えるようになるの、いつだろうなあ」

ひと仕事終えた車の中、蛍介は小春日和の空を見上げながら呟く。

一時は容態の危うかった幸雨だったが、今は特殊刑務病院に収容され落ち着いているらしい。

クローンボディの耐用年数は、どんなにメンテナンスをしても十年程度だ。しかもさまざまな他人のアビリティを無理矢理に詰め込んだせいで急激に劣化が進み、いま生きているのも奇跡的だと聞かされた。

『体だけじゃない、心だってそうだ。正直……よく正気を保(たも)っていたと思うよ』

幸雨のデータを見た燎彦は、痛ましげに眉をひそめていた。

複合アビリティの被験体やＤｏｍ犯罪者としての知識を失うには惜しいと、国は幸雨にダイナミクス犯罪捜査やアビリティ研究へ協力するよう、秘密裏に持ちかけているらしい。周りに振り回され続ける彼がかわいそうだとも思うが、それでも蛍介たちは幸雨が生きていてくれることを願った。

「元気になって――というのは違う気がするし、犯した罪も消えないけれど……。でも、もう独りで苦しまないでほしい。……僕たちが、いるんだから」

カフェオレの紙カップを揺らしながら、直軌が静かに言った。

「ああ、そうだな」

死ねばよかったではなく。いつか、生きていてよかったと、ほんの少しでも思ってくれたら。

「でも蛍ちゃんの脚を奪ったのは、やっぱり一発ブン殴らないと気がすまない」

「カンベンしてやってくれよ。俺はそうやってお前が怒ってくれるだけで充分だ」

蛍介が白い歯を覗かせると、途端に直軌はおとなしくなる。

ちょうどそこに出動要請の無線が入った。サブドロップに陥りかけたＳｕｂのアビリティが暴走し、収集がつかなくなっているという。

「夏凪、花村、了解した。すぐ現場へ向かう」

蛍介と直軌の表情が引き締まる。

「背中は頼むぞ、相棒」

「任せて、ヒーロー」

左拳をぶつけ合う二人の薬指には、揃(そろ)いの指輪が光っていた。

あとがき

はじめまして、またはこんにちは、柄十はるかです。このたびはシャレード文庫様から二作目となる本書をお手にとってくださり、ありがとうございました。

Ｄｏｍ／Ｓｕｂモノは以前から書いてみたかったので、こうして形にさせていただけてとても嬉しいです！

とはいえネタ案の中からＤｏｍ／Ｓｕｂが選ばれ、喜び勇んで詳細プロットを書いた当初は、これあまりにも性癖カーニバルすぎるのでは……？　と猛烈に不安になり、かなりのダメ出しやカットを覚悟していました（実際「厳しいようならこちらの案でも……」と別プロットを添えて提出していたくらいです）。

ですがありがたいことに、ほとんど初期案のまま話が通りました。もちろんご指摘があれば修正はするつもりでしたが、できればそのまま書きたい、すべてのパーツがそろってこそ成立する話、という気持ちもありましたので、ゴーサインを出していただけたことには感謝しかありません……！

あとがきにたくさんページを頂戴したので、ここから少し本編の内容について触れようと思います。

Ｄｏｍ／Ｓｕｂは支配と服従という枠組みがありつつも、さまざまな関係性のカップルを考えられる設定のため、すごく妄想がはかどりました。

蛍介はこれまで書いた中で一番自己肯定感が低い受かもしれません。他人に対しては包容力があるのに、自分に対して死ぬほど厳しい。常にどこかで「自分なんていてもいなくても同じ」という孤独を抱えていて、でもそれを口にするのも我慢する。「つらい」「くるしい」「やだ」を普段言わないぶん、プレイで存分にそういった弱音っぽい言葉を吐くのが気持ちいいし、そこを充分理解してくれている直軌にいじめられると、どうしようもなく気持ちよくなっちゃう。という潜在的ドＭです。

これからも自分の心を言葉で表すのが下手な蛍介を、直軌がうまく誘導しては本音を引き出し、愛しまくるのではないでしょうか。蛍介って直軌相手ならどんなトンデモプレイだろうとなんだかんだ言いつつ受け入れそうですし（むしろ既にだいぶアレ）、今後も頑張っただけかわいがられて、幸せをいっぱい感じてほしいです。

直軌はとりあえず蛍介が幸せならオールオッケーなダイヤモンドメンタル。ただし蛍介になにかあったら地球が滅ぶ。「執着と溺愛」をテーマにしたＤｏｍとして、真の意味でその執着が暴走しないようにしてほしい反面、そうなった時を少しだけ覗いてみたい気もします。でも蛍介がいますしね。一見直軌のほうが蛍介を守って甘やかす側に回ったようでいて、始めから終わりまで直軌を愛して赦して救ってくれるのは、きっと蛍介しかいないのです。やっぱり直軌にとって蛍介は永遠のヒーローですから。

幸雨は蛍介に恋していたというより、友達であり同志であり崇拝の対象というか、唯一自分の正気を保ってくれる綺麗なものとして好きだったんだろうなあと思います。やったことの報いは受けるとしても、同じくらい報われる日がきっと来るはず。

あざみに関しては、女性ではなく男性か男の娘にするべきか若干迷いました。けれど蛍介の友としても終悟のパートナーとしても、彼女を彼女にしてよかったというのが素直な感想です。終悟はジャーマンシェパードのようにあざみを慕って守る忠犬のイメージ。虐待を受けても、人間のことはすごく好き。このふたりは徹頭徹尾あざみが上です。

燎彦は裏表のない根っからのいい奴。燎彦のパートナーもちょろっと出そうとしたのですが、いくらなんでもキャラクターが多すぎる、となって控えました。基本、第一制圧部隊はクセがありつつも仲間思いな隊員が多く、協力しあういいチームです。

ちなみに余談ですが、一切出番のない第二制圧部隊のほうは、もっと難アリの変態だらけという設定だけは作っていました。

これでかなりページが埋まったのではないか、と思って計算したら、まだまだ残っていて絶望しています。作品語りが一番苦手なんです……！　しかも本編の内容というかただのキャラ設定話ですみません……これが私の限界でした……。

ここからはお礼を。

今回イラストを担当してくださったエヌオカヨチ先生、お忙しい中ありがとうございました！　先生の描かれる繊細な表情や男性らしい体つきのキャラクターがずっと好きだったので、お引き受けいただけたと聞いた時は嬉しくて嬉しくて……。初めてキャララフを頂戴した際、どの子も容姿から顔つきに至るまで、すべてイメージそのままだった感動は忘れられません。私の言葉だけではまだまだぎこちなかったキャラクターたちが、まさに絵にしていただいたことで命を宿したようでした。

そして担当様、こんな私を最後まで導いてくださりありがとうございました。私事で恐縮ですが、自宅と実家を往復しての家族の介護と仕事と原稿の板ばさみになり、心身ともにかなり追いつめられた時期も、担当様が冷静に受け止めてスケジューリングしてくださったお陰でなんとか踏ん張ってここまで来ることができました。

またそういった状況の中、満足に作家としての活動やお礼ができなかったにもかかわらず、お手紙やアンケート、ＳＮＳで温かいメッセージを下さった読者様がた、本当にありがとうございました。どんなに苦しい時でも書くことを諦めずにいられたのは、間違いなくこうして自分に声をかけて励ましてくださった皆様と、これまで作品にかかわってくださった皆様のお陰です。

恩返し……というにはまだまだ力不足かもしれませんが、この作品を少しでも楽しんでいただけたのなら、これほど嬉しいことはありません。

またいつかどこかでお目にかかれますよう。

（お知らせや番外編、あとは動物関係くらいしか呟きませんがツイッターも一応やっております。ぜひお気軽にお声がけください。→@tsukatoh）

柄十はるか先生、エヌオカヨチ先生へのお便り、
本作品に関するご意見、ご感想などは
〒101 - 8405
東京都千代田区神田三崎町 2 - 18 - 11
二見書房　シャレード文庫
「きみのみかたになりたい ～溺愛のＤｏｍと献身のＳｕｂ～」係まで。

本作品は書き下ろしです

CHARADE BUNKO

きみのみかたになりたい ～溺愛のＤｏｍと献身のＳｕｂ～

2022年 9 月20日　初版発行

【著者】柄十はるか

【発行所】株式会社二見書房
東京都千代田区神田三崎町 2 - 18 - 11
電話　03(3515)2311［営業］
　　　03(3515)2314［編集］
振替　00170 - 4 - 2639
【印刷】株式会社 堀内印刷所
【製本】株式会社 村上製本所

落丁・乱丁本はお取り替えいたします。
定価は、カバーに表示してあります。

ISBN978-4-576-22128-1

https://charade.futami.co.jp/